Benito Pérez Galdós

Episodios nacionales III
Vergara

Barcelona **2024**
Linkgua-ediciones.com

Créditos

Título original: Episodios nacionales III. Vergara.

© 2024, Red ediciones S.L.

e-mail: info@Linkgua-ediciones.com

Diseño de cubierta: Michel Mallard.

ISBN tapa dura: 978-84-1126-450-1.
ISBN rústica: 978-84-9007-303-2.
ISBN ebook: 978-84-9007-219-6.

Sumario

Brevísima presentación

La obra

Vergara es la séptima novela de la tercera serie de los *Episodios Nacionales* de Benito Pérez Galdós.

La primera guerra Carlista se encuentra aparentemente enquistada. Pero la realidad es que las disensiones en el campo carlista están minando la fuerza del dubitativo general Maroto, lo cual es aprovechado por el general Espartero, que enviará a nuestro héroe, don Fernando Calpena, a negociar una paz que no deje en muy mal lugar a su contrincante. Sus buenas artes para la intermediación van a llevarle, convenientemente disfrazado, a adentrarse en territorio carlista con la idea de comprobar la disponibilidad de los mandamases carlistas a un posible final negociado de la contienda. Lo cierto es que a esas alturas de la guerra, los hechos demostraban que el bando carlista iba a tenerlo muy difícil para vencer. Y más tratándose de la parte norteña del territorio faccioso, totalmente rodeado por las tropas cristinas. Vergara fue la villa guipuzcoana que vio unido para siempre su nombre al convenio entre los generales Espartero y Maroto, que puso fin en 1839 a los seis sangrientos años durante los que transcurrió la primera guerra Carlista.

Por otro lado, nuestro protagonista tiene un encuentro con Zoilo Arratia, el marido de Aura y rival en el amor por ella, con quien acabará trabando una amistad que lo llevará a la búsqueda de su antigua enamorada.

I

De don Pedro Hillo a los señores de Maltrana

Miranda de Ebro, octubre de 1837.

Señora y señor de todo mi respeto: Con felicidad, mas no sin estorbos, por causa del sinnúmero de tropas que nos han acompañado en todo el camino, marchando en la propia dirección, llegamos a esta noble villa realenga ayer por la mañana. Soldados a pie y a caballo descendían por las cañadas, o aparecían por atajos y vericuetos, y engrosando la multitud guerrera en el llano por donde el Ebro corre, nos vimos al fin envueltos en el torbellino de un grande ejército, o al menos a mí me lo parecía, pues nunca vi tanta tropa reunida. Generales y convoyes pasaban sin cesar a nuestro lado tomándonos la delantera, y ya próximos a Miranda vimos al propio caudillo, conde de Luchana, seguido de brillante escolta, y a otros afamados jefes y oficiales, que al punto conocieron a Fernando y le saludaron gozosos. Nuestra entrada y acomodamiento en la antigua Deóbriga fue, como pueden ustedes suponer, asaz dificultosa. Éramos un brazo que se empeñaba en introducirse en una manga ya ocupada con otro brazo robusto. En ningún albergue público ni privado de los que en toda población existen para personas y caballerías hallamos hueco, ni aun pidiéndolo del tamaño preciso para alfileres; y ya nos resignábamos a la pobreza de acampar en mitad del camino, como mendigos o gitanos, cuando nos deparó Dios a un sujeto, que no sé si llamar enemigo o amigo, aunque en tal ocasión y circunstancias bien merece este último nombre, el cual, con demostraciones oficiosas y todo lo urbanas que su rudeza le permitía, nos colocó bajo techo, entre cabos y sargentos de artillería montada, con los correspondientes arreos, armones, sacos, cajas y regular número de cuadrúpedos.

Era el tal don Víctor Ibraim capellán castrense, antaño en la Guardia Real, hogaño en un regimiento de artillería, y tengo que calificarle, con perdón, como uno de los más soberbios animales que han comido pan en el mundo, si bien yo creo que a este sujeto todo lo que come le sabe a cebada y paja, y como tal alimento lo saborea. Cuando yo tenga el gusto de volver a esa noble casa contaré a ustedes motivos de la santa inquina que profeso a mi colega, el marcial presbítero, andaluz por más señas, y tengo por seguro que se han de reír de tan donosa historia. Por hoy conste que perdono

11

al señor Ibraim sus agravios de otros días, y reconozco que nos ha dado a Fernando y a mí una prueba de cordialidad, procurándonos este alojamiento, que si detestable y con enfadosas apreturas, nos permite comer algo caliente y guardar nuestras personas al abrigo de la intemperie. Nuestras bestias campesinas han entrado en gran confianza con los guerreros caballos del regimiento; Sabas y Rufino hacen buenas migas con la tropa, y nosotros anudamos cada hora nuevas y más alegres amistades con oficiales muy simpáticos y con capellanes menos brutos que el desdichado Ibraim. No nos va mal, y Fernando ha tenido el gusto de encontrar amigos queridísimos entre estos campeones de Isabel II: don Juan Zabala, don Antonio Ros de Olano y otros cuyos nombres y títulos se me escapan de la memoria.

Antes que se me olvide, señora y caballero: recibí de manos del propio, en Leciñana del Camino, el mensaje reservado, y puedo asegurarles que el pobre chico lo hizo con la discreción que le fue que prescrita. No se enteró Fernando, a quien di la carta de su mamá, dejándole que se entregara con avidez al gozo de leerla; y en cuanto yo tuve coyuntura de soledad leí la de ustedes, que me ha causado sorpresa, ira y recelo. ¿Pero qué pretende ese badulaque? ¡Habrá insolencia igual! ¡Atreverse a medir su barbarie con la finura de Fernando, y brindar a este una concordia que para nada le hace falta, o amenazarle con una hostilidad que no puede infundirle ningún temor! En fin, sea lo que quiera, y venga con estas o las otras intenciones, yo estaré con muchísimo cuidado, a fin de cortarle el paso si a nuestro caballero quiere aproximarse, o inutilizar su malicia y audacia, aunque para ello tenga que valerme de nuestras relaciones en el Cuartel general... ¡y qué relaciones, señora y señor míos!

Ya comprenderás que teniendo Fernando tantos amigos en la liberal milicia, y gozando como nadie del don de simpatía, en pocas horas se ha visto obsequiado y traído de una parte a otra. De boca en boca llegó su nombre a oídos del gran Espartero, el cual anoche le mandó llamar por uno de sus ayudantes. Allá se fue; departieron un ratito, casi todo consagrado a comentar el increíble viaje de don Beltrán al campo del Maestrazgo, y su prisión y nunca vistas desventuras en aquella tierra facciosa. Hoy repitió la visita, regresando al poco rato con la embajada de que fuese yo también a la presencia del de Luchana, pues este deseaba verme, y tenía que hablarme,

¡ay!, de mi incumbencia eclesiástico-castrense. Creí que eran bromas del señorito, o que con mi timidez y cortedad quería divertirse, pues ya sabe él y saben todos que no soy hombre para codearme con señorones y celebridades de tal fuste; pero tanto insistió mi discípulo, que allá nos fuimos, después de dar restregones a mi balandrán para limpiarlo de barros y otras materias, y tuve la satisfacción de ver de cerca al gran héroe y de platicar mano a mano con él durante unos diez minutos, que me parecieron diez horas; tan sofocado y descompuesto estaba yo por el honor inmenso de aquella entrevista. Díjome que había separado del servicio a tres capellanes, por sospechas de espionaje, y que celebraba y agradecía que el Vicariato pusiese mano en purificar el personal, desechando a todos los individuos del cuerpo que por sus antecedentes o su mala conducta no eran dignos de seguir bajo las banderas gloriosas. Contestele con trémula voz manifestando un asentimiento incondicional a todo lo que de sus autorizados labios salía... Añadí la oferta de mi inutilidad para mejorar el importantísimo servicio castrense... indiqué, divagando, que en el cuerpo hay dignísimos sacerdotes; mas otros, aunque en el servicio se muestran puntuales, fuera de él, y en los ratos de ocio, emulan con los oficiales en la desvergüenza de palabras y en la liviandad de la conducta... que se intentaba purgar el cuerpo y limpiarlo de todo maleficio para que respondiese a los fines del ministerio militar y religioso... Etc. Serenándome al fin, solté cuatro generalidades pomposas, para disimular mi indiferencia de todo lo que al dichoso cuerpo se refiere...

Ya ven los señores que mi conferencia con el insigne caudillo fue luminosa por todo extremo, inspirada en el bien público y en el espíritu del siglo. No me asombrará que de ella den cuenta los papeles, pues mis palabras fueron gratas al general, que las apoyó con cabezadas enérgicas. Espero que el día del juicio dará óptimos frutos la inspección que el Vicariato ha encomendado a mi ardoroso celo castrense, a mí...

Obligado me veo a interrumpir esta, porque del Estado mayor me llaman para un asunto muy grave... No asustarse, señora y caballero, pues no es cosa nuestra, ni hay en ello relación derecha o torcida con el señor don Fernando. Solo a un servidor de ustedes afectan las tristezas del desagradable negocio que me encomienda el Estado mayor, y en cuanto me

desocupe de esta obligación dolorosa tendrá el gusto de referirla puntualmente su obligado servidor, amigo y capellán — Pedro Hillo.

II

Del mismo a los mismos.

Terminada por don Fernando Miranda 30 de octubre.

Señores míos muy amados: Si no lo sabían, esta carta les informará de que soy el hombre más pusilánime y para poco que ha echado Dios al mundo. ¡Ay de mí! Jamás pensé verme en trance tan aflictivo como el que hoy ha llenado mi espíritu de turbación y congoja. Ni en pesadilla sentí jamás angustias como estas: tales fueron, que durante largo rato las tuve por hechura de mi mente febril. Figúrense mi terror cuando el brigadier señor Aristizábal me comunica que tengo que auxiliar a no sé cuántos reos de muerte, por no haber en este ejército suficiente personal de capellanes para tan triste servicio. Yo que tal oigo, échome a temblar; los cabellos se me ponen de punta y no me queda gota de sangre en el mísero cuerpo. Nunca había visto yo la muerte violenta más que en la Plaza de Toros, donde, por tratarse de animales, rarísima vez de personas, nuestra emoción no pasa del grado inferior, y va compensada del entusiasmo y alegría que a los aficionados a este arte nos comunica el calor del fiero espectáculo. Pero ¡ay, Jesús mío!, en ningún tiempo vi matar a mis semejantes, y menos con la fría serenidad aterradora de los actos de justicia. No, no: yo no sirvo para eso, y abomino del ministerio castrense, que somete al mayor de los suplicios mi alma generosa y cristiana. «Pero ¿qué reos son esos a quienes tengo yo que auxiliar? —me decía yo, vagando como un demente de una parte a otra con las manos en la cabeza—. ¿Qué delito han cometido para que se les sacrifique inhumanamente? Antes que conducirles al matadero, iré a ver a mi amigo el de Luchana, y de rodillas le pediré la vida de esos infieles, probablemente condenados por alguna falta de disciplina, la cual, digan lo que quieran los espadones, no es ley moral ni cosa que lo valga.»

Y cuando esto decía, me vi cogido del brazo por Fernando, el cual me hizo notar que toda la tropa se ponía en movimiento hacia el camino de Vitoria, con vivo estrépito de cajas y clarines. Hermoso era el espectáculo según él, a mis ojos tristísimo, porque la formación, y los toques militares, y el paso guerrero, y la vista de los gallardos jefes a caballo, y todo aquel tumulto de vocerío y colorines, traía con más vigor a mi mente la idea de la cruel Ordenanza. Llevome consigo Fernando a los alcances de la tropa, y por el camino me dijo que se preparaba un acto de reparación con toda la pompa y rimbombancia que la justicia militar exige. Espartero quería castigar con mano severa los actos sediciosos de Miranda, Hernani, Vitoria y Pamplona, y a los infames asesinos de Ceballos Escalera y don Liborio González, de Sarsfield y Mendívil, pues si no se contenía la indisciplina, el ejército se convertiría en horda salvaje; el arma creada por la Nación para su gloria y defensa sería una herramienta de ignominia... y entre facciosos y jacobinos harían mangas y capirotes de la pobre España, resultando al fin que las naciones extranjeras vendrían a ponernos grilletes y bozales. Declaro que Fernando me convencía y no me convencía; no sé cómo expresarlo. Sus razonamientos eran juiciosos; pero a mí no me entraba en la cabeza que por achaque de marcial honrilla tuviese yo que añadir mi autoridad religiosa al acto fúnebre de castigar a los que por matar sin reglas deshonraron su oficio de matar. Esta idea me volvía loco. En el principio se dijo: «no matarás.» Cristo Nuestro Señor nos ordenó perdonar las ofensas y hacer bien a nuestros enemigos. Al que me compagine esto con las guerras y con la Ordenanza militar, le regalo mi jerarquía vicarial castrense, con el uso de collarín y botones morados, y de añadidura mi encomienda de Isabel la Católica, última gracia que merecí de los superiores, sin que sepa nunca por qué.

De nada me valía mi santa indignación, y allá me fui casi arrastrado por Fernando, que presenciar quería la hecatombe. Y por Cristo que don Baldomero había dispuesto con arte la escena, formando toda su hueste en un grandísimo cuadro. Detrás de la infantería del Provincial de Segovia, que era el cuerpo delincuente, vi masas de caballería formidable; a esta otra parte, la artillería, cargada con metralla, según me dijeron; enfrente, los Guías del general, la tropa de más confianza; en medio, recorriendo las filas, el de Luchana, en un fogoso caballo que pintado parecía. El gallardo mover de sus remos, la arrogancia de su enarcado cuello, como su espumante boca, mostraban el hervor de su sangre guerrera. Con militar grito, que hacía poner los pelos de punta, Espartero mandó armar bayoneta. El chirrido que a esta operación acompaña recorrió las filas de un cabo a otro, produciendo en mi pobre piel el mismo efecto que si todas las puntas de aquellos hierros quisieran acariciarla. Siguió un silencio angustioso, en el cual se precipitó de improviso, como los truenos en el seno de la noche, el ruido de todos los tambores redoblando juntos. Cuando callaron, el silencio era más imponente. En mis oídos zumbaba la sangre de mi cerebro, repitiendo la palpitación de los pulsos de todos los hombres que estaban allí. Mirando a las caras mas próximas, en ellas veía reflejada mi pavura.

Mandó Espartero a su escolta y ayudantes que se alejasen, y se quedó solo en medio del cuadro... Accionando con la espada, rompió en voces que parecían truenos... Nunca, ni en el púlpito, ni en los clubs, ni en las Cortes, oí una voz que más hondo penetrara en el oído de los que escuchan. Apliqué mi oreja, haciendo con la mano pabellón, y sin entender bien los conceptos, ello es que me conmovían, no sé por qué. El tono elocuente me llegaba al alma, y si el sentido se quedaba en el aire, yo adivinaba en él no sé qué grande, sublime lección. Al principio apenas cogía palabras sueltas; luego, como si el silencio, a cada instante más profundo, destacase las ideas, llegué a pescar trozos oratorios. Oí este: Sangre preciosa tantas veces prodigada en los campos de batalla... El orador hizo luego una interrogación, a la que contestó todo el ejército con un sí, que me sonaba como el silbido de un huracán.

Después oí algo más, esta frase: Era la noche... un fúnebre ensueño ocupaba mis sentidos... La feroz discordia que peina serpientes por cabellos... Por Dios que fue de mi agrado la figura; mas no comprendí a qué venía. Pareciome después que el general se lanzaba a la idolopeya... Describía la aparición de un espectro, que no podía ser otro que el de Ceballos Escalera... Sombra ensangrentada, despeluznada, yerto el rostro y despedazado su cuerpo... Pensé yo que en el estilo militar podían perdonarse tantas asonancias... La sombra habla al orador, y le dice: Mira cómo me dejaste, mira cómo me ves. Repara mi agravio, salva a la patria... En aquel momento, la voz de Espartero no parecía voz humana. Sin poder fijarme en la retórica, yo lloraba. Quería ser crítico, y era un pobre ignorante, fascinado por la ocasión, por el aparato escénico, y, sobre todo, por el acento, por el arranque, por el gesto del orador. Vuelto hacia el paraje donde yo me agazapaba tras de la tropa para oírle, señaló con la espada a la villa, y pude oír claramente estas expresiones: Allí... Allí unos cuantos asesinos, pagados por los agentes de don Carlos, clavaron el alevoso puñal en el corazón de un hijo predilecto de la patria... Allí el trono de la inocente Isabel se conmovió al faltarle una de sus más fuertes columnas... Allí os arrebataron un amigo, digno de serlo vuestro, porque lo era mío; allí el príncipe rebelde consiguió una brillante victoria con la muerte de un poderoso enemigo, y allí, por último, los manes humeantes de la ilustre víctima claman venganza... Vuelto hacia el otro lado, soltó un hermoso epifonema, después una vituperación, inmediatamente una histerología o locución prepóstera, y luego, señalando al Provincial de Segovia, en cuyas filas se ocultaban los asesinos, gritó: Que les delaten inmediatamente sus compañeros, o el regimiento será diezmado en el acto. La voz y la espada eran rayos... Me retiré con las manos en la cabeza. No podía oír más. ¡Horrible susto!... Creí que ya estaban contándolos para matar uno de cada diez.

Después supe que, aterrados y confusos, algunos delataron a los culpables. Eran éstos treinta y tantos... Yo corrí; pero con mala suerte, porque me cogió Fernando, señalándome el camino que había de seguir, el cual a una venta próxima conducía. «¿Y qué tengo yo que hacer en la venta?» le dije... No pude escabullirme, y allá me llevaron, teniendo la desdicha de encontrar por el camino al maldito Ibraim, que me daba prisa, como si fuéramos a una fiesta, o a apagar un fuego. La tropa se puso en marcha... Vi a los delincuentes escoltados por los Guías... Metiéronles en la venta... Un consejo de guerra, que actuar y sentenciar debía sumariamente, les aguardaba... Cinco capellanes éramos; pocos a mi entender para tantas víctimas. Luego supe que los condenados a morir, o sea los más criminales, eran solo diez. Los demás irían a presidio. ¡Diez! También me parecía mucho.

No tuvimos que esperar largo tiempo los ministros espirituales, porque los de la ley humana despacharon en un periquete, dándonos el ejemplo de la brevedad, tan recomendada en cosas militares. Ibraim me pareció satisfecho de contribuir con su capacidad eclesiástico-castrense a la purificación del ejército. Encontraba muy natural la pena, y se condolía de que hubiera tardado tanto su aplicación. Mejores entrañas revelaban los otros tres compañeros, y uno de ellos allá se iba conmigo en aflicción y pusilanimidad. Al entrar y ver el tristísimo grupo de los diez pobres condenados, no pude contener mis lágrimas, y mentalmente les dije: «Pero, hijos míos, ¿a qué habéis hecho esa gran tontería de matar a vuestro general? ¿No sabéis que esas locuras se pagan con la vida...? ¡Vaya, que si vuestras madres os vieran en este trance...! ¿Por qué no os acordasteis de ellas antes de hacer fuego contra el superior...? Sin que me lo digáis, sé yo que todo fue obra de un arrebato, una funesta obcecación. No fuisteis a él, no, con intento de matarle; pero la enredó el demonio, y os perdisteis en un momento. Sin duda habíais bebido más de la cuenta... Ya os veo arrepentidos; lo estabais antes de ser condenados, ¿verdad? No sois vosotros tan malos como el general os cree. ¡Vaya, que os ha dicho unas cosas...! Perdonadle también, y preparaos a gozar de Dios, que os espera...» Casi las mismas expresiones empleé después con los dos que me tocaron, guapos chicos, ¡ay dolor! Y que estaban de veras arrepentidos. Mataron como por juego, sin mala idea. La guerra les enseña a segar vidas, a hendir con la bayoneta vientres y espaldas, a disparar el fusil contra cráneos y pechos, y acaban por apreciar en poco las vidas de nuestros semejantes. Cierto que su general era su general. ¡Pues estaría bueno que las honrosas armas empuñadas para defender a la reina, contra un corifeo de la misma augusta señora se volviesen! Hay que matar con reglas, ya que el matar dicen que es necesario. ¡Maldita guerra, escuela de pecados, salvoconducto de los impíos, precipicio a que ruedan las almas, simulacro del infierno!

El segundo que confesé era un chiquillo, que para interesarme y conmoverme más demostraba un valor sereno, enteramente a la romana. Creía merecer su castigo, lo aceptaba con estoica fiereza y una torva conformidad con tan cruel justicia. La confesión fue breve y me llenó el alma de angustia. Con la ternura más viva le prometí el Cielo, le pinté en breves rasgos las miserias de este mundo, ponderé las delicias de la bienaventuranza con que galardona Dios los pecadores que llegan a Él purificados por el martirio, limpia la conciencia de todo mal... El pobrecillo me creía... Vi en su rostro un no sé qué de confianza y placidez... Díjome que era vizcaíno, y que por intimar demasiado con camaradas de mala conducta se veía en aquel trance; que si era cierto que podía entrar en la Gloria, moriría pensando que Dios le franqueaba las puertas de ella, y pediría misericordia con toda su alma. Repetile mis consuelos, las seguridades de que pasaba a un mundo de perdón y felicidad. Le di un abrazo apretadísimo... Habría prolongado mis exhortaciones, mis cariños; pero no podía ser: ya todos concluían; las ejecuciones debían seguir al acto religioso con la prontitud que es norma del procedimiento militar. Breve es la misa, breve la confesión, todo rápido y a paso de carga, para tener contento al tiempo, el gran amigo de Marte.

Sacáronles a unas eras cercanas, y les colocaron de rodillas junto a una tapia, nosotros junto a ellos, hasta que con una seña nos mandaron retirar. Ibraim daba fuertes voces a los dos que asistía. Yo, a los míos, no sabía ya qué decirles. Creyérase que me fusilaban también a mí, según estaba de macilento y lívido. Por fin... Yo no había presenciado nunca cosa tan horrible. Sentí un pánico superior a toda mi entereza de varón y de sacerdote; quise huir; tropecé... Recogiome en sus forzudos brazos el bruto de Ibraim. Por un instante perdí el conocimiento, y al abrir los ojos vi los diez cuerpos en el suelo entre charcos de sangre. Sonaban los tambores como mil truenos.

Vi al capitán y a dos capellanes que se inclinaban sobre el fúnebre montón, reconociendo entre las víctimas a una que se incorporaba, pataleando. Era el mío, que había quedado vivo, sin ninguna herida mortal. ¡Jesús, qué susto, qué congoja! Alguien habló de rematarle. Sintiendo como si un rayo me traspasara, me arrodillé ante el capitán de Guías y le dije: «Si a este, que se ha salvado milagrosamente, no se le perdona la vida, que me fusilen también a mí. Así se lo diré a mi amigo el general en jefe.» En tanto, el pobre chico se ponía en pie, ensangrentado, más por la sangre de los demás que por la suya. Le cogí en mis brazos, gritando como un loco: «¡Perdón, perdón!» Los oficiales, para gloria suya lo digo, se pusieron de mi parte, y el capitán corrió a ver a Espartero. Minutos después venía el indulto... Dispénsenme mis buenos amigos: al llegar a este punto me siento tan mal por causa de la extenuación, de las terribles angustias de este crítico día, que me veo precisado a suspender la carta. Mi temblor y debilidad exigen que me recoja. La pluma dejo a Fernando, que rabiando está por quitármela, no solo por su afán de que yo descanse, sino por el gustazo de escribir a ustedes. Él lo hará con menos turbación que este su atribulado amigo y capellán —Pedro Hillo.

Termina don Fernando. ¡Qué pena, amigos de mi alma, ver a nuestro pobre clérigo en funciones tan impropias de su alma candorosa, de su condición pacífica y dulce! El pobre ha sufrido lo indecible, sacando fuerzas de su flaqueza, y alientos de su cristiana ternura. He quitado de su mano la pluma, pues su estado nervioso y febril me inspiraba inquietud, y obligándole a tomar algún alimento, le mando a la cama, entendiendo por esto un abrigado espacio entre albardones, mullido con buenas mantas.

Leída su relación, la encuentro tan ajustada a la verdad, que en ella no tengo que añadir ni una tilde. Contará la Historia el terrible escarmiento tal y como nuestro capellán lo ha referido, con la añadidura del milagro del pobre chico ileso, que más bien parecía resucitado. Le corresponde cadena perpetua; pero su juventud puede confiar en los indultos que traiga la política, o en los sucesivos actos de regia clemencia. Se llama Buenaventura Iturbide, y es natural de Bilbao. Le han metido en la cárcel, donde apenas pueden revolverse los infelices presos por espionaje, deserción y otros delitos. Mis amigos y yo les hemos socorrido para que no perezcan de hambre. Las tristezas del desgobierno de la nación, el espectáculo de los infinitos males y desórdenes que ocasiona la guerra, abruman nuestro espíritu, incitándonos a buscar en un oscuro retiro el olvido y el aislamiento. Deseo con toda mi alma salir de este pueblo, reponerme del fúnebre espectáculo de la justicia militar. Terminada esta carta, escribiré a mi madre con la extensión que ella desea y que es para mí el más grato empleo del tiempo; le contaré todo, le daré razón detallada de mis pensamientos más íntimos, y cumplido este deber, buscaré algún descanso entre albardas, para continuar nuestro viaje mañana tempranito.

En mi cerebro traje y conservo con amor vuestra casa y vuestras personas. Vivís todos en mí: la casa con su placidez, con su blancura; vosotros con la bondad y el cariño que en mí habéis puesto, y a que correspondo queriéndoos como a hermanos. ¿Qué me dicen mis discípulas, qué mis queridos chicuelos? Me considero estampado en su memoria, como ellos están en la mía, donde les veo y les oigo. Nos hemos quedado muy tristes con esta ausencia, ¿verdad? Yo les juro que de buena gana picaría espuelas hacia Villarcayo, si no tuviera el compromiso de acompañar a mi capellán hasta Vitoria. No se conoce la intensidad de los afectos, y la dureza de sus ligaduras, hasta que nos damos un tirón como este que me ha separado de vosotros. En fin, no digáis que me pongo romántico y sentimental. Más sencillo es deciros llanamente que os quiero con el alma. No os he perdido, no, porque deje de veros. Feliz como ninguno será el día en que os recobre vuestro hermano — Fernando.

III

De Pepe Iturbide a su padre, Casiano Iturbide, residente en Bilbao
Miranda de Ebro 1.º de noviembre.

Señor padre: Sabrá que mi querido hermano Ventura es salvo, no por misericordia del superior, sino por milagro que hizo el Altísimo, no permitiendo
que le dieran muerte las balas disparadas sobre él; con lo que queda dicho
que le fusilaron, sin que pudiéramos mis compañeros y yo hacer nada para
librarle de la pena, por lo que le diré ahora o después; que tantas cosas
desgraciadas nos ocurren, juntamente con la felicidad de ver vivo a Ventura,
que no sé por cuál empezar. Trajéronle a la cárcel, donde le están curando
las heridas, que no son graves; su condena, por conmutación, es de presidio para toda la vida, y aquí le tenemos, con lo que dicho queda que en
esta malditísima cárcel moramos todos, el que suscribe, y Zoilo Arratia, y
también el amigo Pertusa, a quien damos la encomienda de escribir por
todos, pues ya sabe usted lo torpes que somos Zoilo y yo para la escritura
corrida, y lo bien que menea la pluma don Eustaquio.

La parada que por cosas de Zoilo tuvimos que hacer en Villarcayo nos
retrasó, y llegamos aquí más tarde de lo que creíamos. Era mi propósito
entregar al general Van-Halen la carta del señor de Gaminde, y empezar mis
diligencias al objeto de sacar a Ventura del Provincial de Segovia (señalado
por indisciplina para un severo castigo) y pasarle a otro cuerpo. Pero la
mala suerte o nuestra tardanza, ¡ay de mí!, quisieron que aquellos cálculos
tan juiciosos salieran fallidos, pues apenas entramos en el pueblo, y cuando
nos hallábamos reparando el cuerpo con unas sopas, fuimos detenidos
y apaleados, se nos registró de la coronilla a los calcañales, quitándonos
cuanto llevábamos, dinero, armas, cartas y papeles, y para remate de tanta
picardía nos encerraron a los tres en el más pestilente calabozo de esta
cárcel, donde pedimos a Dios y a la Virgen Santísima que los gruesos muros
se vuelvan de cartón para escaparnos, o que a traernos la preciosa libertad
venga una mano bienhechora.

Pero han pasado dos días, y no viene a salvarnos mano de hombre ni
providencia de Dios, y estamos ya en el colmo de la desesperación, maldiciendo al cielo y a la tierra. Zoilo es el más inconsolable: se da golpes en
la cabeza, se arrastra por el suelo, echa de su boca horrores, muerde los

barrotes de la reja, como un ratón cogido entre alambres. Pertusa es el que lleva con más calma nuestra prisión, pues su acendrada fe le da confianza en Dios misericordioso y en el triunfo de la inocencia. Mientras Zoilo blasfema y se da golpes, Eustaquio reza; su religiosidad se me va pegando, aunque no tanto como yo quisiera. Yo lloro; pienso en mi casa y mi familia, y aguardo el instante de la libertad preciosa que nos han robado estos cafres. Desde el calabozo, diré más bien sepulcro, oímos ayer el ruido de la tropa que salió a formar cuadro hacia la parte del camino de Vitoria. Al estruendo de los tiros, temblamos de pavor, redoblando cada cual sus demostraciones: yo mis llantos, Zoilo sus blasfemias, Eustaquio sus Padre nuestros y Avemarías. A poco de esto vimos por la reja que traían a Ventura vivo, aunque manchadito de sangre; me puse a chillar con fuertes alaridos, y los carceleros se apiadaron de mí, permitiéndole entrar en nuestra mazmorra, para que yo pudiera abrazarle y él contarnos el caso feliz de su fusilamiento milagroso. Dice Eustaquio que ya en esto se ve claramente la mano de Dios, la cual no ha de tardar en venir hacia nosotros, pobrecitos inocentes perseguidos de infame justicia. Luego se llevaron a mi hermano a la enfermería, para curarle sus leves heridas con salmuera y vinagre, y no he vuelto a verle, aunque sé por el calabocero que está bien, comiendo como un descosido y deseando que le destinen a donde ha de cumplir su condena.

Por la declaración que hoy nos han tomado caigo en la cuenta de que nos acusan de espías del faccioso, y a mí, por añadidura, de desertor, lo que si es verdad por un lado, por otro no lo es. Cierto que me escapé del Provincial de Toro; pero yo y otros doce muchachos bilbaínos que fuimos agregados al batallón, no servíamos como tales soldados de la reina, sino como milicianos auxiliares, y no teníamos obligación de estar en filas más que dentro del terreno de Vizcaya, conforme a fuero, y así consta en papeles que firmaron don José Arana y el general San Miguel... De los trece, cinco abandonamos el batallón en Guardamino, después de batirnos heroicamente, aunque me esté mal el decirlo. Bilbaínos somos, y pertenecemos a la sacra Milicia Urbana, que obligada está, ¡vive Dios!, a defendernos contra esta picardía de meter en la cárcel a tres hombres de bien, que han derramado sangre preciosa por la patria, bajo estas o las otras banderas.

Haga por librarnos de tan horrendo suplicio, amado padre, poniendo en conocimiento del señor Arana, del señor Gaminde y de todos los pudientes de esa, la desgracia que nos aflige, para que manifiesten al señor Van-Halen y al invicto general Espartero nuestra honradez y circunstancias.

Cedo la vez a Zoilo, que ahora sale con la tecla de no querer escribir, porque su rabia le corta el dictado y no sabe poner sus ideas en orden, como es conveniente en todo buen discurso. Reniega del género humano, y hasta de las potencias celestiales, llegando a la gran abominación de decir de Dios cosas muy feas por haber consentido este vituperio. Tanto yo como don Eustaquio, con su bendita mansedumbre, tratamos de traerle a conformidad, y le hablamos de su cara familia para despertar en él sentimientos que no sean la ira loca. Pero no cede a nuestras razones blandas, ¡pobre amigo!, y me temo que su furor de independencia y el ver su voluntad entre hierros le lleven a convertirse de hombre sesudo en bestia feroz. ¡Dios tenga piedad de él y de nosotros!, ¡ay! Por su cuenta notifico que no hemos encontrado a Churi, y que en ningún punto de los recorridos nos han dado razón del desdichado sordo. Dice don Eustaquio, y por su cuenta lo pone, que cuando le conoció en el Bocal, iba pegadito a las faldas de una que llaman Saloma la baturra, de quien estaba locamente enamorado, en tal extremo de pasión, que era un puro volcán que reventaba con gestos furiosos y expresiones desatinadas. Le tuvo entonces por hombre perdido, abocado a un fin desastroso, el cual teme sea ya un hecho, o, lo que es lo mismo, que ya no se encuentre el pobre Churi en el mundo de los vivos. Con todo, si nos devuelven la libertad y Zoilo recobra su ser, indagaremos hasta encontrarle, empezando por tomar lenguas de esa señora baturra, que pertenece a la cuadrilla del llamado Uva, cantinero.

Concluyo, mi señor padre, pidiendo a usted la bendición, y mandando los cariños más acendrados a mi amadísima hermana Mercedes, y a mis hermanitos Deogracias y Lucas, a quien repartirá usted cuantos besos sean menester para contentarles a todos, así como buenas memorias a la Encarnación y a Camilo, y a los demás de casa. ¡Cuánto han de llorar, señor padre, usted el primero, cuando sepan la infausta prisión mía! Señor, desde este infierno lanza un ¡ay!, dolorido en demanda de socorro, y con las alas del corazón hacia Bilbao gimiendo vuela, su cautivo amante hijo —José Iturbide.

P. Don— Como hasta hoy martes, día de los Fieles Difuntos, no puede salir la carta, le añadimos este parrafito para que sepan que seguimos en la propia miseria y desesperación, ignorantes de cuál será nuestro fin. A mi hermano le oímos cantar anoche en el calabozo donde está con sus compañeros, condenados a pasarse la vida en Ceuta. ¿Qué harán con nosotros? Espartero se ha ido; Van-Halen con él, y estos tres míseros mortales sepultados aquí, esperando que la caridad y la justicia nos abran la puerta. ¿Por dónde andan estas señoras...? ¿Y entre los tantísimos Santos de ayer, ¡solemne fiesta!, no hay uno, uno siquiera que nos salve? ¡Oh injuria del Cielo, oh negación de la Omnipotencia!... Señor, estamos locos. Don Eustaquio le escribe al obispo, a la reina gobernadora, a don Pío Pita Pizarro, y creo que también al Papa. Me ha dicho que esta mañana mientras yo dormía, Zoilo dictó y firmó una carta para el caballero de Villarcayo. Ha trocado el furor por la risa, una risa enferma que da escalofríos. A sus carcajadas acompañan temblores de todo el cuerpo, y cuando don Eustaquio le habla de Dios, ríe mordiéndose las manos. ¡Señor, Señor, piedad de estos pobres!...

IV

De don Pedro Hillo a los señores de Maltrana
La Puebla de Arganzón, noviembre.

Aprovecho, mis caros amigos, un corto descanso en esta villa para darles referencia de nuestra feliz salida de Miranda, ambos con triste impresión de la tragedia que muy a pesar nuestro presenciamos. Si Fernando goza de perfecta salud, no puedo decir lo propio de su acompañante, el cual, por el camino, ha sentido que le rondan achaques antiguos. Hállase el tal, es decir, yo, un tanto febril, y no veo las santas horas de llegar a Vitoria para descansar a mis anchas. Creo que el susto de Miranda, que considero el más terrorífico de mi vida, me ha revuelto toda la naturaleza, sacando de los últimos fondos de esta males viejos, que yo creí dormidos o arrumbados para siempre. No se asusten, porque ello no será nada, y con reponerme de aquel terror, y con alimentarme y coger un largo sueño, pienso que he de tornar a mi habitual temple.

El tal Zoilo Arratia y sus dos compañeros entraron en Miranda, según mis noticias, el mismo día que nosotros, habiendo hallado alojamiento con rara prontitud, aunque la vivienda que se les dispuso no fuera muy de su agrado. A poco de llegar, se abrieron para los tres las puertas de la cárcel, donde gimen por los graves delitos de deserción y espionaje. De esto se les acusa; falta que sea verdad su delincuencia, y me guardo muy mucho de sentenciar a nadie sin conocimiento, que yo también, ¡ay!, he sido enchiquerado por conspirador, hallándome tan inocente y puro como los ángeles del cielo. Sean o no criminales los antedichos sujetos, tienen mi compasión por la pérdida de su libertad, y les deseo un buen juez, rara avis, que les redima o les condene según su merecido. Creí yo que el bilbaíno, tan oportunamente puesto a la sombra, no nos molestaría; pero no ha sido así. Poco antes de partirnos de Miranda, y cuando nuestro caballero se despedía de sus amigos en el parador cercano, llegó al nuestro una esquela escrita en la prisión por el Arratia, y a Fernando dirigida, en la cual manifiesta sentimientos contradictorios, extraña confusión de arrogancia y miedo, de amenaza y súplica, bien como quien se engendró en una cárcel, donde toda desesperación y delirio tienen su asiento. No viendo que por ahí nos pueda venir peligro, y atento a evitar a Fernando hasta el más leve motivo de disgusto, guardé la carta y nada le dije. Informo a ustedes del suceso, porque es mi deber procurar que nada ignoren; mas no vean en él motivo alguno de intranquilidad, pues para mí no lo hay. Solo me inquieta mi endeble salud y el deseo de llegar pronto a la gran Vitoria, donde nos alojara mi amigo el Canónigo patrimonial, don Vicente de Socobio y Zuazo, a quien daríamos el gran berrinche si nos fuéramos a la posada. Cualquiera que sea nuestro albergue, el señor de Socobio recibirá las cartas que de Villarcayo, de Madrid o de otra parte del globo terráqueo se nos dirijan... Ya viene Fernando; ya nos avisan que todo está dispuesto. Oigo el piafar de los briosos corceles. Partamos... Dios nos acompañe. Reciban los vivos afectos del caballero y los dos mozos, así como de este humilde capellán —Pedro Hillo.

V

De don Fernando Calpena a Pilar de Loaysa

Vitoria, noviembre.

Querida madre: Ya no puedo ocultar a usted por más tiempo el verdadero motivo de nuestra larga detención en esta ciudad. No había querido hablarle de la penosa dolencia de nuestro buen don Pedro, esperando a que su estado me permitiese juntar en una sola noticia la enfermedad y su alivio. Por desgracia, no puedo hacerlo así, ni sabe ya contenerse mi aflicción, la cual ha de ser mayor si no la manifiesto a la persona que más quiero en el mundo. Sí, madre querida; nuestro excelente y leal amigo, el que a entrambos nos dio consuelo y ayuda en los tristes días de nuestra separación, se halla gravemente enfermo desde que a Vitoria llegamos, y hasta hoy vanos han sido los cuidados y la solicitud con que le asistimos tanto yo como el señor de Socobio y sus angelicales sobrinitas. El mal que le aqueja es de los peores y más dolorosos: una antigua afección a la vejiga, exacerbada en este viaje. Gran quebranto sufrió la flaca naturaleza de nuestro amado presbítero con el espanto de las terribles escenas de Miranda de Ebro; mas aunque le vi profundamente afectado, pensé que con la distracción del viaje y mi compañía, para él siempre la más grata, no quedarían rastros de aquel trastorno. Ello es que no volví a ver en mi amigo la jovial sonrisa y el temple festivo que constituyen su personalidad. En La Puebla empezaron a molestarle los síntomas primeros de su mal: su tristeza en todo el camino me reveló su padecimiento, aunque se esforzaba en ocultarlo. En cuanto nos apeamos, fue preciso llamar al médico, y el ataque tomó en los días siguientes alarmantes proporciones. Mantúvose una semana en situación estacionaria, sin alivio notorio del sufrimiento ni crisis de mayor gravedad. Pero en la siguiente, esta se ha manifestado con caracteres inflamatorios que me hacen temer un desenlace funesto. Nada he de decir a usted de la conformidad y paciencia con que este santo varón lleva su terrible mal: ahoga sus quejidos para no causarme pena, y en los trances más dolorosos intenta enmascarar su inmenso padecer con una sonrisa que me destroza el alma. Habla de la muerte sin temor y hasta con regocijo; asegura que no le importa morirse después de ver arreglados nuestros asuntos, y a usted y a mí en libertad y disposición de amarnos. Esta era su aspiración, este su anhelo. Viéndolo cumplido, no tiene nada que hacer en el mundo. ¡Cuánta abnegación, qué alma tan hermosa!

La asistencia facultativa es excelente, pues el señor Busturia, hombre de no común saber, grave y estudioso, pone sus cinco sentidos en mi enfermo. De mi cuidado y vigilancia, velando a su lado noche y día, nada tengo que decir a usted, pues ya comprenderá que no haría más por el hermano más querido... Si ocasiono a usted una gran pena contándole el malestar de nuestro pobre amigo, me consuela el dar a mi madre una parte de mi tribulación, seguro de que la tomará generosa, por ser mía, y por ser objeto de ella el hombre nobilísimo y desinteresado que con tanta lealtad nos ha servido.

En estas ansiedades que sufro, siento a mi madre conmigo; ella me da aliento; ella redobla mi abnegación; su grande espíritu me conforta. Quiera Dios que en mi próxima carta pueda enviarle mejores noticias su amante hijo – Fernando.

VI

Del mismo a la misma

Vitoria, diciembre.

Madre querida: Si en mis tres últimas vengo transmitiendo a usted esperanzas con gradación muy lenta, en esta, que es la cuarta de diciembre, creo poder darlas con menos miedo de equivocarme. Me dice el médico que cree sorteado el gran peligro, y que el enfermo entra en un período de reparación, si bien es tal su debilidad, que aquella no puede ser rápida. Ya su estómago admite alimento, y estas noches últimas ha dormido con sosiego algunos ratos. El grave riesgo de la reabsorción parece conjurado totalmente. No obstante, me abstengo de entregarme aún a la alegría del triunfo, pues este es dudoso. Aprovechando los momentos en que le tenemos despejado, le he leído algunos trozos de las últimas cartas de Madrid, y aquel en que me expresaba usted su anhelo de vernos juntos los tres festejando el restablecimiento de nuestro capellán le afectó de tal modo, que hube de suspender la lectura porque el llanto le ahogaba.

Por cierto que no sé cómo hemos de pagar a este señor de Socobio y a su familia abnegación tan extremada. Llevamos aquí cuarenta días, con las increíbles molestias que ocasiona un enfermo grave, y ni un instante he visto desmentida la bondadosa paciencia de estos señores, ni en ninguna cara muestras de contrariedad o cansancio. ¿Proceden así por efusión caritativa, o por un exceso de sociabilidad, en la cual prevalece el culto de los cumplimientos? Creo que de todo hay en un grado superior.

Mucho me complace que ya esté en Villarcayo nuestro ínclito don Beltrán. Aguardo impaciente su primera carta. Ojalá sea histórica, y que siga el hombre con la vena de comunicarte los sucesos políticos y militares con su gracioso pesimismo. La última que me escribió de Madrid con la reseña biográfica del nuevo Ministerio es deliciosa. ¡Cuánto más dignas de los honores de la letra de molde son esas donosas pinturas que las infinitas insulseces que fatigan las prensas uno y otro día, y que solo servirán, como dice Bretón, para envolver los dátiles y el queso! Y ya que hablamos de notas biográficas, algo tengo que decir a usted de las mías, pues mi pobre historia, aunque parece dormida, no lo está, y cuando menos lo pienso se remueve, causándome tristezas y zozobra. Cuando esté más tranquilo y vea libre de todo peligro a mi caro capellán, le contaré a usted... Pero no, no: se lo contaré ahora mismo, para que no caiga en cavilaciones, que la mortificaran más de lo justo.

Vamos a ello, que tengo toda la noche por mía para darle a la pluma. Hillo duerme y yo velo, platicando con mi adorada madre, que se me figura está detrás de mí, mirando por encima de mi hombro lo que escribo. Esta mañana, hallándose el enfermo muy animado, y, según decía, con ganas de vivir, hablome así: «Fernando, se librará mi alma de un gran peso si te revelo un secretico.» Total: que Zoilo Arratia se presentó en Villarcayo preguntando por mí el día siguiente al de nuestra salida. No es esto solo. En Miranda, a donde se cree que fue en mi seguimiento, acompañado de otros dos individuos que Hillo desconoce, me libré de tan enojosa visita por la circunstancia de haber sido presos los tres caminantes a poco de su llegada, ingresando en la cárcel. ¡Qué raro es todo esto!, ¿verdad, madre mía? Entiende don Pedro, por algo que oyó en Miranda, que les detuvieron por espías y desertores. Casi estoy por salir a la defensa de Zoilo Arratia, no creyéndole capaz de tan feos delitos, si bien por otras infames violaciones de la ley moral le juzgue merecedor de condenación eterna. Bueno: sigamos, que aún falta lo mejor del secretico. En su calabozo escribiome el bilbaíno una carta, que recibió don Pedro mientras estaba yo en la calle despidiéndome de mis amigos. Naturalmente, por no disgustarme, se abstuvo de dármela, y la guardó en la cartera donde lleva sus testimoniales y otros papeles de importancia. «Busca, hijo, busca ese documento y descífralo si puedes, que para mí el que tales desatinos ha escrito, más que en el calabozo de una cárcel, debiera ser aposentado en la jaula de una casa de locos.» No tardé en encontrar la carta, y a la vista la tengo. Escrita con excelente letra española de pendolista, lleva en torcidos garabatos la firma del esposo de Aura. Extracto en forma breve sus conceptos delirantes y su nervioso estilo: «Estoy preso. Juro a usted que soy inocente. Bien puede creerme esto, como creerá que le odio con todo mi corazón. He venido en busca del señor don Fernando para que celebremos pacto de amistad, matándonos como dos hombres bravos... Sálveme, señor... Usted me aborrece, yo le aborrezco... Decidamos noblemente cuál debe vivir. Si usted estuviera preso, yo le salvaría. Yo carezco de libertad: démela usted; sálveme, que bien puede hacerlo con sus influencias. Seamos uno y otro libres, y al punto se verá cuál de los dos debe vivir y cuál no...»

Vea usted, señora madre, una verdad romántica, salida de la vida real, y rectifique lo que no hace mucho me escribía, asegurando que el romanticismo no tiene existencia mas que en los libros y en el irritado numen de los poetas. La tranquilidad espiritual que ahora goza usted le inspira estos juicios. Según vivimos, así pensamos. Las ideas audaces, las antítesis violentas son el centelleo de las Pasiones que nos agitan. La sensatez y el razonar frío nacen de la regularidad, de la satisfacción de los deseos... La intensidad dramática de un conflicto personal, de uno de esos nudos fatales que ofrece la vida, hacen de cualquier hombre vulgar un personaje de Víctor Hugo o Dumas. Andan por el mundo más Hernanis y más Antonys de lo que ordinariamente se cree... Sea usted benévola con mi pedantería, y no se inquiete por el repentino hallazgo de la carta romántica, que a mí no me ha causado el efecto que su autor, en este caso poeta sin saberlo, ha querido producir en mí. La guardo y espero. Me va muy bien con este clasicismo a que hemos llegado, después de tantas turbaciones y angustias, y no quiero salir de un estado en que gozo la inefable dicha de vivir en comunidad de ideas y sentimientos con mi querida madre. Pongo fin a estas cosillas con un aforismo que acabo de descubrir, y del cual doy a usted traslado para que se ría o nos riamos juntos: La felicidad es clásica.

Domingo. No tuve prisa en terminar mi carta, porque el furioso temporal de nieve nos priva de correo, según dicen, en dos o tres días. El de Villarcayo me trajo ayer carta de Valvanera, con la noticia de estar Pepita afectada de calenturas, aunque leves, alarmantes por la deplorable propensión de esas criaturas a los males de pecho. Afortunadamente había remitido la fiebre, y esperaban una pronta mejoría. Trájome también una donosa epístola de don Beltrán, de letra de Nicolasita, pues la menguada vista del ilustre señor difícilmente le permite ya, ni aun con cristales de gran fuerza, largas tareas de escritura. Pero su inteligencia y gracia no merman al compás de la vista. Había de leer usted, para gozar de ella como yo, la pintura de las fatigas que está pasando el pobre conde de Ofalia en la Presidencia de ministros. Según don Beltrán, las napolitanas han llevado al Ministerio al noble prócer y diplomático don Narciso de Heredia, porque en él ven al único arreglador de la intervención extranjera que nos libre de la guerra civil. Créese que esta vez, como las anteriores, Luis Felipe, a pesar de su amistad personal con Ofalia y de lo mucho que le considera, dirá como el pastor: «Con tu pan hago las migas, que con el viento no se oye.» En cambio, el bondadoso conde anda como atontado entre el barullo de las Cortes, elegidas antes de su nombramiento, compuestas de oradores fogosos que a todo trance quieren ministrar, aunque sea solo por un par de semanas, para repartir docena y media de destinitos entre los hambrones de la familia. Las disensiones del general en jefe con el Gobierno le traen loco; el militarismo crece y todo lo avasalla. ¿Dónde está el hombre de Estado por quien la nación suspira? El festivo historiador Urdaneta cree que el Mesías político que esperamos no es otro que su nieto el marqués de Sariñán, hace días electo diputado por Tudela, y ya camino de la Corte, apretándole a ello la falta que hace en España su presencia, según los agravios que piensa desfacer y tuertos que enderezar. Con estas burlas de su propia estirpe mezcla don Beltrán gallardamente juicios muy acertados sobre las diversas cuestiones pendientes, como esa zaragata que ahora se traen por restablecer los diezmos en el ser y estado que tenían antes del corte que les dio Mendizábal. La lucha entre el progreso y el retroceso como ahora dicen, se parece a la controversia que entablaron los conejos acerca de si era pachón o podenco el can que les perseguía. Confía don Beltrán que Higinio y Alejandro, los héroes de la Granja, habrían de encontrar arbitrios de gobierno más eficaces que los de estos señores, si les pusieran en las poltronas, y les dejaran proceder conforme a su elemental criterio, sin nada de lo mal aprendido en libros o peor cursado en las aulas parlamentarias. No le oculto a usted que el donaire de nuestro anciano me hace dichoso, y que no puedo menos de ver en el fondo de él una observación sagaz y un sentido justo. Es el siglo pasado, filósofo y analizador, que se ríe del barullo en que nos hemos metido los del presente, queriendo cambiar de mogollón ideas, formas y costumbres. Si digo un disparate, no me haga usted caso.

Martes. Continúa el mal tiempo, y los correos empantanados, contratiempos que tengo por insignificantes, junto a la felicidad de ver a mi querido clérigo en franca mejoría. Lo que siento es no poder transmitir a usted por los aires la expresión de mi gozo. Hoy quería don Pedro escribir a usted un parrafito; pero no se lo he permitido, porque aún está muy débil. Ya lo hará otro día, cuando los buenos caldos de gallina que le administran estas señoras vayan dando a sus sentidos corporales la energía de que hoy carecen. Leo al enfermo lo que escribo, y con esto se entretiene y es feliz. De esta familia de Socobio contaré a usted muchas cosas: aún no es tiempo. Son todos ellos, varones y hembras, un poco arrimados al retroceso, lo cual no quita un ápice a la bondad de sus corazones y a la excelencia de su conducta social. Parientes cercanos tienen en la facción, y alguno va y viene que les trae noticias frescas de lo que en ella pasa. Me abstengo por delicadeza de hacer indagaciones sobre estos particulares, y nada les pregunto. Hoy hablaré a usted con preferencia de un conocimiento que hice anoche mismo, a poco de cenar, por mediación de nuestro bondadoso don Vicente de Socobio. Hablome de un joven que ardientemente deseaba conocerme, y abriendo yo al instante las puertas de mi confianza al desconocido sujeto, no tardé en verle llegar a mí. En el comedor trabamos un largo coloquio, del cual vino algo parecido a la amistad, con las naturales reservas, pues el individuo de autos me ha parecido sumamente agudo, de estos que, revelando extenso saber de cosas, aún dan la impresión de que ocultan mucho más de lo que revelan. Es pájaro de cuenta, según las primeras sensaciones de mi olfato, y no rehuyo las nuevas visitas que me anuncia, pues la de hoy, para hacer boca, ha sido sustanciosa y de gran interés para mí, como verá usted por lo que voy a contarle.

Don Eustaquio de la Pertusa, que así se llama, o dice llamarse, este despabilado mozo, empezó revelándose como uno de los tres individuos presos en la cárcel de Miranda el día mismo de nuestra llegada: sus compañeros de viaje y de infortunio eran Zoilo Arratia y otro bilbaíno nombrado Iturbide. ¿Qué tal? Esto no lo esperaba usted, ni tampoco que mi visitante se declaró autor de la carta de Zoilo en su parte caligráfica y en algunos toques de su extravagante estilo. Vamos de sorpresa en sorpresa, mi querida madre, y no es la menor que el señor de la Pertusa está libre, como atestigua su presencia corporal, y los otros infelices continúan presos. ¿Por qué esta diferencia de suerte? ¿Será porque se ha demostrado que Iturbide y Arratia son criminales, y don Eustaquio inocente? No, señora; precisamente ocurre todo lo contrario, y vea usted el giro paradójico de este singular caso, que entra de lleno en la esfera de las creaciones románticas. En un arranque de sinceridad y de confianza, que no sé si me asombra o me asusta, el señor de la Pertusa me ha revelado que sus compañeros se hallan tan limpios del crimen que se les imputa como los ángeles del cielo; él, mi romántico personaje, no podía decir lo mismo. Sin dar tiempo a que yo expresara las observaciones que sobre tan extraña confesión se me hacían, me agració con preciosos datos de su historia. En su agitada vida militar y política había desertado dos veces: la primera, de las filas de los urbanos de Huesca, donde defendió la causa de Isabel; la segunda, de las filas de Cabrera (división de Forcadell), donde combatió por la Causa de don Carlos. La realidad y la experiencia persuadiéronle de que ambos ejércitos eran cuadrillas de locos, igualmente ominosas ambas banderas, funestos sus caudillos, infernales sus armas; y por estas y otras razones que no podía revelar, hase afiliado en las banderas de la paz, o sea en el salvador, en el honrado y noble partido que trabaja por la terminación de la guerra, no con pólvora y balas, sino con perdones y abrazos. Siguió a esto un ardiente encomio de los elementos de inteligencia y fuerza que constituyen el tal partido, al cual pintó como un gran cuerpo invisible dentro y debajo de las multitudes combatientes y en toda la extensión de la masa social española. Clero y milicia, nobleza y estado llano, forman la inmensa hueste de la concordia, y ha de alcanzar esta provocando lo contrario, o sea la discordia, en el seno de cada uno de los partidos guerreros. No me parecía mal este plan de campaña de los pacíficos, y al punto lo relacioné con los últimos disturbios en el ejército de la reina y los síntomas de indisciplina en el de Don Carlos. En buen hora viniese la descomposición si con ella venía la paz; pero esta no me parecía, y así se lo dije, muy firme y sólida, fundada sobre el cimiento de las energías corruptas.

Oyendo al exaltado joven, que se me iba representando como un pez muy largo y de muchísima trastienda, me asaltó una idea, después otra... Pensé primero en la monstruosidad inconcebible de que siendo culpable don Eustaquio e inocentes sus compañeros, hubiera recobrado el malo la libertad y los buenos no. Interrogado por mí con vehemencia acerca de este punto, díjome calmoso, clavando en mí sus ojos penetrantes: «Ellos están presos porque no tienen quien les ampare. Yo estoy libre porque cuento con relaciones, y por muy hondo que caiga, no me falta nunca un clavo sólido a que agarrarme. Escribí a un amigo, este habló con un personaje que no puedo nombrar, y héteme en la calle, sin que se nos dijera por qué salía yo y mis compañeros se quedaban.» Tanta iniquidad, injusticia tan cínica y desvergonzada, me sublevaron. ¿Pero España es así y ha de ser siempre así? ¿Es en ella mentira la verdad, farsa la justicia, y únicos resortes el favor o el cohecho? ¿Y sobre ese terreno, más bien charca cenagosa, se quiere fundar cosa tan grande como la paz?

Voy a la otra idea, que sin atormentarme como esta, también embargaba mi espíritu. «¿Por qué viene don Eustaquio a contarme a mí todas estas cosas? —me decía yo, observándole sin dejar de oírle—. ¿Qué ha visto en mí que pueda inducirle a tales confidencias? ¿Es un conspirador, un temible espía, o un farsante insustancial? Si su oficio es el espionaje, ¿por cuenta de quién lo practica?» De pronto surgió rápidamente de estas ideas otra, y sin preparación alguna se la solté en esta forma ruda: «señor de la Pertusa, usted es agente de don Eugenio Aviraneta. No le pregunto por qué o por quién conspira, ni me importa saberlo. Solo le digo que pierde usted el tiempo si ha intentado tantearme para que le ayude en sus maquinaciones.» Y él replicó al instante, gozoso, estrechándome la mano: «señor don Fernando, no puedo revelar a usted quién es mi jefe inmediato. Solo le digo que soy soldado de la paz, algo más que soldado, aunque no es bien que declare por ahora mi graduación. Por la paz trabajo, por la paz sufro persecuciones. He querido conocer y tratar a usted, porque el señor Socobio, a quien reverencio como a uno de los más calificados de la Causa pacífica, le designó entre los que creen que para terminar la guerra debemos meter cizaña en ambos ejércitos, desacreditar a sus caudillos, fomentar el cansancio de la tropa, el hastío de los pueblos.» Yo no había sostenido que esto se hiciera y trabajara como se amasa y cuece un pan, sino que era un hecho, un caso real, engendrado por hechos y casos precedentes. Pertusa, que, como todos los conspiradores, declaraba obra suya los fenómenos históricos, producto de la vida colectiva, afirmó que lo que yo llamaba hechos era resultado de la campaña de los pacíficos. Despedile al fin, fatigado de tan larga conferencia; pero él me anunció nueva monserga para el siguiente día, ansioso de comunicarme cosas que a su parecer me interesaban, y a cambio de este servicio me pediría mi cooperación en una forma que no había de comprometerme. Más que mi recelo ha podido mi curiosidad, y aquí me tiene usted con más deseo que temor de que vuelva.

He vacilado, querida madre, en expresar aquí una idea que me asaltó; pero dejando pasar la noche sobre ella, mi voluntad se ha decidido a manifestar a usted todo lo que pienso. He dormido mal, atormentado por esta idea, más bien propósito, que va usted a conocer ahora mismo. La injusticia me irrita, me subleva. No sea el favor instrumento del mal; séalo alguna vez del bien. Tengo amistades valiosas; dispongo de algún favor. No soy digno de mí si no voy a Miranda y pongo en libertad a los dos inocentes Zoilo Arratia y José Iturbide.

VII

Del mismo a la misma

Vitoria, diciembre.

Madre amadísima: Doy y usted me da los parabienes por la mejoría de nuestro capellán, ya bien manifiesta, y la informo de la segunda aparición del tal Pertusa, en el cual veo ya claramente un pájaro muy sutil. Añado que es agradable, de rostro moreno, con vivísimos ojos de ratón, sonrisa de pícaro redomado, mediano de cuerpo, de palabra fácil y graciosa. Un detallito para concluir de pintarle: estudió para cura; hasta recibir las primeras órdenes. Dejando la Iglesia por las armas, recibió en las filas de los urbanos primero, en las de Cabrera después, la última mano de la educación social con borla de doctor en toda humana picardía. En filas le dieron el mote de El Epístola, que ostenta como recuerdo glorioso de sus campañas.

Voy a mi asunto. En la de hoy interesante visita (trasposición tenemos), empezó por suplicarme el suministro de cuatro onzas para proseguir su viaje, de que han de resultar notorios beneficios a la Causa pacífica, y antes de saber mi conformidad con este audaz expolio, me doró la píldora, notificándome que en Vitoria se hallaba la cuadrilla de Uva, en la cual hay personas que podrán darme informes preciosos de lo que más vivamente me interesa. ¿He dicho algo a usted de la cuadrilla de Uva? Creo que sí. En efecto, la banda de cantineras ha entrado en Vitoria con la división de Buerens. Y puedo decirlo por propio conocimiento, pues cuando escribo esta ya estoy de vuelta de la posada de San Blas, donde, guiado por el amigo Pertusa, he podido ponerme al habla con los apreciables vagabundos que surten de aguardiente a nuestros soldados. El primero que me saltó a la vista, por conocerle de antiguo, fue Churi, el endiablado sordo, que se manifestó descontento de verme, y no empleaba, como otras veces, el lenguaje de sus garatusas expresivas. Su estado de ropa y carnes es lastimoso. Me causó mucha pena; díjele como pude que a Bilbao volviese con su familia, y el señor Uva, un sujeto que afecta gravedad impropia de su condición y oficio, respondiome por él que eso mismo le recomendaba la cuadrilla toda, sin conseguir quitársele de encima. Una mujer a quien llaman Seda, huesuda, larguirucha y muy charlatana, pegó la hebra; y como notase en mí no poco agrado de oírla, me llevó aparte, y entre sacos de paja y dornajos, me largó esta página biográfica, que extracto para no cansar a usted.

El tal Churi, que padece la enfermedad o monomanía del amor, con la contrariedad de que su sordera le imposibilita para satisfacer su espiritual anhelo, se prendó locamente de una hermosa mujer llamada Saloma la navarra; rechazado por esta, y brutalmente apaleado por un tal Galán, al parecer marido, recayó el infeliz en su dolencia, eligiendo para dama de sus pensamientos a otra graciosa mujer, también llamada Saloma, con el aditamento diferencial de la Baturra, y tanto la persiguió el pobre bilbaíno con sus galantes obsequios, tales muestras le dio de la fineza de su inclinación, que hubo la moza de sentir, si no amor, compasión, accediendo a concederle su cariño. Si este satisfizo en los primeros días al desgraciado joven, pronto hubo de encontrar que el forzado afecto de la baturra no colmaba la ilusión de su alma enamorada, ávida de inefables consuelos. Se advierte que las aspiraciones amorosas de Churi son elevadísimas, no contentándose con la fácil conquista de la mujer, sino pretendiendo la suprema comunión, el himeneo ideal...

Ya comprenderá usted, querida madre, que con los datos que me da la señora Seda, en su rudo y deslavazado estilo, compongo yo mi historia, procurando la mayor fidelidad en lo sustancial. Sigo, con el recelo de que usted verá en lo que escribo antes la novela que la historia. Lo mismo da: adelante... Pues a las dos semanas, Saloma no podía resistir ni la persona ni las extremadas demostraciones patéticas del pobre Churi. No pocos anduvieron en compañía de dos individuos de la cuadrilla de Galvana, trayendo y llevando recados a una señora que se apareció medio loca en Orduña, y anduvo desatinada por los caminos, hasta que su familia la recogió en Salinas de Oñoro. Con los enredos que de dicha señora se traían, fueron Saloma, Churi y sus dos compañeros a La Guardia; siguieron hacia la Bastida, y como la baturra no se recatase en manifestar su preferencia por uno de los de Galvana, guapo mozo, cabal en todos sus sentidos, trabáronse el tal y Churi en grande pelea, primero a puño limpio, luego con navajas, de la cual porfía resultó la dama más estropeada que los galanes; volvió el sordo lleno de achuchones y puntazos al corral pacífico de Uva, y de Saloma no se supo más sino que en Miranda terminó su turbada existencia, recibiendo cristiana sepultura en el camposanto de aquella villa.

Madre mía, oigo a usted exclamar: «novela, novela», y yo digo: «historia, historia.» Pulimentando la forma del texto, por el maldito vicio de corrección a que nos induce la llamada cultura, sé que echo a perder el pintoresco relato de la señora Seda. Pero ya no tiene remedio. ¿Cuándo inventarán un daguerrotipo de los sonidos que nos permita sorprender la palabra humana en toda su espontánea belleza...? Pues sigo...

No, no sigo, que estoy cansado. Hasta mañana.

Viernes. ¿Se fijó usted en la muerte de la Baturra? He aquí un enigma descifrado. Yo mismo empiezo a dudar, y digo con usted: «¿novela...?» Adelante. Agregado Churi otra vez a esta cuadrilla, no pasó mucho tiempo sin que aparecieran nuevas erupciones del volcán de su pecho. No habiendo por allí hembras del buen ver de las dos Salomas, navarra y baturra, ofreció su alma a una viuda que vendía tabaco, la cual le doblaba la edad, conservando restos apenas perceptibles de una destruida hermosura, contemporánea de Talavera y Arapiles. Díjome Seda con discreción que si no había logrado el sordo poner digno remate a su conquista, no debía de andar muy lejos de ello, a juzgar por ciertas blanduras que notaba en el arisco carácter de la Pringosa, que así llamaban al nuevo ídolo. Lleváronme a verles en un corral donde el galán y la dama, con otros de la partida, se ocupaban en los poéticos menesteres de limpiar él los borricos, y ella de remendar los aparejos. Hallé en la dama notoria semejanza con una característica que hemos visto en Madrid mil veces haciendo papeles de patrona o de Celestina en piececillas y sainetes; pero no puedo recordar cómo se llama. Traté de interrogar a Churi para que me aclarase el punto (convengamos en que la verdad se tuerce y descompone en mis pobres manos, convirtiéndose en novela), el punto oscuro, digo, de la señora trastornada, de la señora que vagaba por la Peña de Orduña, de la señora... En suma, de la que habría tenido un dramático fin, si no la recogiera su familia en Salinas de Oñoro; mas nada pude obtener del desgraciado mozo, que parece ya tan corto de inteligencia como de oído, y es un arca cerrada con las llaves de la imbecilidad. Sus ojos, antes tan vivaces, ya se cuajan atónitos y mortecinos; su boca ha perdido los mohines que sustituían la palabra; su cuerpo languidece. No hay manera de entenderse con él ni de que pronuncie dos conceptos acordes. Parece que solo le entiende la Pringosa, y que su alma, aislada de todo el Universo, solo para ella tiene lenguaje y expresión de alma humana. Dejele al fin, cansado de sacudir golpes en aquella puerta para que se abriese. Está enmohecida, y las ideas que guarda también son roña y podredumbre. ¡Infeliz Churi!

Antes que se me olvide: el gran presbítero entra en convalecencia franca. Come y bebe con mediano apetito. Le permito el uso de lápiz y papel para que satisfaga el deseo de escribir a usted participándole su resurrección. Pues sigo: me ha parecido que el servicio del Epístola, dándome a conocer la sociedad de los aguardenteros, a quienes debo tan útiles informes, bien merece una recompensa. He puesto en su mano tres onzas, asegurándole que disfrutará de otras tres si cuando regrese de Vizcaya, para donde parte sin dilación, me trae noticias auténticas de todos los individuos de la familia de Arratia.

Sábado. Me ha turbado toda la noche, quitándome el sueño, el recelo de que usted no apruebe el encargo que di al condenado Epístola. Lo primero que hoy hice, al levantarme, fue mandarle venir a mi presencia para retirar mis órdenes y deseos de nuevas noticias. Con otra pelucona completo lo que me pidió, y le advierto que no quiero saber nada, que no se acuerde más del santo de mi nombre. Pero mientras corto comunicación con un pasado triste, veo que se adhiere más y más a mi espíritu la idea que ya manifesté. Quiero libertar a Zoilo Arratia, quiero emplear en aquel desgraciado enemigo mío los sentimientos de justicia que llenan mi corazón. Nada haré sin el consentimiento de usted. ¿Cree que me conviene guardar para otra ocasión mi sed de justicia, y que mi cristiana idea no debe tener aplicación por ahora? Dígamelo: que no hay para mí mayor gozo que someter mi criterio al de mi buena madre, y expresar con mi subordinación mi grande amor. ¡Oh, que no fuera mañana mismo el venturoso suceso que usted me anuncia, reunirnos en una casa que comprará en Burgos, Briviesca, o Medina de Pomar! ¿Dónde? Si usted no me lo dice, me encariñaré con el sitio antes de conocerlo. Puesto que usted aguarda solo a que calmen los fríos para venir cerca de mí, a mi lado quizás, yo al lado suyo, contaré los días que restan de diciembre, los del próximo enero, calculando que al término de ellos comenzará la mayor dicha de mi vida. Y cierro esta: ya es bastante. El tiempo mejora; la nieve se derrite; el frío es tolerable. Que pase, que pase pronto. Días asoleados y placenteros, venid, venid. Abrazos mil de su amante hijo — Fernando.

VIII

De Pilar de Loaysa a don Fernando

Madrid, enero de 1838.

Hijo mío, niño, sí, sí, cuando pasen los fríos... Pero estos fríos, ¿qué hacen que no pasan? Por mí no los temo, a pesar de mi delicada salud; pero me han fijado ese plazo, y es forzoso que yo me someta a la voluntad de quien puede y debe dirigirme... Ya han pasado los Santos Reyes, tan guapos con sus trajes de púrpura, su lucido séquito, sus camellos arroganes... Ahora estoy esperando al venerable San Antón, con la barba hasta la cintura, su tosco sayal, y el cerdito tan mono; le oigo ya los pasos... Tras él, muy cerquita, viene San Sebastián, y poco falta ya para estar a las puertas de febrerillo loco. Pronto, niño mío, sí, prontito... ¡qué gusto!

¡Ay, ay, cuánto he llorado con tu última carta! Tu anhelo de justicia, tu sublime rasgo de caridad, salvando al enemigo injustamente condenado, te enaltece a mis ojos; me siento orgullosa de ti. Ríanse otros de la caballería, de ese ideal del bien y la justicia tan arraigado en almas españolas; yo no me río, no puedo reírme de eso. Lo llevo en la masa de la sangre. Caballeros mil tengo entre mis antepasados. En ti se reproduce mi raza generosa, cristiana, grande por el valor, por la abnegación y el heroísmo. Tienes a quién salir.

Te diré con entera franqueza lo que pienso sobre el particular. La catástrofe de tus amores en Bilbao me obligó a imponerte una sumisión absoluta, y con ella te salvé de mayores desastres; pero no he querido, no, decapitar tu voluntad ni matar tu iniciativa. No puedo menos de considerar, al propio tiempo, que al revelarme a ti y descorrer el velo de tu origen, si te he dado el consuelo dulcísimo de poseer una madre, he quitado a tu personalidad en el mundo aquel brillo, aquella dignidad ¿por qué no decirlo?, que ostentan personas nacidas de padres menos ilustres, pero en condiciones normales y regulares. Esto es tan delicado que no sé cómo decirlo. Pero tú lo entiendes, mi bien, y me basta. Bueno: pues el conocimiento de tu origen nos trajo, creo yo, la abdicación de tu voluntad. Mi amado hijo me resulta un muñequito, ¡ay, sí!, un lindo juguete sin vida para recrear la mía. No, no: esta condición muñequil no puede satisfacerte, ni a mí tampoco me satisface. El vacío de que antes hablé, producido por la irregularidad del origen, no se llena sino con la rehabilitación de la voluntad, para que con ella emprendas altas y

43

nobles acciones. Lo que te falta, aprecio de ti mismo, conciencia robusta de tu valer, créalo tú con potente audacia, fundando un hombre nuevo sobre las ruinas del pobrecito chasqueado en la Villa heroica; lo que de menos tienes en dignidad por tu origen, búscalo ahora y agrégatelo y complétate... ¿Me entiendes? Creo que sí... Pues bien: tus impulsos de caballería me saben a gloria... Soy muy caballeresca. Te reconozco. Apruebo plenamente que quieras ganar lo perdido. Tus ideas cristianas de suprema hidalguía y virtud son la grandeza que yo quiero para mi hijo. Sí, da libertad a ese hombre.

Pero ¡ay!... Aguarda... No... Me dejo arrastrar de mi imaginación... ¿Y si te pasa algo? Ya sale aquí la madre. ¡Oh, sí!, la madre tiene que mirar por tu vida, por tu felicidad. ¿Y si todas esas grandezas morales y caballerescas me privan de tu felicidad, de tu vida...? No, Fernando, no hagas caso de ajenas desdichas. Deja a ese hombre que se arregle como pueda... Retiro lo que habrás leído. Habló antes la ricahembra; ahora habla la madre. Súbitamente me vuelvo muy ñoña. No me resigno a que el amor de mi vida afronte los peligros de la ingratitud, de la brutalidad de un hombre que es quizás un malvado... No, no: consérvateme muñequito; desechemos las aventuras, el quijotismo, las sublimidades peligrosas... Ya soy vieja, y quiero mi paz, tu felicidad. Seamos clásicos, muy clásicos...

Permíteme que suspenda esto y que aguarde algunas horas para pensarlo mejor...

He pensado, y me decido al fin por que no tomes ninguna resolución, al menos hasta que yo vaya y hablemos. El otro podrá aguardar en la cárcel. ¿Qué le importa un mes más o menos? Seamos egoístas... Digo, clásicos.

No estoy conforme, no. Me tomaré un plazo más largo, toda esta tarde y toda la noche. Mañana, con mi cabeza despejadita y fresca, pronunciaré sentencia definitiva. En tanto, no habiendo para mí otra alegría que escribirte (pues mientras vacío en el papel mis pensamientos, me figuro, como tú, que por encima de mi hombro miras lo que escribo), déjame que garabatee un poco más, hablándote de otros asuntos. Pues sí: le cuento los pasos al buen San Antón, y preparo mis bártulos minuciosamente, apuntando todo lo que he de llevar para que no se me olvide nada. A mi muñequito le llevo mil juguetes. Otros muñequitos como él, que se llaman Víctor Hugo, Dumas, Byron, Walter Scott, a los que he provisto de elegantísima ropa, encuadernación lujosa, con cantos dorados. Esto de los cantos dorados es objeto de mis mayores ansias, y a propósito del brillo y pureza del oro, he tenido terribles agarradas con el sastre de libros, vulgo encuadernador. Para tu romántica persona llevo también tapas lujosas, abrigos de pieles, pues me temo que aun después de mi llegada persistan los fríos enojosos. Y para nuestro buen Capellán no faltará provisión de magnífica ropa de invierno. Vigilo el arreglo de mi silla de postas y la proveo de todas las comodidades. Y no quiero ocultarte que iré bien preparada también de recursos morales, de hábiles defensas contra las intrigas de Juana Teresa. Por Valvanera he sabido que fue a La Guardia con el único objeto de denigrarme, revelando a los Navarridas secretos que descubrió revolviendo los papeles de don Beltrán. La impresión producida en aquella gente sencilla y timorata ha sido de recelo y disgusto, pues Doña Urraca supo presentar las cosas por el lado que le favorecía, y llenar de escrúpulos el cerebro de las muchachas y de sus apreciables tíos. La situación, hoy por hoy, es la que a renglón seguido te expreso: Doña María Tirgo, resueltamente en contra nuestra, con terquedad irreductible; don José María, vacilante, sufre grandes angustias y bascas, pues queriéndote de veras y admirándote, se siente bajo la presión y horrible dominio de los de Cintruénigo. Su mansedumbre y debilidad son un gran peligro, pues me temo que al fin su hermana le arrastre, y le veamos en una actitud marcadamente hostil. Fíjate bien en que don José María es tutor de las niñas, y que Demetria se halla bajo la autoridad tutelar hasta los veintitrés años, que cumplirá en mayo del 39. ¿Te vas enterando? Demetria no podrá contraer matrimonio sin licencia de su tutor, y este, según la ley, no está obligado a dar ninguna explicación de su negativa. Por todo lo expuesto, mi querido hijo, en conciencia debo aconsejarte que suspendas por ahora tu viaje a La Guardia. Conviene que nos demos un poquito de tono. Nuestra dignidad nos exige no mostrar un interés excesivo, ni las prisas del solicitante importuno. Ello ha de venir por su propia madurez: no nos precipitemos. ¿Estás conforme? Aseguro que sí.

Y va de noticias. Ha llegado a Madrid mi excelso sobrino el marqués de Sariñán, con la investidura de diputado por Tudela. Pásmate: no ha ido a buscar alojamiento apropiado a su categoría en Genieys ni en las otras dos medianas fondas que aquí tenemos, y se ha metido en casa del amigo

Mendizábal, sujetándose a un modesto pupilaje. Viste regularmente; pero sus camisas, obra de la tijera y aguja de Doña Urraca, ofrecen un corte de cuellos de extraordinaria novedad. A poco de jurar su cargo, se ha lanzado a la oratoria, haciendo su estreno en la marimorena de los diezmos con un discursito pálido, aprendido de memoria, que ha pasado como un rumor, sin dejar eco más que en el Diario de las Sesiones. Forma en las filas del más furioso retroceso, con Alejandro Mon, y Castro y Orozco. Dícenme que gestiona la compra de bienes monacales a bajo precio, entendiéndose con los que liquidan y tasan. De esto no respondo. Lo verosímil no siempre es verdadero.

Domingo. He pensado, he meditado anoche... Vuelvo de misa: en mi espíritu se confirma esta resolución, que sin duda me inspira Dios. Hijo mío, haz lo que te dicte tu gran corazón. No me determino a limitar tu libertad, la preciosa iniciativa de quien lleva en sus venas sangre de tantos héroes antiguos y modernos. Sé lo que digo, y lo escrito, escrito está. Llena mi alma la convicción de que Dios ha de protegerte, y a mí no me negará el consuelo de verte triunfante. Ansío que tu alma se fortalezca de dignidad, que tu conciencia se recree contemplando la nobleza de tus acciones. Dios está contigo. ¿Cómo no, si yo soy buena, si te idolatro, si eres mi vida? No temo nada. Que a ti y a mí nos gobierne tu magnánimo corazón. Mil besos de tu madre amorosa — Pilar.

IX

De don Beltrán de Urdaneta a Fernando Calpena

Villarcayo, enero.

Joven ilustre: En estos regalados ocios, mi ancianidad se repara de sus quebrantos, y heme aquí menos vejestorio, no te rías, de lo que a primera vista represento. Hasta la facultad de ver, que era entre todas las mías la más averiada, parece recobrarse, y aquí me tienes escribiéndote sin auxilio de Nicolasita. Esta y su hermana me encargan que no deje para lo último el ponerte sus memorias; insisten en que las eche por delante, en los comienzos de la carta. Así lo hago, y relámete, ingratuelo, con los dulces afectos que te envían mis nietas. Toda la descendencia de mis queridos hijos está vendiendo vidas, lo que me regocija en extremo, porque dice Valvanera que yo he traído la salud a su casa. ¡Qué orgullo para mí...! Entre paréntesis, me hiciste mucha falta para las magnas obras del nacimiento que armé a los chiquillos, y para la venida de los Reyes, que representamos en el salón con desusada solemnidad, sin que faltaran camellos corpóreos, negros de carne, y la estrella refulgente. ¡Y tú en Vitoria, detenido por la enfermedad del eximio capellán! Gracias sean dadas a Dios por la mejoría de tu amigo. Solo falta que decrete pronto el restablecimiento y os traiga a los dos para acá.

Ya sé que presenciaste en Miranda un suceso histórico. Fea y horripilante página te tocó, joven ilustre. Pero así se aprende. En mi campaña del Maestrazgo hube de familiarizarme de tal modo con los fusilamientos y el continuo sacrificio de seres humanos, que ya ni un ligero temblor me producían espectáculos tan terribles. ¡Bonita Historia de España están escribiendo unos y otros, mi querido Fernando! En parangón con esos trágicos anales, debemos presentar nosotros los del género festivo, de que te mandé algunos capítulos matritenses, que guardarás como oro en paño. La Providencia se encarga de encariñarme con esta para mi fácil tarea, proporcionándome activos corresponsales, que me envían, sin yo pedirlos, preciosos datos. Dime tú: ¿tienes noticia de la toma de Morella por los carlistas? ¿Sabes cómo fue? ¿A que no? Pues yo he recibido hoy mismo carta de un amigo que dejé por allá, Nicasio Pulpis, el cual, como autor principalísimo en aquel lance, me lo describe puntualmente. Antes de referírtelo, déjame filosofar un poco, déjame que sea también algo profeta, que el profetizar es propio de ancianos alumbrados por la experiencia. Pues digo que ahora, con la posesión de aquella plaza en el riñón del Maestrazgo, centro de una imponente masa de baluartes construidos por la Naturaleza, Cabrera, cuyo militar instinto y ciega bravura conozco de visu, será dueño de toda la región española que derrama sus aguas en el Mediterráneo. Pronto le verás dominando la plaza de Castellón. Ambas riberas del Ebro, desde Caspe a los Alfaques, serán suyas, y, por fin, Valencia prolífica, con sus codiciados frutos y sus lindas muchachas, caerán en la garra del fiero leopardo. Este se ha de crecer, no solo por la importancia colosal de las posiciones que posee, sino porque su ejército y territorio se mantienen libres de la discordia y corrupción que reinan en el Norte. Lo que creó Zumalacárregui en Navarra y Guipúzcoa se desmorona por la imbecilidad del partido eclesiástico; en cambio, lo creado por Cabrera en Oriente adquiere cada día más vigor, porque allí no hay partidos, allí no hay más que la voluntad férrea de un gran soldado. El dualismo destruye la facción en el Norte; la unidad la fortifica en el Este. Verás muy pronto a Cabrera emancipándose de la autoridad de su menguado Rey, y combatiendo por un absolutismo acéfalo, que llamaremos protectorado, dictadura. He aquí, Fernandito, que lo que no han podido las realezas con el apoyo clerical y las defecciones del ejército, lo puede un pelanduscas con algunos puñados de barro popular. Apunta todo esto que te digo, para que si cierro el ojo antes de lo que deseo, veas confirmada en los hechos la profecía del humorístico don Beltrán. Cuando la realeza falla, cuando la milicia es impotente, inepto el cleriguicio, incapaz la aristo-cracia, veamos, hombre, veamos si aparece algo grande y fuerte en medio del surco abierto en la tierra, allí por donde anda la reja del arado. ¿En dónde crees tú que está la energía? ¿En los señoritos, en la nube de palaciegos y empleados, en los de pluma en la oreja, en los de espada al cinto, en los asentistas y contratantes, en los que comen de fonda, en los que andan muy huecos porque han bebido algunas gotas de lo que llaman el espíritu del siglo? No sabes contestarme. Miras en derredor tuyo, y no ves la energía. Yo tampoco la veo; pero sé dónde está y me lo callo, porque no crean que chocheo, que desvarío. Y como te veo arrugar el ceño, corto aquí mi vena profética y te contaré cómo ganaron los carlistas la plaza de Morella, y el ingente castillo enclavado en risco inexpugnable. Pues salió de la plaza un aprovechado artillero cristino, más traidor que Judas, y propuso a Cabrera construir una escalerita, cuyas medidas bien tomadas dio, con la cual podían subir al castillo veinte hombres, favorecidos de la oscura y tempestuosa noche. Ello fue un asalto de teatro; vieras allí trepar a los baluartes, franqueando ásperas rocas talladas a pico, a la vil comparsa con el traidor a la cabeza. Sorprenden al centinela y le dejan seco. Apodéranse del depósito de granadas de mano, y la emprenden contra la guarnición, que acude a una defensa tardía. El gobernador trata de forzar la puerta del castillo, ya en poder del audaz asaltante, y resbala y cae, y se disloca ambos tobillos. La guarnición desmaya, recoge del suelo a su jefe, y adiós Morella. Se largan de la plaza, viendo la imposibilidad de defenderla, una vez perdida la cúspide del fortísimo mogote, que es como un gigante con cabeza de hierro, manos de fuego y patas de granito.

¿Qué te parece de este hecho de armas? Dirás que es vulgar, villano. No, hijo: es la guerra elemental y primitiva. Ahí tienes cómo sin paralelas, ni planos, ni artillería, ni minas, ni nada de ciencia militar, se toma una formidable plaza. ¿Pero qué digo? Fundamento de la militar ciencia es la astucia. Añádele el arrojo, y tienes el perfecto soldado. Ahora irán los sabios a recobrar a Morella, y verás lo que sacan... Te lo repito, sé dónde está la energía; pero me lo callo. Quiero llevarme a la tumba ese supremo conocimiento.

Y hablemos de otra cosa, ea. Al pobre Don José M. De Navarridas le tenemos loco, de la grande perplejidad en que le ha puesto Doña Urraca, pintándote como un monstruo de vilipendio. ¡Horror de los horrores! ¡Vaya, que tú monstruo! ¿Y yo, qué seré...? Lo menos el Anticristo. Nuestra generala Pilar, que ya se dispone a venir a regocijarnos con su presencia divina, nos manda suspender las hostilidades, y a mí me recomienda la prudencia, pues opina, con muy buen juicio, que si tomo partido por vosotros con demasiado coraje, el furor de la hidra de Cintruénigo puede precipitar las cosas de un modo desfavorable para ti. No hay duda que el benditísimo Navarridas, a quien tiene trincado por los cabezones la implacable Tirgo, negaría el consentimiento si fuésemos tan simples que pidiéramos a deshora la mano de la niña. No haremos tal. Nos consta que las últimas embestidas para que apechugue con Rodriguito han sido tan infructuosas como las de marras. Se mantiene en sus trece, ¡vaya una hembra!, guardando en su alma, con piadoso recogimiento, la devoción del monstruo.

Adiós, hijo mío. Recibe los dulces afectos de esta familia y la bendición de tu anciano amigo y maestro —don Beltrán

X

Del mismo al mismo

La Nestosa, febrero.

Chiquío: Allá te va más historia, y de la palpitante, de la que duele. Henos aquí refugiados en la villa de La Nestosa, donde hemos tenido que replegarnos todos con la familia menuda, batería de cocina y regular impedimenta de provisiones, huyendo del dios Marte, que se metió inopinadamente en nuestro valle de Mena, mandando primero por delante gavillas de facciosos, trayéndonos después dos divisiones del ejército del Norte, que iban al socorro de Balmaseda. Tan feo mohín vimos en la cara y entrecejo del citado dios de la guerra, que acordamos retirarnos por el foro, trasladándonos a la casa de Juan Antonio en La Nestosa, donde hemos esperado el resultado de los brillantes hechos de armas que han despejado aquel territorio, arrancando a Balmaseda de las garras del retroceso (así dice el alcalde de esta villa, el cual goza de merecida fama por la finura de su estilo).

A la salida de Villarcayo me encontré a Baldomero, con quien charlé como una media hora, de la cual consagramos algunos minutos a tu persona, pues él me preguntó por ti, y yo le informé de tu feliz situación presente, agregando los vituperios que me parecieron del caso. También vi al general Fermín Iriarte, a Latre y a Castañeda. Conociendo mi repugnancia de referir hechos militares, que comúnmente son cortados por un patrón casi invariable, no me exigirás puntual noticia de los achuchones que en aquellos riscos y barranqueras se dieron unos y otros. Ello es que el caudillo faccioso Cástor Andéchaga recibió un tremendo palizón, y que serán inscritos en el libro de la Historia los nombres de Biérgol, Orrantía y Gordejuela, donde corrieron torrentes de sangre, según dicen, que yo no lo he visto. Uno y otro día, desde el 29 de enero, escaramuzas y combates se sucedían, llevando la mejor parte los de acá. Pero tanta y tanta fuerza acumularon esos indinos en los montes circundantes de Balmaseda, que el de Luchana tuvo que echar el resto, embistiendo con el brío que suele gastar, y al fin las huestes del progreso (sigue hablando mi alcalde) forzaron el paso de Orrantía, con lo que quedó sellada la victoria, y el servilismo en desordenada fuga. Veremos lo que duran estas ventajas, pues, según observo, en la presente guerra no hay mas que un tejer y destejer continuo, y un tomar y dejar territorios. Cruel sangría derrama la vida de la patria en el suelo de esta, y si no se la cierra pronto, las venas no contendrán más miseria y podredumbre. Ya me parece un bromazo demasiado cruel la contienda entre el don Isidro y la angélica, y hay que pedir a Dios y al Rey de Francia otros cien mil tataranietos de San Luis, o de San Felipe, que vengan a poner orden y concierto en esta casa de orates, donde no hay ningún loquero que sepa su obligación.

En fin, hijo mío, que tú has de ver muchas cosas que ojalá no sean tan tristes como las presentes. Aunque todo ha terminado, y Balmaseda y su comarca son de Isabel, y ningún riesgo correríamos en Villarcayo, seguiremos disfrutando del buen tiempo y del sosiego de este lindo valle, y aquí estaremos hasta que recale tu madre en Medina, acontecimiento dichoso que nos anuncia para el próximo marzo. Valvanera y Juan Antonio te escribirán. Hoy me toca a mí, con el auxilio de Nicolasa (pues la condenada vista se me ha resentido de la jarana de estos días), ponerte al corriente de nuestra fuga, sin que grandes ni chicos hayan sufrido la menor alteración en su salud. Ni una tos infantil hemos oído en el tiempo que aquí llevamos, y fuera de ansiedad por lo que pudiera ocurrir en la casa de Mena, todo ha sido bienandanzas. Que te veamos pronto, niño, y que tu Capellán se recobre, y que tu mamá nos visite, y que nos reunamos todos para general satisfacción, presididos por la venerable persona del viejo — Urdaneta.

XI

Agotada la preciosa colección de cartas que un Hado feliz puso en manos del narrador de estas historias (lo que no ha sido flojo alivio de tan rudo trabajo), su afán de proseguirlas, revistiendo de verdad la invención y engalanando lo verdadero, oblígale a lanzarse otra vez por valles y montes, ojeando los acontecimientos y las personas, que de unas y otros da pingüe cosecha la España de aquellos días. Favorecido de otro Hado benéfico, de los muchos que andan entre gente de pluma, tuvo la suerte de adquirir en su primera salida conocimientos muy útiles, y allá van del magín al papel, comenzando por la noticia bien comprobada de que hasta principios de marzo no pudo abandonar Calpena la hospitalaria esclavitud de los señores de Socobio en Vitoria, por no permitir salida más temprana la convalecencia del capellán, que solo en aquella fecha se presentó segura. En un buen coche, con escolta de los dos criados, bajaron a Miranda, donde solo se detuvieron algunas horas. Después de celebrar breve plática con don Leopoldo O'Donnell, que mandaba la fuerza; de repararse de alimentos y dejar en la cárcel un recado verbal, por mediación del presbítero Bonifacio Cebrián, primo de Sabas, partieron para Briviesca, donde estaba concertado el encuentro con la señora condesa de Arista, que venía de Madrid. No consta la fecha exacta de la extremada felicidad de la madre y el hijo al verse juntos de hecho, aunque ya por el pensamiento y el amor lo estaban muy estrechamente; pero ello fue algunos días antes de la festividad del glorioso Patriarca San José. Y como el más lerdo puede imaginar, cual si las viera, las ternuras, la hermosa efusión del encuentro de aquellas almas, se omite la descripción prolija del suceso. Fernando reconoció en su madre la dama ilustre, amorosa, inteligente, tal como su viva imaginación la construyera; Pilar le había visto como al escondite, en teatros y sitios públicos, el año de Mendizábal; mas viéndole ya sin miedo, y teniéndole tan seguro en sus brazos, por larguísimo rato le apretó en ellos con rígida fuerza, como si temiera que se le quitaran. En el agraciado rostro de Pilar de Loaysa, la huella de las penas y ansiedades largo tiempo sufridas concordaba las facciones con la edad; pero en el cuerpo y talle salían burlados los años, pues por mucho que se quisiera estirar, los cálculos no podían pasar de los treinta. De la dignidad, nobleza y elegancia de su porte, cuanto se diga sería pálido. Voz y modales declaraban la mujer de alto nacimiento. «¿Recuerdas haberme visto alguna vez?» —preguntó a Fernando.

—Sí: una vez, una noche, en el Teatro del príncipe.

—Es verdad. Hacían los Hijos de Eduardo. ¿Y tú...?

—No sospeché, no... Recuerdo haber dicho: «¡Qué elegante señora!...» Usted me miró un momento con los gemelos, nada más que un momento... Yo la miré con los míos largo rato. Entró en el palco mi entonces jefe, el gran don Juan Álvarez...

—¿Por qué no me tuteas?

—Porque, con su permiso, el tutear a las personas mayores me parece irrespetuoso. No todas las modas novísimas me convencen.

Este breve diálogo y el decir don Pedro, elevando al cielo las palmas de las manos, que aquel era el día más feliz de su vida, fue una suave transición desde la escena de ternura a la espléndida comida que se les sirvió en el parador de Briviesca. Traía la condesa cuatro individuos de servidumbre, de los cuales tres pertenecían al sexo fuerte, y un mediano cargamento de baúles y cajas. En lo restante de aquel día y parte de la noche, no dieron don Fernando y Pilar paz a las lenguas, ávidos de la comunicación verbal, que por primera vez gustaban, y que les resarcía de las reservas y discreciones que impone la escrita. El gesto, el signo, la sonrisa, la expresión de ojos y boca, eran para entrambos nuevo lenguaje que estrenaban con delicia. No se saciaban, no veían el fin de su charla seria, festiva, grave, infantil. Durmieron tranquilamente, y al siguiente día tempranito partieron, por Oña, a Medina de Pomar, con la buena compañía de un tiempo primaveral que estimulaba el regocijo de sus corazones. Entraron en la ilustre villa al caer de la tarde, ocupando una de las mejores casas del condestable, duque de Frías, arrendada por Pilar desde principio de año, y ya con todo esmero provista de cómodos muebles y de cuanto han menester las personas hechas a la vida regalada. Con los criados que desde febrero estaban allí y los que acompañaron a la condesa, el caserón tomó prontamente aspecto de señoril morada, sin que nada faltase en ella. Las primeras visitas fueron las de Maltrana y don Beltrán, que no cabía en su pellejo de alborozado y vanaglorioso. Poco tardó en presentarse Valvanera con sus niñas, y no hay para qué decir que el besuqueo y las ternezas no tenían fin. Quince o más días duraron aquellas satisfacciones, y tan del gusto de Pilar era la compañía del viejo Urdaneta, que al despedirse los Maltranas, le retuvo en su palaciote, con mucho gusto de él y de don Fernando. Forzoso era que este partiese al cumplimiento de obligaciones que se había impuesto, y en las cuales hubo de confirmarse, previo el asentimiento de su buena madre, que una y otra vez le repitió estas memorables expresiones: «Hijo mío, yo te privé de la voluntad en una época de revolución; pero te la he devuelto. En ti resigno toda autoridad; tu corazón grande a ti y a mí nos gobierna. Confío en Dios, que apartará de tu cabeza todo mal.»

Convinieron en que don Pedro no le acompañaría, por el quebranto, no bien reparado aún, de su salud endeble, y se agregó a la servidumbre de don Fernando un criado antiguo de la casa de Cardeña, al cual Pilar trajo consigo; hombre muy para el caso, honrado y valiente como buen guipuzcoano, del propio Eibar, fuerte como un oso, leal como un perro, muy corriente en lengua éuskara, y conocedor de la topografía del país, así como de toda Navarra y alta Rioja. Llamábase Juan Urrea, que quiere decir el oro, y había servido en los estados aragoneses de Arista y Javierre antes de pasar a la guardería de la Encomienda, famoso coto de la casa ducal cerca de Madrid. Pilar fiaba en sus cualidades, que realmente eran oro puro, y en su poder muscular, semejante a la virtud del acero. Retirose a Villarcayo el criado de Maltrana, y don Fernando salió con Urrea y Sabas, dejando en Medina el coche, que más bien les servía de estorbo en los caminos que habían de emprender. Triste se quedó la de Arista en su caserón; pero confiada en la buena estrella de su amado hijo, sobre cuya cabeza veía y sentía la bendición del cielo, juntándose para fortificar esta confianza el amor y la fe. Don Beltrán y don Pedro extremaban los recursos sociales para distraerla, y a los pocos días le mandó Valvanera, en compañía del mayordomo de la casa y del cura de Medina, a su hija Nicolasita, para mejor asistencia en la soledad de la noble señora.

Llegado que hubo el caballero a Miranda, se personó en el alojamiento de O'Donnell y allí se estuvo dos largas horas; salieron juntos, regresaron con otro señor que parecía como anfibio, entre paisano y militar; la siguiente mañana se la pasó don Fernando midiendo repetidas veces con sus pasos la distancia entre la cárcel y el Ayuntamiento, y entre este y la Comandancia militar, acompañado en estas correrías por el diligente padrito Cebrián, pariente de Sabas. Durillo estaba el empeño en que puso toda su energía el señor de Calpena; mas tanto pudo al fin su constancia, su abnegación, y en algunos puntos del via crucis su largueza, que al fin, a las seis de la tarde del 4 de abril entró en la cárcel de Miranda, con la orden a raja tabla para que el alcaide pusiera en libertad a los presos Zoilo Arratia y José Iturbide. Era un caso, no nuevo, de las corruptelas de la justicia en tiempo y país de guerra; mas el caso suele acontecer aquí en tiempos y territorios de paz. Achaque es este del favor, forma del milagro administrativo, sustituto de la razón así para el mal como para el bien.

La entrada de don Fernando en el calabozo donde materialmente se pudrían en mísera inanición dos seres humanos, fue por demás patética. «¡Eh!... Iturbide, Arratia —dijo al franquear la puerta, seguido del calabocero y del curita—, están ustedes libres. ¡Al fin!... Más vale tarde que nunca.»

Iturbide saltó del suelo, en que yacía como un ovillo, y exclamó abriendo los brazos: «¡Jesús, Jesús mío!» Zoilo, tumbado como un tigre moribundo, rugió palabras ininteligibles. No se enteró de lo que oía: su actitud era de estupor soñoliento, casi de idiotismo. Por la reja entraba bastante luz solar para que Calpena pudiera ver la frente y mejillas del bilbaíno despellejadas por sus propias uñas, el desvarío de su mirada, la demacración de sus facciones. Hubo de atender a Iturbide, que atacado de loca alegría se hincó a sus pies besándole las manos.

«¿Es usted... Ese don Fernando? Le esperábamos... Nos dijo el padrico que usted nos sacaría... Zoilo juraba que no... Yo confiaba en Dios... y en usted, don Fernando de mi alma.»

—Fuerte bromazo, ¿verdad? ¡Cinco meses!

—¡Cinco siglos, señor!...

—¿Y qué ha dicho la ley?

—¡La ley...! Esa puerca indecente, ¿qué ha de decir? Aquí han entrado los ministriles a preguntarnos cosas que no sabíamos, y a enredarnos en mil trampantojos... Tan pronto éramos desertores como ladrones en cuadrilla. Y papeles van, papeles vienen. Preguntar a Bilbao, preguntar a Burgos... Ya ni sabíamos qué declarar; y si mentíamos, malo; si decíamos la verdad, peor.

Hemos estado en el infierno antes de morirnos, y bendito sea el ángel de Dios que nos ha sacado, bendito mil veces.

—Díganme... ¿qué ángel sacó al compañero de ustedes, el Epístola?

—Un señor militar que no conocemos. Entró y dijo: «Pertusa, ven», y nada más. Nos quedamos solos Arratia y yo.

—¿Y nadie ha mirado por estos dos pobres mártires?

—Por estar padre baldadito, vino un amigo de casa; pero nada pudo conseguir. Llegó luego don Sabino, el padre de Zoilo, con un rimero de cartas para generales, clerigones de acá y de allá, y después de andar de Herodes a Pilatos, como un loco, se fue en busca de Van-Halen, que está no sé dónde, y de don Santos San Miguel, a quien se habrá tragado la tierra. Un mes hace que don Sabino se despidió de nosotros, hecho un mar de lágrimas, diciendo: «volveré pronto», y esta es la hora que no le hemos visto. Si usted no nos salva, creo yo que aquí nos habríamos muerto de rabia y miseria.

Zoilo, en esto, se había puesto en pie con no poca dificultad, arrimándose a la pared y miraba con espantados ojos a los tres sujetos allí presentes. No creyó don Fernando que era ocasión de mayores explicaciones dentro de aquel insalubre, odioso recinto, y cogiendo a Zoilo por un brazo, dijo: «Aquí no hacemos nada. Vámonos fuera.» Dejose llevar el bilbaíno sin proferir palabra. La impresión del aire, la viva luz de la calle, abatiéronle de tal modo, que no pudo tenerse en pie y cayó como cuerpo muerto. Urrea y Sabas, que en la puerta aguardaban, cogiéronle en brazos y le llevaron al alojamiento de su señor, en una de las mejores casas de la calle principal. Iturbide, ansioso de vivir, animalizado por el hambre, devoró los primeros alimentos que se le presentaron. Zoilo fue colocado en el propio lecho de Calpena, donde no hacía más que dar vueltas, morderse los puños y proferir expresiones oscuras, que ya parecían rencorosas, ya de piedad o desconsuelo. Gran parte de la noche, su aspecto y actitud fueron de un animal herido. Cayó por fin en profundo sopor. Durmiose don Fernando en la propia estancia, sobre un duro canapé, y a la madrugada, despertado súbitamente por la torcedura de cuello y los dolores que su angosto lecho le producía, sintió rebullir a Zoilo y creyó que lloraba.

Así era, en efecto. Le observó, acercando a su rostro el candil que había quedado encendido, y en tono campechano, de amistosa reprensión, le dijo: «señor Arratia, paréceme que las tres de la madrugada no es la hora más propia para llorar. Más cuenta le tendría comer algo, pues desde que salió de la cárcel no ha entrado en su cuerpo ni un buche de agua... Qué, ¿no me contesta...? Bueno: pues yo me voy a dormir a otro cuarto, y llore usted todo lo que quiera... Mire: sobre aquella mesa hay un buen trozo de cordero asado que, aunque frío, está muy sabroso, y pan y vino superior. Elija entre vaciar de lágrimas el cuerpo, o echarle el sustento que ha menester. Yo no he de ponerme más gordo ni más flaco por lo que usted coma... Qué, ¿no contesta y vuelve la cara?... Pues le aseguro que no tengo ningún interés en que usted viva... Cada uno hace de su vida lo que le place... Bueno: ahí se queda. Yo me voy...»

Ya salía, cuando Zoilo le cogió por el faldón, deteniéndole suavemente, sin mirarle. De pronto se incorporó, diciendo con voz opaca: «Señor, yo lloro de rabia... De rabia contra mí mismo... Sepa usted que soy hombre de un querer muy fuerte, y cuando quiero una cosa, la quiero tanto... que por la fuerza de mi querer, sucede. ¿Me entiende?»

—Explíquese mejor, amigo.

—Pues libre estoy rabioso, como rabioso estuve preso, porque no me ha salido la cuenta. Yo quería la libertad; pero quería que me la diese otro, no usted... Y quería que no hiciera caso de la carta que le escribí... Este era mi querer fuerte, fuerte, como todo querer mío... Y luego resultó lo contrario: que no me sacó otro, que me sacó usted, que hizo caso de mi carta, que se olvidó de nuestras ofensas... y por eso estoy furioso, señor, porque no me gusta equivocarme, porque no me he equivocado nunca... y porque ahora me encuentro que, siendo usted mi salvador, tengo que quererle, y no quiero, no quiero...

—¡Oh!, eso es mortificarse vanamente, pues a mí me importa poco que usted me quiera o no. Si le agrada el tenerme rencor, porque así lo siente, téngalo en buen hora; si piensa que busco el agradecimiento, se equivoca. A nada está usted obligado conmigo. Y libre queda el hombre para querer quererme, o para querer lo que más le acomode. Ea, que yo necesito descansar. Ahí se queda usted con sus quereres y sus rabias, y puede elegir, a su libérrimo querer, entre la comida que allí tiene y el comerse sus propios puños. Abur, amigo, y hasta mañana.

Sin añadir una palabra ni esperar respuesta, se retiró don Fernando a otra estancia, donde pudo dar algún descanso a sus molidos huesos.

XII

Trajo el siguiente día la novedad de que la expedición del conde de Negri había entrado en tierra de Burgos, lo que puso en inquietud a Calpena, por si la guerra turbaba el sosiego de su madre en el apacible retiro de Medina. Mas O'Donnell le tranquilizó, asegurándole que las operaciones contra Negri eran hacia la parte de Belorado y límite de Soria. Desayunándose con su gente en una estancia baja, que solo porque comían en ella tenía derecho al nombre de comedor, le dijo Iturbide: «A ese bruto de Zoilo hay que dejarle con sus manías, y no pretender meter una razón dentro de aquella cabeza, que es un sillar redondo, señor, un verdadero sillar que no tendría precio para rueda de molino... Ahora está con la tema de que el agradecer es carga muy pesada. Para mí no es carga, señor, sino más bien alas con que uno vuela.

—¿Y qué tal? ¿Ha comido?

—Todo el cordero que allí había, y otro tanto que le llevé yo después. Come que come, pues una vez en ello no sabe acabar, me decía: «Veré si con el alimento voy entrando en caja y me sale la gratitud. Es un compromiso, Pepe, deberle uno la libertad a ese Don Fernando... Nunca creí que yo pudiera ser esclavo de nadie, y ahora lo soy, pues para mayor pena, hasta nos da de comer. Tengo que ser su amigo, y él podrá despreciarme si quiere, y hacerme más infeliz de lo que soy.»

Creyendo ver Fernando en la franqueza de Iturbide buena ocasión para adquirir los anhelados informes de la familia de Arratia, se le llevó de paseo, y no fue necesario ningún estímulo para que el bilbaíno siempre locuaz, en aquel caso agradecido, desembuchase cuanto sabía.

«Puedo asegurarle, señor, que Zoilo casó el mismo día o noche de Luchana, y que sin esperar a la entrada de Espartero se largó a Bermeo toda la familia con los recién casados... ¿Qué dice? ¿Que ya esto lo sabe? ¿Sabe también que Aura, por soplos de gentuza, se enteró de que usted vivía y de que fue a Bilbao, trastornándose con la noticia y poniéndose tan perdida de la cabeza que se escapó, y que más de un mes estuvieron sin poder encontrarla, y la dieron por muerta, y hasta le cantaron el funeral?»

—Lo del funeral no lo sabía. Sigue.

—¿Sabe que una vez encontrada, y conducida en coche a Bilbao, ha sufrido unos rarísimos cambios de humor, un quita y pon de razón y locura, pues semanas tenía de querer a su marido y hacerle fiestas, semanas de odiarle y recibirle con las uñas cuando a ella se acercaba?

—De ese tejemaneje de sinrazón y cordura no tenía noticia. Adelante.

—Todas las mujeres son de muy extraña condición; pero esa más que ninguna. ¿Sabe usted que Zoilo estaba dado a los demonios y no vivía y se tiraba de los pelos, y que no quedó médico en Bilbao que a la niña no visitara? ¿Sabe que Zoilo encontró una carta escrita por usted a Doña Aura, y llevada por Churi... y que cuando la leyó se puso más loco que su mujer, y quiso pegar a su padre y a su tío y a todo el género humano? Pues fue un paso terrible, del cual se enteró todo Bilbao. El motivo de venir Luchu a estas tierras fue como le voy a contar. Quería buscarle a usted y proponerle, por buena composición, que se hiciera otra vez el muerto, para que, con el convencimiento de que el don Fernando no existía, entrase en razón Doña Aura y pudiese el matrimonio vivir en paz. Si usted a esta figuración de muerte se prestaba, de acuerdo con la familia, serían los dos amigos, Arratia y don Fernando; si a la farsa saludable no se avenía, no quedaba más remedio que quitarse de en medio uno de los dos, desafiándose a muerte. Esta era su idea; pero la familia no quería verle en tales trapisondas y le estorbaba la salida. Muy terco es él, como usted sabe, y cuando se le mete una idea en la cabeza, antes muere que dejársela quitar. Su tío Valentín era el único en la familia que apoyaba el viaje de Zoilo a Castilla, para que recogiese a Churi y le llevase atado codo con codo. Esto y el aquel de acompañarme a mí, cuando mi padre me mandó a sacar a mi hermano del Provincial de Segovia, sirvieron de pretexto al amigo Arratia para ponerse en camino... Y solo me falta decirle que más allá de Balmaseda nos encontramos a Eustaquio de la Pertusa, con quien habíamos hecho amistad en Bilbao, estimándole por su agudeza y buena conformidad. Juntos los tres, el Epístola nos sirvió de mucho para franquear los pasos ocupados por facciosos, pues con ellos hace buenas migas. Entre paréntesis, diré a usted que Pertusa reparte papeles impresos con la cantinela de Paz y fueros netos, que es la bandera que sacan ahora los que ya están hartos de guerra y de Pretendiente absoluto... Pues sigo: andando los tres, cada cual con su objeto, llegamos a Miranda, donde nos pasó lo que usted sabe; que, a mi cuenta, nuestra prisión y desgracia no tuvieron otro motivo que el haber venido con Pertusa, hombre muy travieso y fino, que se mete por el ojo de una aguja, por lo que le anda siempre buscando las vueltas la policía del general Espartero... Ya conoce el señor el milagro a que debió mi hermanillo la vida en el fusilamiento del 30 de octubre, y la conmutación de su pena... De los cinco meses de martirio en la cárcel, nada tengo que decirle, pues anoche le conté cuánto padecimos hasta que se nos apareció el ángel en forma de don Fernando, que nos dio la libertad y la vida. Bendito sea mil veces, y Dios le prospere y haga dichoso en premio de su grande caridad.

—Ignoraba yo —le dijo Calpena gozoso—, mucho de lo que me has contado, y con ello se disipan las dudas que me atormentaban. Ya empiezo a cobrar tu parte de deuda conmigo por la libertad que te di. Si quieres completar el pago, habla con ese bruto, persuádele a que sea explícito y franco conmigo, declarándome sin ningún rebozo todo lo que piense y cuantos propósitos respecto a mí le inspire su terquedad. Los tercos en ese grado me hacen gracia; digo mal, me cautivan, me entusiasman; creo que de los tercos indómitos es el reino de la tierra.

Toda aquella tarde estuvo Iturbide trasteando a su amigo y amansándole el genio, para lo cual, en vista del reparador apetito que se le había despertado, empleó argumentos de comida exquisita y de vinos superiores, y la cabeza de Luchu recobraba lentamente su facultad pensante, sin perder nada de su dureza de pedernal. Toda la mañana siguiente estuvo Calpena en la Comandancia recogiendo noticias de la guerra, sin desechar las que de política corrían, las unas verosímiles, absurdas las otras. Véase la muestra: se había descubierto una conspiración civil y militar para quitar la Regencia a Doña María Cristina y darla... ¿a quién, Señor?, al Infante don Francisco de Paula. Por lo disparatado y extravagante, encontró este notición fácil acceso en la mayoría de las cabezas. Ello debía de ser, en opinión de muchos, un nuevo delirio masónico. Por otra parte, el moderantismo triunfante, o retroceso, desataba vientos de discordia. En casi toda la Península se había declarado el estado de sitio, sin más objeto que perseguir y encarcelar a los libres; la imprenta era toda mordazas; el Ministerio marchaba francamente por la senda del absolutismo, emulando al príncipe rebelde en la estolidez de sus disposiciones tiránicas, y para colmo de locura, se arrastraba a los pies de Luis Felipe, pidiéndole una intervención humillante para terminar la guerra, sin obtener más que los desdenes de las Tullerías (así hablaban los que querían distinguirse por un fino lenguaje). Y en tanto, las dos hermanitas napolitanas habían reñido, y la gobernadora, que hasta entonces fiara en la espada de Espartero como garantía de su causa, comenzaba a recelar del de Luchana, volviendo sus ojos a Ramón Narváez, como amparador más seguro y arriscado. Para darle la fuerza material de que carecía, se le mandó organizar un ejército llamado de reserva, con cifra de cuarenta mil hombres, y el aparente objeto de perseguir bandidos y facciosos en las provincias manchegas y andaluzas. De todo esto, que a Miranda llegaba desfigurado y con más bulto del que realmente tenía, sacaban los oficiales comidilla y distracción en la tediosa vida del campamento.

De vuelta Fernando en la casona que habitaba, hallose a Iturbide de gran parola con Arratia en el comedor, frente a un jarro de vino, y con el pasatiempo de una barajilla sebosa. Soltó Zoilo con desdén las cartas al ver a su libertador, y brindándole el asiento más próximo, se arrancó al instante con lo que tenía que decirle, ya muy pensado y medido desde por la mañana: «Señor, dice Pepe que sea yo franco con usted, y yo digo a Pepe que más claro he de ser que el agua, pues la claridad está en mi natural. Con lo que he comido se me ha vuelto a meter la razón en esta parte de la cabeza donde tiene su hueco, y con la razón y la claridad en mí, por muy bruto que yo sea, no puedo desconocer que al señor le debo la libertad y la vida, contra lo que yo deseaba. Pero ante lo que es, no valen suposiciones ni falsos quereres... Hasta hace poco tiempo era mi voluntad que usted se muriera, y créame que la noticia de su verídica muerte habría sido mi mayor alegría. Hoy, ya que no puedo desearle la muerte de verdad, sí quiero que lo sea de figuración, para que mi esposa se cure de su mal de recuerdo, y perdida la esperanza, se acaben en ella los arrechuchos lunáticos que son mi desesperación, mi rabia y la mayor desdicha que puede padecer un marido enamorado.»

—Pero, hombre —le dijo Calpena con jovialidad—, ¿cómo quieres que yo me haga el muerto? Dile a tu mujer que no existo, a ver si te cree. Corres el peligro de que habiéndola engañado la primera vez, no te crea en la segunda... Pero, en fin, ¿cómo hemos de componer esa falsa opinión de mi muerte? Explícalo tú.

—Pues, señor... O muriéndose de verdad... O fingiéndolo, como en una comedia que vi yo en Bilbao, en la cual uno, que no me acuerdo cómo se llamaba, salía en el ataúd, y en el propio panteón le metían, resultando que no estaba sino dormido por la virtud de un brebaje...

—¿Y esas paparruchas de comedia quieres tú que las llevemos a la vida real? La curación de tu mujer podría costarme cara, y no estoy yo en disposición de prestarme a esos fingimientos ridículos y peligrosos, después de lo que padecí con su deslealtad y tu atrevimiento, pues tú no ignorabas que Aura era mía, y con tu obstinación, ayudada de malas artes, la engañaste y la hiciste tuya. Ya no te la disputo: puedes estar tranquilo; pero no he de ayudarte a devolverle la razón, pues no fui yo quien se la quitó, sino tú.

—Señor —dijo Zoilo levantándose con movimientos difíciles, como quien sufre desazón y mal gobierno de todos los músculos de un lado—, si me riñe lo aguanto, porque es mi deber aguantarlo... Pero yo no callo nada de lo que siento, y con toda la verdad de mi corazón declaro que no hay más que dos caminos para mí: o que usted se muera o que yo me mate, pues así, créamelo, Zoilo Arratia no puede vivir.

—Yo he cumplido contigo un deber de conciencia, y nada más tengo que hacer. No quiero yo la vida para jugar con ella imitando lances de teatro, y mientras estés en mi compañía no he de consentir que te mates.

—Señor, si mi mujer no cura, yo no vivo.

—Tu mujer curará.

—¿Cuánto? Veinte médicos han dicho que no curará mientras sepa que vive el que me escucha.

—Pues hay otro médico que dirá lo contrario, si le consultas.

—¿Cuál? ¿Dónde está?

—Es el tiempo, bruto.

—¡El tiempo...! Eso dice mi padre. Claro, si viviéramos quinientos años, puede que para entonces...

—El tiempo corre y pasa, y, por tanto, cura, más pronto de lo que tú crees... ¿Qué dices, qué piensas?

—Señor —replicó Zoilo tras larga pausa, en la cual parecía querer horadar su frente con el dedo índice—, estoy pensando una cosa... Se me ha ocurrido una idea, una gran idea... ¿Quiere que se la diga? Pues pienso que para el caso nuestro, ya que usted no se muera, al menos, al menos... Debía casarse. Todo es matar la esperanza.

—¡Casarme! ¿Y es esa la defunción fingida que me propones?... No te digo que no me case algún día... ¿Qué estás remusgando ahí? ¿Que ha de ser pronto? ¡Pues, hombre, no pretendes poco!... Todo se ha de arreglar a tu satisfacción.

—Siempre quiero las cosas con fuerza, con toda mi alma, y por eso lo que yo quiero es.

—También yo he querido con fuerza, y... Nada.

—Porque no quiere como es debido... Porque usted duda, y sabe cosas que le hacen dudar más; porque usted no es un bruto del querer.

—Pues ahora quiero una cosa... Verdad que es fácil. Pero aunque fuera difícil se haría. Mañana nos vamos. ¡Oído! Que todo el mundo se prepare. Os llevaré a Vitoria, donde me has dicho que está tu padre.

Aseguró Iturbide que, por unos alaveses llegados aquella mañana, se sabía que el señor don Sabino había salido de Vitoria en busca de su grande amigo el general carlista Guergué. Mandó don Fernando a Sabas a la Comandancia para que se informase del paradero del tal cabecilla, pues el bien montado espionaje daba diariamente noticia de los movimientos del enemigo, y la respuesta no tardó en venir: Guergué estaba en Peñacerrada. Al pronto no se hizo cargo don Fernando de la situación de esta villa, cuyo nombre hirió sus oídos como lugar conocido; pero Sabas le sacó de dudas diciendo: «Está entre La Guardia y el condado de Treviño.»

—Pues por esa parte —dijo don Fernando con nervioso susto, más bien desgana, que no pudo disimular— irán ustedes, yo no.

—¿Lo ve, lo ve? —gritó prontamente Zoilo gesticulando con ardor—. No sabe querer... ¡A La Guardia, señor!... Lo quiero con toda mi alma. Lo quiero, lo quiero, y como no vayamos todos allí, me estrello la cabeza contra la pared.

—Eres un bárbaro... ¿Y qué fundamento, dímelo, qué razón tienes para ese querer tan vivo?...

—¡A Peñacerrada y La Guardia!

—¿Crees que encontrarás a tu padre?... ¿Y si antes de dar con él dan con nosotros los carlistas, y nos prenden o nos matan?

—Usted teme, usted no sabe querer.

—Hombre, es que...

—El que quiere con fuerza no teme.

—Está bien. Pero supongamos...

—El que quiere con fuerza no supone nada: va derecho a su fin... A La Guardia, señor...

—¿Por qué ese empeño en que vayamos a La Guardia?

—Señor, porque allí está su novia.

XIII

Festivo y locuaz estuvo Calpena el resto de la tarde, tirando de la lengua al bruto de Zoilo para gozar con sus extravagantes teorías del querer fuerte, y reunidos en el llamado comedor, bebieron y jugaron con discreta fraternidad amo y criados y amigos, guardando cada cual su puesto en las alegrías de aquella igualdad temporal. Como llegaran nuevas referencias del paradero de Guergué, dándole por internado en el Condado de Treviño, resurgieron las dudas acerca del punto adonde se dirigirían. Iturbide se mostraba temeroso, Zoilo aferrado a su violento querer, y al fin propuso Fernando que decidiera la suerte, comprometiéndose todos a la obediencia de lo que el misterio de la fatalidad les señalara. El arduo caso fue sometido al fallo de cara o cruz, encargándose Zoilo, como el más inocente de la cuadrilla, de arrojar al aire la moneda, previa designación de La Guardia por la figura y Treviño por la cruz. Salió esta, y nadie se atrevió a manifestar oposición a tan grave sentencia. Los medrosos y los arrojados ocupáronse con igual ardor en los preparativos para la caminata del siguiente día, que emprendida fue sin tropiezo al despuntar de la aurora, por el camino real de la Puebla.

Buenos caballos adquirió Fernando para los dos bilbaínos; pero Iturbide, que se había pasado la vida, primero en su oficio de fabricar poleas, después en el servicio militar de infantería, no era un prodigio en la equitación, y su impericia daba lugar a cada instante a lances muy graciosos. A Zoilo, regular jinete, no le permitía su debilidad mantenerse en la silla con todo el garbo que él deseara. No habían andado dos leguas, cuando encontraron un destacamento de tropas que salió de Miranda la noche anterior. El capitán que lo mandaba les dijo: «¿Pero están ustedes locos? ¿A dónde demonios van?» De los informes resultó que todo el Condado hervía de facciosos, que las comunicaciones con Vitoria estaban interrumpidas, que en Peñacerrada habían acumulado mucha fuerza, fortificando todas las alturas. Lo mejor que podían hacer los caminantes era volverse a Miranda, o tirar para Salinas, aunque por este punto también había peligro.

Pasados los primeros minutos de perplejidad, manifestáronse dos opiniones: en la boca de don Fernando, valeroso y prudente, la de seguir el juicioso consejo del capitán; en la de Zoilo, que era la temeridad irreflexiva, la de marchar hacia adelante, obedientes al oráculo de la moneda arrojada al aire. Seguramente prevalecería la voluntad del que era señor y amparo de todos, en quien el sentimiento del deber y la responsabilidad de las ajenas vidas se aunaban. Apartándose del camino, echaron pie a tierra para descansar y tomar alimento, al pie de unos álamos que ya se vestían de su hoja nueva, y eran como apacible tienda de sombra y frescura. Allí se repusieron, y no habían concluido de matar el hambre, cuando vieron venir una partida de aldeanos de ambos sexos, en borricos y a pie, como gente presurosa o fugitiva.

—Paisanos, ¿qué ocurre...? —les preguntó Sabas saliéndoles al encuentro—. ¿Hay olor de facciosos por esta parte?

—Olor no, sino peste de ellos —replicó un viejo ladino que montaba el burro delantero—. Somos de Berganzo, y de allí nos ha echado el asoluto, después de quemarnos el pueblo. Asolación mayor no se ha visto.

—¿Hacia la parte de Samaniego, ocurre algo?

—En Samaniego —chilló una mujer, que con dos niños en brazos montaba el segundo borrico—, no han dejado esos perros ni cántara de vino, ni doncella, ni nada.

—¿Qué sabéis de La Guardia?

—Que anoche, dende Toloño, se veían las llamas de la villa, ardiendo por los cuatro costados... En Peñacerrada han metido los carlinos sin fin de tropa, y han puesto cañones en el castillo, cañones en Larrea... No es mal hueso el que arman allí. Díganme, señores: ¿vendrá don Espartero a roerlo? Porque si no viene, y pronto, ¡pobre Rioja alavesa!... Dios nos tenga de su mano. Ea, caballeros, que tenemos prisa para llegar a Miranda, pues de atrás no vendrá cosa buena. Hace un cuarto de hora, al rebasar de Berantevilla, oímos ruido de zalagarda... ¡Hala, que es tarde!... Abran calle... Agur, y viva la Isabel...

Apenas se alejó, buscando el camino real, la medrosa caravana, miraron todos el rostro de don Fernando, que, poniendo corto espacio entre la duda y la afirmación, resolvió de plano con firmeza y aplomo. «Amigos —dijo—, avancemos por el rastro de esa pobre gente, y tal vez hallaremos otros fugitivos a quienes podamos prestar socorro.»

Con gallarda confianza respondieron los cuatro a tan airosa determinación, y Zoilo se lanzó delante, gritando: «¿Ve usted, señor, cómo sale lo que yo quería? Mi querer fuerte apuntó para La Guardia, y a La Guardia vamos. ¡Marchen! No puede pasarnos cosa mala.» Media legua más allá encontraron nuevos grupos que confirmaban las alarmantes noticias del primero, con alguna variación, pues el pueblo que desde Toloño se había visto arder no era La Guardia, sino Páganos. Cada cual agregaba nuevos horrores dictados por el miedo. Halló Sabas gente conocida; le daba en la nariz el tufo de su tierra, oliendo a quemado, y el hombre no vivía; habría querido ir de un vuelo, y ver y apreciar la extensión del desastre. Las últimas noticias recogidas a media tarde eran que los absolutos habían pasado la sierra de Toloño; que casi todos los habitantes de La Guardia habían huido, pasando el Ebro por el vado de Cenicero, no sin peligro, pues también rondaban partidas por aquella parte; que Peñacerrada era un infierno de fortificaciones; que... En fin, que se acababa el mundo, y que nos encontraríamos todos en el valle de Josafat.

Sin perder sus bríos ante tales demostraciones de pánico, siguieron su marcha, y a la caída de la tarde, Sabas descubrió dos aldeanos de Samaniego, el uno pariente suyo, por quien tuvieron más claros informes de lo que vivamente les interesaba. Aterradas por el incendio de Páganos, escaparon de La Guardia todas las familias pudientes que no pertenecían a la opinión servil. Las niñas de Castro y Doña María Tirgo, formando caravana con las de Álava, no fueron de las últimas en la escapatoria; mas ignoraba el informante si corrían hacia el Ebro, pues algunos que tomaron aquella dirección habían regresado desde El Ciego, huyendo de una partida. Era lo más probable que hubieran tratado de escabullirse hacia San Vicente de la Sonsierra, para buscar el vado y pasar a Briones... Mientras más embarulladas y contradictorias eran las noticias que recibían, más se confirmaban los cinco expedicionarios en la resolución de ir adelante, movidos simultáneamente de un generoso impulso que no sabían definir. Era la voz del destino que aquella dirección les marcaba, impeliéndoles hacia un fin favorable o adverso, hacia el cual corrían como las mariposas hacia la luz.

Anduvieron hasta el anochecer en medio de una gran desolación. La tarde estaba serena, el cielo transparente y limpio, como un rostro que quisiera expresar la absoluta indiferencia de toda cosa humana... Hablaban poco; tan pronto iba Zoilo delante, tan pronto a retaguardia, canturriando entre dientes, erguido sobre el caballo, y olfateaba el horizonte, curado ya como por ensalmo de aquel torcedor doloroso de su cuerpo. A sus espaldas se puso el Sol, y ellos, picando siempre hacia Levante, que con los reflejos del Sol poniente se tiñó de resplandores opalinos, luego de un gris violáceo muy puro y uniforme en suave gradación. Sobre esta densa cortina se fue destacando un astro rojo: Marte. La noche entró tenebrosa, sin otra claridad que la de las estrellas. Víspera de Luna nueva, el disco de la Luna había precedido al Sol en el ocaso. De pronto, al descender de una loma, vieron los jinetes frente a sí siniestra claridad rojiza que se difundía en el morado intenso del cielo. Era la cabellera de un incendio. Detenidos por un solo impulso, los cinco dijeron a una voz: «Un pueblo que arde.» Conocedor del terreno, Sabas examinó con experta vista el horizonte. «No puedo calcular la distancia del fuego —dijo—; pero si está a dos leguas, no puede ser más que Berganzo; si está más lejos, será Peñacerrada.»

Y don Fernando: «Sea lo que fuere, adelante. El que tenga miedo, que se vuelva.»

Nadie pronunció palabra, y Zoilo se puso nuevamente a vanguardia, alejándose buen trecho del grupo principal. El fuego parecía crecer: ráfagas de viento Sur desmelenaban el resplandor hacia el Norte. De pronto vieron los caminantes que Zoilo se detenía: picando para llegar pronto a donde él estaba, oyéronle decir: «Viene gente armada.» Aguzaron todos el oído, imponiendo silencio; pero no percibieron ningún rumor; mas Zoilo insistía en que había sentido algazara de tropa. Afirmó que nadie le ganaba en fineza de tímpano, así como en alcance de vista, teniendo además la cualidad de ver en las tinieblas, como los gatos. Adelantose otra vez, y volvió asegurando que estaban próximos a un pueblo, que él veía paredes negras y una torre, y que oía run-run de gente. No supo Sabas determinar qué aldea o villorrio caía por aquellas soledades, y habló de una gran casa de labor o alquería del marquesado de Zambrana. Fuera lo que fuese, a los pocos pasos confirmaron todos lo anunciado por Arratia, pues ya se hallaban a medio tiro de fusil de unas tapias altísimas, y no tardaron en oír claramente voces humanas.

«La Santísima Virgen nos ampare —murmuró Iturbide—. Como esta es noche, hemos caído en una trampa facciosa.»

Detuviéronse los cinco por cesación súbita, pavorosa, del impulso interno que hasta allí les había llevado. Transcurridos algunos segundos, que horas parecieron, dijo don Fernando: «Si estamos cogidos, sepamos por quien; que no hay suplicio como la incertidumbre.» Y aún no había concluido de decirlo, cuando una robusta voz estalló en la oscuridad, gritando: «¿Quién vive?» Y en el mismo instante se oyeron las voces: «¡Alto, alto!» A la repetición estentórea del ¿quién vive? respondió don Fernando con toda la fuerza de sus pulmones: «¡España!» De las tinieblas surgieron varios hombres con los fusiles preparados. Su aspecto no era de tropas regulares, pues vestían con desiguales prendas y arreos, y llevaban gorra de piel los unos, los otros boina blanca o roja. Adelantose uno diciendo: «Alto, y se les reconocerá. ¡Viva Isabel II!» A este grito, que ponía fin a la ansiedad de aquel encuentro, los caminantes, gozosos, libres ya de su mortal sobresalto, respondieron con otro ¡viva! en que echaron toda el alma... Breve y satisfactorio fue el primer reconocimiento; pero les mandaron no dar un paso más hasta que llegase el capitán. Salió por fin este, repitiendo las preguntas de ordenanza; cumplidamente las satisfizo Calpena, que a su vez se permitió interrogar: «¿Qué fuerza es esta, mi capitán?

—Es la columna que mando yo, Santiago Ibero. Pertenecemos a la división de don Martín Zurbano.

Y cuando esto decía, fue reconocido por Sabas, que prorrumpió en exclamaciones de gozo: «¡Don Santiago... Santiago Ibero!»

—¿Eres de La Guardia?

—De Páganos, para servirle, y usted también. ¿Pero no conoce a Sabas de Pedro?

—¡Otra! ¿Eres tú...? Adelante, señores... ¿Traen comida? Apéense en este corralón. Entremos y hablemos y comamos...

El júbilo de los expedicionarios por verse entre amigos era tan grande, que no podían expresarlo sino con risas, gritos y exclamaciones patrióticas. Enterados de que la partida andaba mal de víveres, mandó don Fernando a Urrea que franquease todo el repuesto que llevaban, y la alegría se hizo general. Entraron en un lagar desmantelado, al que seguían cuadras espa-

ciosas, reconociendo Sabas la casa labrantía de Zambrana. Mientras acomodaba las bestias y les daba pienso, Urrea iba distribuyendo pan, queso y vino
a la tropa en el corralón. Ibero y don Fernando, antes de ponerse a comer,
departieron largamente, diciendo el primero: «También a usted le reconozco. Es usted don Fernando, el caballero que trajo de Oñate a las niñas de
Castro, y que luego, herido en un pie, pasó una larga temporada en casa.»
Nombrada la familia, no se hartaba Calpena de pedir informes acerca de
ella, y el otro los dio con mil amores. La Guardia no había caído en poder de
los carlistas; pero se temía que la ocupasen por ser muy débil la guarnición.
Las familias ricas habían salido, siendo de las primeras las niñas de Castro
con Doña María Tirgo y las de Álava. Bien podía el informante dar fe de la
feliz escapatoria, pues él con su gente habíales acompañado hasta el paso
del Ebro, y pudo enterarse de que sin novedad llegaron a Fuenmayor. Doña
María Tirgo, muerta de miedo, proponía que no parasen hasta Cintruénigo;
pero Demetria opinaba que no debían pasar de Logroño, donde estarían
bien seguras.

Era Santiago Ibero un mozo gallardísimo, franco, con toda el alma en
los ojos y el corazón en los labios, cetrino, de mirada ardiente. Nacido en
Páganos de una familia de labradores acomodados, su genio impetuoso,
su ansia de gloria, más potentes que toda razón de conveniencia, habíanle
lanzado a la campaña, antes que por querencia de la profesión militar, por su
amor ardentísimo a las ideas representadas en la bandera de Isabel. Quería
dar su sangre, su vida por la libertad y el progreso, en los cuales veía fuente
inagotable de dichas para la Nación. Con tales beneficios, España saldría
de su apocamiento y pobreza, mejorarían las costumbres, nos veríamos tan
civilizados como los ingleses y tudescos, y seríamos fuertes, grandes, sabios
y ricos. Odiaba el oscurantismo, y veía en la hipocresía farisaica de los partidarios de don Carlos la causa de todos los males que nos afligen y del atraso
en que vivimos. Al exterminio de esta secta nefanda quería consagrar su
existencia, todas las energías de su alma honrada y valerosa. Habiendo visto
en Martín Zurbano, a quien conoció en Logroño, la más feliz encarnación
de aquellas ideas, y admirando en él, además, el coraje, la perseverancia,
la militar pericia, se afilió con entusiasmo en su bandera. Con él peleaba, y

con él moriría, si necesario fuese, por la santa causa de los libres, que era el porvenir glorioso de la Monarquía y de España.

A la media hora de charla, ya eran amigos Ibero y don Fernando, y este tuvo conocimiento de la situación de la columna. Los carlistas se habían apoderado de Peñacerrada, que por su posición topográfica en terreno montuoso era una fortaleza natural. Fortificados también otros puntos de la sierra, ocupados pueblos importantes del Condado, quedaba interrumpida la comunicación de Vitoria con las líneas del Ebro. La situación era, pues, gravísima, y si no venía Espartero con fuerza grande a desatar el nudo, sabe Dios lo que sucedería. Según las noticias del capitán, don Baldomero se preparaba, y en tanto había mandado al general Ribero a la parte de Nanclares, mientras don Martín, en la Rioja alavesa, molestaba al enemigo todo lo que podía, quitándole raciones y amparando a los pueblos. Con este fin, ordenó a Ibero que con su columna limpiase de facciosos los caseríos de la sierra de Toloño, y en ello se vio el capitán muy comprometido, pues atacado por fuerzas superiores, había tenido que batirse a la desesperada. Intentaba retroceder hacia la Rioja alavesa, para reunirse con su jefe; mas no tenía seguridades de poder conseguirlo. Hallando a su paso en la tarde de aquel día la casa de labor de Zambrana, en ella se hizo fuerte, con el propósito de defenderse bien si alguna partida le atacaba. En caso de gran apuro, y si veía dificultades para retroceder hacia La Bastida, trataría de pasar el Ebro por el vado de Ircio.

En tanto que Ibero y don Fernando se comunicaban sus planes y pensamientos, Iturbide y Zoilo no se apartaban de los de tropa, comiendo con ellos, contándoles peripecias del sitio de Bilbao, a cambio de las recientes hazañas de los zurbanistas, referidas, la verdad sea dicha, con disculpable uso de la hipérbole. Aquella tarde se habían peleado heroicamente con doble número de serviles, matándoles al jefe y cogiéndoles quince prisioneros. Luego tuvieron la desgracia de que en otro encuentro, en la misma tarde, perdieran ellos tres hombres, lo que no sintieron tanto como el que se les escaparan los quince cautivos cuando se disponían a fusilarles, en castigo de su amor al retroceso. Aquel segundo combate había quedado indeciso, sin grandes ventajas de una parte y otra, perdiendo el contrario dos burros cargados de cebada, y ellos los prisioneros, que fue un gran dolor. Si se les hubiera quitado de en medio en cuanto fueron cogidos, no se habrían ido riendo... Pero, en fin, como hay Providencia, no debía desesperarse de volver a cogerles.

A media noche, unos dormían en grupos tendidos en el suelo, otros hacían guardias en los ángulos exteriores del caserón, y los mejores escuchas de la partida aplicaban la oreja al suelo, en observación de los ruidos lejanos. Ibero y don Fernando se tumbaron en el sitio que mejor les pareció de la anchurosa cuadra primera; pero el capitán no tenía sosiego, y de rato en rato se levantaba para dar vueltas por el corralón y asomarse a las bardas de este, sin poder desechar el presentimiento de que antes del amanecer le atacarían, con refuerzos, los que en la funcioncilla última de la tarde habían quedado a media paliza y con ganas de llevársela entera.

Durmiose en las alternativas de estos temores don Fernando, teniendo junto a sí a Urrea y a Sabas, y aún era muy incierta la claridad del nuevo día, cuando le despertó un rumor vivo, compuesto de voces corajudas y guerreras. Los facciosos venían, se aproximaban... Silencio, calma, y prepararse todo el mundo.

XIV

Brincando entró Zoilo en la cuadra, y dijo al capitán: «Denos fusiles, jinojo, si los tiene, y si no los tiene, déjenos ir a quitárselos a esos danzantes.» Fusiles había, los quince de los prisioneros fugados, y al punto dispuso Ibero armar a los dos bilbaínos. «A mí también —dijo don Fernando—, y a mis dos escuderos, que no vamos a estar aquí con las manos cruzadas.» Para todos hubo armas y cartuchos. «Calma, no atropellarse —repetía el valiente Ibero—. Aunque sean más de mil, no nos copan, y aún permitirá Dios que se dejen aquí los dientes. Cerrar todo bien, amontonando en el portalón del camino las piedras que mandé preparar esta noche, para que no puedan abrirlo. Cerrar también, dejándola sin parapetar, en disposición de ser abierta, la portalada del corralón de la noria, queda al campo por nuestra derecha... Ya saben los de la buena puntería que su puesto es arriba, en las ventanas del pajar que dominan el campo. Fuego sostenido, y mucho ojo, amigos... Ya saben los ligeros dónde han de situarse: en el corralón de la noria. Si en la entrada por el camino ponemos piedras, en la otra parte pondremos carne, para que esta carne me haga una salidita cuando yo lo ordene. Calma, y fijarse bien en lo que mando... Ahora todo el mundo a su puesto, y apagar luces: hagámonos los dormidos para que vengan confiados y se dejen abrasar como borregos.»

—Yo me voy con los ligeros —dijo Zoilo—, si el capitán no me manda otra cosa.

—Y yo con los tiradores —añadió don Fernando—, pues no es del todo mala mi puntería. Amigo Ibero, ponga usted en el mejor sitio a mi criado Urrea, que es gran cazador: al enemigo a quien este eche el ojo, pronto le verá usted patas arriba. Sabas, ¿tú qué tal tiras? Vente conmigo.

Antes de que don Fernando y los suyos llegaran al ventanucho en que les colocó Ibero, ya empezaban los sitiadores a tirar coces a la puerta. Desde el pajar se les contestó con vivo fuego. Los ligeros, trepando a la noria, disparaban también sin abandonar el cuidado del portalón. Ibero recorría los puestos, y tan pronto estaba en el segundo corral animando a los chicos, como subía para cuidar de que el servicio de cartuchos se hiciera con prontitud. Sereno en medio del combate, a todos infundía su valor y confianza. Arreció el fuego desde fuera contra los huecos del pajar, y el capitán ordenó a los suyos que aprovechasen bien los tiros, afinando la puntería. Los estragos de la de Urrea se apreciaban fácilmente viendo cómo se clareaban los grupos enemigos y oyendo sus vociferaciones; don Fernando afinaba también, y Sabas, que no se creía con bastantes ánimos para afrontar el tiroteo, fue destinado prudentemente al servicio auxiliar de los diestros cazadores. Con doble juego de fusiles, Sabas y un viejo de la partida cargaban mientras aquellos, el fusil en la cara, aseguraban con ojo certero la pieza.

Fiados en su número, los sitiadores, que ninguna ventaja adquirían con el ataque de fusilería, intentaron el asalto, trepando por la parte más accesible de la tapia. Ibero, que les había calado la intención, bajó presuroso, después de dar órdenes arriba para arreciar el fuego, abrasando a los asaltantes todo lo que se pudiera; y sin cuidarse de que diez o quince penetraran en el patio, dispuso la salida por la portalada del corral de la noria. Ello se hizo con rapidez y bravura. Como unos treinta hombres se lanzaron fuera, y la emprendieron a bayonetazos o a navaja limpia con los sitiadores, sorprendiéndoles y aterrorizándoles de tal modo en su impetuoso arranque, que con la sola pérdida de tres de los suyos escabecharon cuádruple número de los contrarios, y a los demás les impelieron a la fuga. Obedeciendo como máquinas la orden de Ibero, volviéronse adentro, después de causar el efecto que se proponían, y atrancaron la puerta con piedras y troncos y cuanto hubieron a mano. De los que habían saltado, algunos quedaron dentro sin vida, otros lograron salvarse, y a poco se oyó una voz ronca y frenética que gritaba: «Ibero, volveremos...» Levantado el sitio, los de arriba vieron al enemigo retirarse, llevándose sus heridos. Como a cien pasos, dispararon de nuevo en descarga cerrada; mas Ibero mandó que no se les contestase, gritando a los fugitivos: «Animales, gastad cartuchos, gastadlos, que yo reservo los míos para cuando volváis.»

Gozosos celebraban su victoria, y Zoilo parecía demente, del júbilo que le embargaba, no vacilando en relatar él mismo sus hazañas con infantil orgullo. Sin la obligación de acatar al jefe, que había mandado a los ligeros volverse después de la primera embestida, él se habría traído la cabeza de un faccioso, a quien ya tenía cogido en excelente disposición para decapitarlo. Reconocido el campo, encontraron dos heridos graves, que recogieron, y tres muertos propios. Los enemigos eran catorce, que abandonaron sin cuidarse de darles sepultura. Descansando de la refriega, elogió Ibero la destreza inaudita de Urrea y la de don Fernando. Iturbide se había portado bien entre los ligeros, y Zoilo, al decir de todos, con extraordinaria bizarría y temeridad. Pronto surgió en la mente del jefe de la columna el grave problema de la resolución que debía tomar. ¿Se fortificaban en aquella excelente posición, aguardando tranquilos las embestidas del faccioso, que de seguro no tardaría en recalar con mayor fuerza? La solidez del edificio y la bravura de su gente, reforzada con cinco números, de los cuales tres por lo menos eran de gran precio, le garantizaban una defensa gloriosa; pero si la situación se prolongaba, como era de temer, ¿de dónde sacaría municiones y víveres?

Dificultosa era la salida; pero con todos sus riesgos, les ofrecía menos probabilidades de una perdición segura. Marchando hacia Miranda, era menos probable el encuentro de una considerable fuerza facciosa; marchando hacia el Este, este peligro acrecía, mas lo compensaba la contingencia ventajosa de encontrar el grueso de la división de don Martín. Encaminarse al Ebro para vadearlo y pasar a la Rioja le parecía desairado: era el recurso último; era imitar a las mujeres y a los pobres viejos aldeanos que huían de sus hogares. Oír quiso la opinión de Don Fernando, en quien reconocía un juicio claro y sereno de todas las cosas, y el caballero, que tan gallardamente había sabido conquistar su amistad, no titubeó en darle este terminante voto: «Yo que usted, iría en busca de la peor y de la mejor contingencia, que las dos se le ofrecen por el lado de Oriente: batirme a la desesperada con fuerzas superiores, o encontrar el amparo de la división de mi jefe. ¿Quién le dice a usted que don Martín, sabedor o sospechoso del conflicto en que usted se halla, no viene en su socorro?» Esta última razón llevó tal luz a la mente de Ibero, que ya no hubo más dudas. «Nos vamos ahora mismo —dijo—, apartándonos del llano, y metiéndonos en las fragosidades de la sierra de Toloño. Por allí no nos buscarán. Salgamos sin ruido, en secciones, que no han de perderse de vista.

A la media hora ya estaban en marcha, confiados en su buena estrella, Ibero fortalecido por su fe ciega en el ideal de los libres, que creía obra de Dios. Aunque odiaba el fanatismo, era creyente y buen cristiano; y lejos de ver incompatibilidad entre la libertad y el dogma, teníalos por amigos excelentes, y por amparadores de la Causa, a todos los santos de la Corte celestial. Grandes fatigas y trabajos sufrieron en su larga caminata por la falda de la sierra, describiendo curvas extravagantes para huir de los puntos que suponían ocupados por destacamentos carlistas. El tiempo se les torció al segundo día, metiéndose en agua, encharcando la tierra, y convirtiendo en torrentes las cañadas que descendían de los montes; mas no conceptuaron por muy desfavorable el temporal, fuera de las molestias que ocasionaba, porque el continuo llover era como una cortina del cielo que les ocultaba en su marcha sigilosa, y la humedad del suelo, si a ellos les estorbaba, quizás en mayor grado entorpecería los pasos del enemigo. En cuatro días de marcha penosa no tuvieron ningún mal encuentro; al quinto toparon con una partida inferior en número, que batieron sin dificultad, y el peligro de que tras ella vendría mayor fuerza, lo sortearon escabulléndose en dirección contraria a la que habían seguido los derrotados.

Consumidos los escasos víveres que sacado habían de su fortaleza, empezaron a sufrir terribles hambres. Merodeaban en los abandonados plantíos; algunos cazaban; mas los conejos parecían huir también de la guerra, como su enemigo el hombre. Erizos y otras alimañas encontraron en la espesura del monte; en una aldehuela miserable, solo habitada por cuatro mujeres y dos vejetes, entraron a saco, arramblando por todo lo que en aquellas pobres viviendas había, algunos panes, cecina y alubias. Dos cabras fueron después gran hallazgo, y mejor aún unas alforjas perdidas, con el tesoro de cuatro quesos y algunas cebollas. Con tales apuros iban viviendo, marchando de noche, ocultos y dispersos de día, hasta que, sabedores por sus avanzadas de que en una paridera próxima a Peciña descansaban veinte facciosos, cayeron sobre ellos de madrugada, y sorprendiéndoles dormidos, a unos mataron, dispersaron a otros, quitándoles todo lo que tenían. El único que entre ellos quedó prisionero, con un brazo roto, les dijo que don Martín, después de dar un achuchón a los carlistas cerca de Avalos, se había corrido a Leza, internándose después en la Sonsierra. Arrimados a las asperezas del monte, siguieron su camino en busca de Zurbano; y por el afán de avanzar todo lo posible, anduvieron largo trecho en una noche tempestuosa, con horrísono tronar y golpes de granizo, viendo caer rayos y alumbrarse toda la tierra con siniestros resplandores. Pero sus templados corazones, insensibles al miedo, querían ampararse de los accidentes espantables de la Naturaleza, para recorrer mayor espacio, prefiriendo los senderos escabrosos e inaccesibles. Por último, más arriba de Leza, les deparó Dios una columna cristina de tropas regulares, perteneciente a la división del general Buerens. Estaban salvados.

Provistos de municiones, pues las pocas que llevaban se les habían inutilizado con la humedad; reparados sus míseros cuerpos con alimento sano, aunque no muy abundante, y adquirido informe verdadero de la situación de don Martín, siguieron en su busca, y al caer de una plácida tarde le hallaron en un desfiladero por donde pasa el camino de herradura entre La Guardia y Pipaón. ¡Feliz encuentro, a los doce días de haber salido de Zambrana, realizando una prodigiosa marcha por país enemigo! Aunque el mérito de esta no se le ocultaba, Zurbano recibió a Ibero con una fuerte chillería, pues era su condición mostrar rigor y displicencia en todo asunto del servicio, sin duda por hacerse respetar y temer de sus subordinados. Según decía, si hubiera seguido Ibero puntualmente sus instrucciones, no alejándose de La Bastida más que lo preciso para picar la retaguardia a la partida del Zurdo, no le habrían pasado tantas desventuras. ¡De buena había escapado! En fin, a olvidar los desastres, y a repararlos sacudiendo al enemigo todo lo que se pudiera.

Era Martín Zurbano (a quien se le despegaba el Don postizo) un hombre tosco y desapacible, de rostro aclerigado, ceño adusto, boca fruncida, de regular estatura y lentitud parsimoniosa en sus movimientos. Usaba boina blanca y chaquetón forrado de pieles sin ninguna insignia; sable y pistolas al cinto. Hablaba incorrectamente y con acento duro, erizado de interjecciones, lenguaje del valor de aquel tiempo en la milicia montaraz. A pesar de estas asperezas, y quizás porque en ellas veía la perfecta imagen del Marte español, Ibero sentía por él amor y entusiasmo; y aunque sirviendo a sus órdenes quería imitarle en la rudeza de los modales y en las groseras voces, no siempre lograba el objeto, pues más que su proselitismo podían su nativa delicadeza y buena educación. El felicísimo encuentro con Don Martín no les proporcionó ningún descanso, pues lo mismo fue llegar y juntarse y recibir Ibero la peluca de su jefe, que se pusieron todos en marcha. No era muy satisfactoria la situación de los cinco caminantes agregados a la partida, pues Iturbide iba en estado febril, tendido en un carro; a Sabas le había salido un grano en el muslo; Zoilo tenía el pescuezo torcido de una fuerte tortícolis. Los mejor librados eran Calpena, que padecía extenuación nerviosa por la falta de sueño, y Urrea, que solo se quejaba de ganas de comer no satisfechas.

La tremenda contrariedad de no poder comunicarse con su madre puso a don Fernando en gran tristeza. Cogido en la trampa de un ejército en operaciones, tenía que permanecer entre las fuerzas cristinas, pues por una parte y otra el enemigo ocupaba montes, villas y lugares. Arriesgadísimo, por no decir imposible, era volver a Miranda con sus cuatro compañeros, o pasar el Ebro para refugiarse en Logroño, y no había más remedio que esperar el despejo de la situación y el término feliz o adverso de aquella campaña. Por todo el camino, en la marcha fatigosa, no cesaba de pensar que Dios no le había sido hasta entonces propicio en su expedición, quizás por haber emprendido esta sin lógica ni criterio, dejándose llevar de las corazonadas del insensato Zoilo, quizás de inexplicables querencias suyas, que él mismo no sabía definir. Y llegado a tal punto de confusión, como el que se pierde en un laberinto sin encontrar salida, no hacía más que interrogarse de este modo: «¿Y yo a dónde voy? ¿Por qué he venido aquí? ¿Volveré a ver a mi madre, a mi querido capellán, a mis entrañables amigos de Villarcayo? ¿Habrá dispuesto Dios que deje yo aquí mis pobres huesos? ¿Tendré que hacer el héroe por fuerza para llegar a serlo de verdad? ¿Es ley constante que las acciones muy estudiadas y previstas resultan siempre bien? ¿Es seguro que los actos de impremeditación y de temeridad, comúnmente tenidos por locuras o necedades, enderezan siempre al mal? ¿Qué caminos llevan a la vida, qué veredas llevan a la muerte? ¿Toda senda tenebrosa conduce al Infierno? ¿Toda senda iluminada y florida conduce al Cielo?... Si yo tuviese aquí a mi madre para que me ilustrara en estas dudas, mi tristeza no sería tan honda. Ya que no la tengo, traeré su pensamiento al mío, y con esta luz veré lo que solo no veo: la esperanza. Adelante, y sea lo que Dios quiera.»

XV

Llegados, entrada la noche, a media legua de Pipaón, pueblo perteneciente a la hermandad de Peñacerrada (que hermandades y cuadrillas son allí las divisiones territoriales), hizo alto la columna al amparo de unas casas destruidas, y don Fernando descansó junto a su amigo Ibero, el cual le dijo que don Martín tenía órdenes de destruir, o molestar por lo menos, a todas las columnas carlistas que llevaran provisiones a Peñacerrada, y, por último, de hacer un esfuerzo para ocupar a Baroja, lugar al Norte de dicha plaza, y perteneciente a su hermandad. La tradición designaba aquel territorio con el histórico título de Tierras del conde, por haber pertenecido en tiempos muy antiguos a un don Gómez Sarmiento, repostero del Rey de Castilla don Enrique II. Como país montuoso, en los habitantes de la hermandad dominaban las ideas de retroceso, así como en las tierras bajas crecía lozana la planta de la libertad. Trabajillo había de costarle a Espartero la destrucción de aquel baluarte que últimamente habían armado entre peñas los soldados del absolutismo, con la intención bien clara de dominar los pasos del Ebro y amenazar las puertas de Castilla.

En tanto, don Martín hizo saber a los cinco individuos de la cuadrilla de don Fernando que si querían continuar agregados a la división, y participar de sus víveres y ampararse de ella, era forzoso que estuviesen a las agrias y a las maduras, afiliándose resueltamente como soldados de Isabel II, a lo que accedió el caballero en nombre de todos, enorgulleciéndose de combatir a las órdenes de Zurbano por la gloriosa causa de la reina. En los tiradores de caballería encajaron admirablemente don Fernando y Urrea, buenos jinetes y excelentes escopeteros. Iturbide y Zoilo prefirieron servir como infantes, y Sabas, que aunque valiente no manejaba el fusil con la necesaria destreza, pidió que le agregaran a la ambulancia. He aquí, pues, a los cinco expedicionarios metidos en militar danza por ley de la fatalidad o de la Providencia, que el nombre no altera el sentido o filosofía del hecho. Ninguno de ellos sospechaba, al salir de Miranda, que iban a pelear por Isabel agregándose a su ejército. Pero Dios lo había dispuesto así, sin duda porque, deseando terminar la guerra, quería que a esto se llegara echando toda la carne en los respectivos asadores. La incorporación en las filas fue acogida por don Fernando sin repugnancia ni entusiasmo, como un deber impuesto por circunstancias ineludibles, y lo mismo puede decirse de Urrea, que en todo reflejaba los sentimientos de su amo. Sabas se resignaba; Iturbe parecía contento, y Zoilo estaba como demente, poseído de un frenesí de militar gloria.

Quince o más días duraron las operaciones de la brigada y sus veloces marchas en el quebrado país que separa las Tierras del conde del territorio de Campezu, los montes de Isquiz, el valle del Ega, los pueblos de Marquínez y Apellániz. El objeto era interceptar los convoyes que el carlista traía de Estella, y embarazar toda comunicación de Álava con Navarra. Brillante fue aquella página militar, y los prodigios de valor y agilidad que la formaron apenas caben en la historia, que por hallarse bien repleta de tales hazañas ya no tiene hueco para más. Firme en su puesto, y atento a su deber, Calpena no se propuso nunca hacer el héroe, ni señalarse por el desmedido ardor guerrero: cumplía con su deber, y nada más. En cambio, Zoilo era el propio espíritu de Marte; su ambición de brillar y distinguirse nunca se saciaba; hallábase poseído de una loca temeridad; sus hazañas eran, no ya extraordinarias, sino inverosímiles. La envidia hubo de trocarse al fin en general admiración.

Había don Martín tomado afecto a Calpena, con quien echaba párrafos entretenidos en los cortos ratos de descanso, y hablando de Zoilo le dijo: «¿Pero de dónde ha sacado usted ese diablete? Nunca he visto mejor madera de militar, ni creo que haya en el mundo quien se le iguale. ¡Maño!, en cuanto vea al general he de proponerle para alférez, y aún me parece poco.» Esto era muy grato a don Fernando, que, sin saber por qué, sentía que el bilbaíno ganaba terreno en su corazón. Verdad que Zoilo le mostraba un afecto sincero; contábale con infantil sencillez sus actos de heroísmo, y parecía olvidado de todos los asuntos que les hicieron rivales. Si no hablaba nunca de lo pasado, Calpena hubo de recordárselo en una ocasión que es forzoso referir.

«Ven acá, chiquillo —le dijo, haciéndole sentar a su lado la noche antes de incorporarse la brigada al ejército de Espartero—. Quiero darte la buena noticia de que serás pronto teniente, quizás capitán. Pero, pues has lucido bastante tus dotes guerreras, en las cuales ya hemos visto que no tienes semejante, debo decirte que no expongas tu vida con tan desmedida bravura... Tiemblo por ti, hijo. Obligado estoy a devolverte a tu familia, por compromiso que contraje con mi conciencia. No me haría ninguna gracia verte espanzurrado el mejor día en el campo de batalla... ¿Y tú no temes morir? ¿No piensas en la pena de los tuyos cuando sepan que has perecido? ¿No te acuerdas ya de tu mujer?»

Nublose el rostro de Zoilo al oír esto, y la contestación no se hizo esperar. «Sí que me acuerdo —dijo al fin—. ¡Pues no he de acordarme, si Aura es mi vida, la vida que he dejado allá...!»

—Pues tienes que volver a su lado y hacerte dueño de su afecto absoluto, sin alternativas lunáticas, ¿sabes? Yo haré cuanto deseas, morirme o casarme... Todo es cortar la esperanza y hacer liquidación de lo pasado.

—Ya ve —declaró Zoilo— cómo hemos venido a ser amigos usted y yo. Desde que nos metimos en la guerra se me fue del alma el rencor contra usted... Porque yo tengo dos vidas, dos amores: mi mujer y la guerra. Guerreando la quiero más, si más es posible, y se me quitan todos los resquemores. Valgo yo más que nadie, y no se ofenda... Y también le digo que no tenga cuidado por mí, porque no hay bala que me mate, ni enemigo que me venza... Si me hacen capitán de ejército, ya no hay quien me separe de la vida militar. Y si consigo curar a mi mujer y quitarle los malos recuerdos, ¿qué más puedo desear?... Como esas dos cosas quiero, las he de conseguir.

—En cuanto sea posible —dijo Calpena—, hemos de procurar comunicarnos con nuestras respectivas familias. Tú anunciarás a la tuya mi muerte o acabamiento, y yo a la mía la conquista de tu amistad. Son dos buenas noticias, y cada una hará su efecto. Voy pensando, como tú, que querer es poder. Queramos y podremos.

Poco más hablaron, porque Zoilo, rendido de cansancio, se caía de sueño. Don Fernando durmió también tranquilamente, y gozoso fue el despertar, porque recibieron orden de marchar a reunirse con Espartero.

El primer amigo que Calpena encontró en el ejército del conde de Luchana fue Juanito Zabala, ya coronel, que mandaba cuatro escuadrones de una brillantísima caballería, dos de húsares tiradores y dos de lanceros. Mucho se alegraron uno y otro de verse, y no esperó don Fernando a que Zabala le interrogase para contarle el cómo y cuándo de andar en aquellos trotes.

Previo consentimiento de Zurbano, pasaron Fernando y Urrea al cuerpo adventicio que se había formado con paisanos de Rioja y con desertores de la expedición de Negri; pero a Zoilo no quiso don Martín soltarle, aunque le dieran en oro molido, o sin moler, lo que aquel endiablado chico pesaba.

Y comenzaron, ¡vive Dios!, vigorosas operaciones contra Peñacerrada. Una de las divisiones, compuesta de tropas de la Guardia Real, la mandaba el general Ribero; la otra, que era la tercera del Norte, el general Buerens. Entre ambos reunían 18 batallones, distribuidos en tres brigadas por cada división. Mandaba la artillería el brigadier don Joaquín de Pont, y la caballería el que ya conocemos. Zurbano se apoderó de Baroja, y Espartero se posesionó de las alturas de Larrea, que al punto fueron atrincheradas. Desde allí podía batir el castillo de Peñacerrada a tiro corto de cañón. Tres días de furiosos combates precedieron al asalto. Los carlistas, mandados por Gergué, se batían con indomable valor, intentando destruir las líneas que Espartero iba formando para emplazar su artillería. Ventajas obtenían los unos, ventajas los otros, disputándose el terreno palmo a palmo. Los batallones alaveses hicieron gallarda salida con un empuje que la caballería de Zabala pudo contener. Y tras aquellos terribles días, otros tres se emplearon en escalar con vigor de gigantes los muros del castillo, ganando ahora un montón de piedras, para después perderlo y volverlo a ganar con horrendo sacrificio de vidas. Incansable, buscando siempre el primer puesto en el peligro, Espartero era el gran soldado, el caudillo que de su magnánimo corazón sacaba la increíble fuerza que a su gente infundía. Creciéndose con las dificultades, cada tropiezo era escalón donde afianzaba el pie para seguir adelante. Quedó por fin bajo la enseña de Isabel el formidable castillo, con sus murallas hechas polvo y sus piedras salpicadas de sangre.

En tan terrible cuanto gloriosa ocasión, don Fernando, que asistido había con ardor y curiosidad a todas las peripecias del combate, peleando también siempre que funcionaba la caballería contra los alaveses, fue herido en la cabeza y hubo de retirarse. Urrea le llevó a Baroja, donde pasó un día con las facultades turbadas a causa del golpe, y tres o cuatro en completa inutilidad para la guerra. Su herida no era grave; mas no le permitía volver a las andadas en algún tiempo. Pasó dos días devorado de impaciencia y de sed, asistido del capellán Ibraim y de un físico muy experto, sin formar cabal idea de las sucesivas peripecias militares, pues tomado el castillo, obstináronse los carlistas en defender la plaza a estilo zaragozano, disputando muro por muro y casa por casa, y fue menester echar contra ellos todo el coraje de acá y la inagotable energía del jefe y de su tropa. Oía Calpena el continuo cañoneo, y ansiaba conocer el resultado de tan fiero batallar. Por fin, una noche entró Urrea en el establo donde yacía, y le dijo: «Peñacerrada es nuestra, señor. Hemos cogido el hueso, y allá van corriendo hacia Toloño los perros que lo tenían.» No tardó Zabala en darle las albricias. Todo era júbilo en Baroja, y la línea desde este pueblo a la plaza ganada ardía en entusiasmo.

La inquietud mayor del caballero al abandonar su mísero alojamiento era no saber de Zoilo ni de Sabas, pues Zurbano había salido en persecución de los fugitivos. Zabala, que también les fue a los alcances, volvió sin satisfacer las dudas de don Fernando respecto a sus amigos. Si poco temía del arrojo de Sabas, no podía desechar la idea de que el bilbaíno pagaba a la muerte el tributo que su desmedida ambición de gloria le debía. En estas ansiedades le cogió don Baldomero, que de Larrea, después de la entrada oficial en Peñacerrada, trasladó su cuartel a Baroja. Mandole llamar, y mientras tomaba en el Ayuntamiento un frugal tente-en-pie, del cual no participó Calpena por la radical inapetencia que sufría, hablaron de lo humano y lo divino. Enterado el de Luchana de diversos particulares interesantísimos, y hasta cierto punto novelescos (por revelaciones que le hizo don Beltrán no lejos de Medina, en febrero último), se arrancó a felicitar al caballero con la confianza militar que gastar solía, y díjole después: «Pero, amigo mío, ¿en qué estaba usted pensando cuando consintió que su madre se estableciera en Medina de Pomar? Si todo aquel país no ha sido hasta hoy de los más castigados, pronto le veremos arder... No, no; allí no está bien. Debió usted llevarla a Logroño, donde ella y Jacinta se habrían acompañado lindamente. Allá la seguridad es completa. Nuestra casa es grandísima: buenos alimentos, buenas aguas. A Logroño han ido a parar muchas familias de estas hermandades, entre ellas las niñas de Castro, que creo son amigas de usted.»

Diole el caballero las gracias con efusión, añadiendo que procuraría trasladar a su madre a Logroño, si la guerra duraba...

«¡Que si dura...! Esto no se acaba nunca... Esto es un bromazo terrible... —clamó Espartero dando rienda suelta a la franqueza militar y española, que iguala en la indiscreción a pequeños y grandes—. ¿Y qué quiere usted que pase con el desbarajuste de ese Gobierno?... Yo pregunto: ¿quién aconseja a esa buena señora...? Cada día más retroceso, más errores, más desconfianza de la libertad y del pueblo, cuando el pueblo, la masa... En fin, no quiero hablar de esto... Usted fíjese... ¿Ha visto el país una situación más desatinada? Les he dicho cuanto hay que decir... No hacen caso: ellos se lo saben todo... y ahora nos quieren traer mayores enredos y conflictos con esa contrarrevolución que han inventado, la bandera de Paz y fueros... ¡Otro disparate, Señor! ¡En qué cabeza cabe...! Créame usted: si el patriotismo no me amarrara a este puesto, si no creyera yo que me debo a mi patria, al pueblo sano y liberal, ya me habría ido a mi casa... ¡Ah, sí...!»

Asintiendo a todo, don Fernando aprovechó las franquezas del general para pedirle que le facilitara medios de enviar una carta a Medina de Pomar, y tuvo la dicha de que Espartero colmara sin tardanzas sus deseos, pues al siguiente día pensaba enviar comunicación a Castañeda, que operaba por allá. Pidió permiso Calpena para retirarse a escribir, y lo hizo con calma y amor. Desde aquella hora todo fue bien, pues a poco de soltar la pluma, en el rincón del establo donde había hecho su vivienda, tuvo razón de Luchu, y al siguiente día le vio llegar tan famoso, radiante de orgullo, en toda la gallardía teatral de su heroísmo auténtico, contando sus hazañas sin atenuarlas con modestias anodinas. «Sepa usted, señor don Fernando, que don Martín me ha dicho: "Animal, eres capitán".»

XVI

Contó luego Zoilo el caso inaudito de Iturbide, que habiéndose portado, el primer día de ataque al castillo, con toda la decencia militar de un buen bilbaíno, había ensuciado su reputación y su carrera pasándose a un batallón alavés. Creyó que los carlistas ganaban; se le aflojaron los calzones... Allá se fue... Siempre le había tirado el servilismo.

«El infeliz —dijo don Fernando—, ha creído que por caminos de la facción volvería más pronto a Bilbao.»

—Sabe Dios a dónde irá... ¡Otra! Ya me río de pensar que habrá visto a mi padrino Guergué, tal vez a mi padre, y les habrá dicho que estoy aquí, en el ejército de Espartero, y que soy capitán, y que...

—Y que eres mi amigo. No serán pocos motivos de confusión para tu padre.

—Pues hay más. ¡Si parece que esto lo hace Dios, conforme a mi querer, más fuerte que todas las cosas...! Pues la última vez que estuvimos juntos Pepe y yo, el jueves por la mañana, nos dieron la noticia de que usted había caído, en la segunda carga, con una herida mortal en la cabeza. ¡Jinojo, qué sentimiento! Pasa media hora, y viene Segundo Corral, y nos larga en seco la noticia: «El pobrecito don Fernando acaba de expirar!» ¡Jesús!

—¿Lo creíste?

—Yo no. No creo en la muerte de los que, según mi querer, deben vivir.

—Pero Iturbide se tragó la bola, y a estas horas se lo habrá contado a don Sabino, si es que anda todavía con ellos.

—¡Otra!, a mi padre le tiene usted ahora más contento que unas pascuas, dando gracias a Dios...

—¿Por mi muerte?

—Cabal... A no ser que crea que yo le maté a usted... Todo es creíble allá... Y en este caso, alegrándose, rezará mucho porque Dios me perdone.

—¡Y tú y yo tan amigos!

—¿Esto qué es?

—Romanticismo, Zoilo. La lógica de las cosas absurdas, la risa del dolor, la tristeza del placer...

—¿Y eso qué quiere decir?... ¿Poesía?

—Tal vez... Misterios de las almas. Tú dices que querer es poder. Yo digo que mereces ser dichoso y lo serás... Vaya, chico, a tu obligación, que es tarde. Separémonos. Hasta mañana.

Aquella noche, hecho un ovillo en su pesebre, sintiéndose febril, con honda ansiedad en su espíritu, agobiado el cuerpo por la debilidad, rebelde al sueño, el señor de Calpena con esta idea se atormentaba: «¡Si al fin dispondrá Dios que este loco se salga con la suya!» Efecto de la fatiga y de la pérdida de sangre, complicadas con añoranzas muy tristes, se le insubordinó el estómago, rechazando todo alimento, y los pícaros nervios se declararon en audaz anarquía. En Baroja habría tenido que quedarse, si no le llevaran en un carro, muy bien asistido por Urrea y Sabas, que dejó gustoso las armas por el servicio de su querido amo. Ibero y Zabala le acompañaban todo lo que podían, y Zoilo más de lo que debiera, descuidándose del servicio, sin miedo a las reprimendas de don Martín. En tal estado, y siempre en seguimiento del Cuartel general, pasó el puerto de Población. Dos días de descanso en Eripán, donde le deparó Zabala un buen alojamiento, fueron el comienzo de la recuperación, que había de ser completa dos semanas más tarde en la histórica y por tantos títulos famosa ciudad de Viana.

Resolvió Espartero quitar al enemigo el único punto fortificado que aún conservaba en la región alavesa, la villa de Labraza, cabecera de la hermandad de su nombre en la cuadrilla de Vitoria, guarnecida de viejos muros y de robustas torres, de las cuales hizo el carlista punto de apoyo para remediar en lo posible la pérdida de Peñacerrada, y asegurar sus comunicaciones con Estella. Mientras se disponían los elementos necesarios para la expugnación de Labraza, pasó Espartero a Viana, donde estuvo dos días, y de allí a Logroño, ávido de un breve descanso en su casa. No le vio Calpena al partir; pero tuvo conocimiento de que el ilustre Caudillo no le olvidaba, por un recado amistoso que Zabala le transmitió, con estas palabras que de confusión le llenaron: «El general, además, te ruega que le esperes aquí, a su regreso de Logroño, pues tiene que hablarte.» Por más que se devanaba los sesos, no acertaba don Fernando en el descubrimiento del negocio que con él quería tratar el conde de Luchana. «¡Hablarme a mí! ¿De qué...?» Y en esta incertidumbre vivió una semana, aguardando la solución del acertijo, con el gozo de ver restablecida gradualmente su salud, pues las aguas y los alimentos de Viana hicieron entrar en razón a su estómago. A los pocos días de descanso y vida regalona en pueblo tan interesante, pudo montar a caballo y dar buenos paseos con sus amigos por el camino de Logroño, hasta llegar a los cerros donde se descubre el curso del Ebro caudaloso, la mole de la Redonda y el caserío y torres de la capital riojana.

Grata fue la resistencia del caballero en aquel pueblo de tanta nombradía en los anales de Navarra y de Castilla; disfrutó lo indecible examinando las señales y vestigios de nobleza en calles viejas y palacios desmantelados, en las antiquísimas iglesias de San Pedro y Santa María. Mucho había que leer en aquellas piedras. Los curas del arciprestazgo y los regidores de la ciudad franqueábanle códices y papeles interesantísimos, donde vio y gozó históricas hazañas, como la defensa que hizo el esforzado mosén Pierres de Peralta contra las tropas del Rey don Enrique II, y los horrores de aquel memorable sitio en que las mujeres, así casadas como doncellas, manejaban las bombardas, trabucos, cortantes y otras diversas artillerías. Y fue tal el hambre que pasaron los vianeses, que viéronse obligados a comer caballos e otras fieras inusitadas, según reza un viejo pergamino. En la guerra de los Beaumonteses, que arrancó a Viana de la corona de Navarra para pasarla a la de Castilla, también había mucho digno de perpetuarse para ejemplo de los presentes. Vio don Fernando el sepulcro de César Borja, duque de Valentinois, que allí murió, y los de otros ilustres varones de aquella tierra.

En estos entretenimientos le interrumpió Sabas, manifestándole que, pues las queridísimas niñas de Castro-Amézaga se hallaban refugiadas en Logroño, distante solo dos leguas cortas, él iría, si su amo le daba permiso, a visitarlas por su propia cuenta, como Sabas de Pedro, y a enterarse de si estaban saludables y contentas. Pareciole a don Fernando muy atinada la idea de su escudero, y le despachó al instante con la misión que se expresa, y la añadidura de un recado muy afectuoso de su parte. Pero ¡ay!, al día siguiente volvió Sabas cariacontecido con la triste novedad de que no había encontrado a las niñas, pues la señora Doña María Tirgo, después de una temporadita de residencia feliz en la capital de la Rioja, había logrado arrastrar a sus sobrinas hasta Cintruénigo, donde a la sazón pagaban a los señores de Idiáquez la visita que estos hicieron a La Guardia. ¡Ojo al Cristo!

Muy mal le supo el caballero esta desairada vuelta de Sabas; mas cuidó de disimular la nueva tristeza que a las suyas y a su nostalgia se añadía. Pasaba las noches entretenido con sus amigos, entre los cuales la fiera inusitada de Ibraim hacía el gasto de los chistes burdos y sainetescos. Rodaba el tiempo, y todo el afán de Fernando era que volviese pronto Espartero, que allí le había mandado esperar... ¿esperar qué? ¡Oh incertidumbre!... Para mayor aburrimiento, pasó el caudillo una noche por Viana sin detenerse mas que media hora, y Calpena recibió por el ayudante Serrano Bedoya nueva edición del recadito de marras: «Que no se mueva de aquí hasta que yo regrese, o le avise dónde debe ir a encontrarme.»

—Pues, señor, la broma es ya más que pesada —decía Calpena, buscando medio de entretenerse con nuevos estudios de las antigüedades vianesas—. Cuanto más libre me creo y más empeño pongo en disponer de mi persona, más esclavo me encuentro. Mi sino es este, la esclavitud constante, el arrastrar cadenas... De rosas si se quiere; pero cadenas al fin. ¿Qué habrá en mí para que chicos y grandes me honren con sus afectos más vivos...? Siento no tener a mano al gran Zoilo, el filósofo del querer potente, para que me dé su opinión sobre esto.

En tanto que don Baldomero iba contra Labraza, en Viana corrían voces de que la tal operación sería de las más sangrientas. Para sustituir a Guergué, que perdió su valimiento con el desastre de Peñacerrada, Don Carlos había nombrado general de su ejército del Norte a don Rafael Maroto. Este, cogido el bastón, se metió en Estella, ocupándose en reorganizar los batallones y en proveerlos de lo necesario para una activa campaña. Desde allí mandó recadito a los de Labraza, encargándoles que se defendieran hasta morir, que él iría en su socorro, provocando a Espartero a singular batalla en aquellos campos. Todo anunciaba una brillantísima página histórica; alguien creía próximo el último acto y quizá la escena final del drama de la guerra. Pero así como los dramas suelen flaquear en su desenlace por inhabilidad del poeta que los compone, los lances guerreros también salen fallidos por torpeza o desidia de estos poetas de la espada. En resumidas cuentas: que el de Luchana apretó el asedio; que Labraza se defendió bien, hasta que no tuvo más remedio que rendirse, sin que de Estella viniese Maroto con todo aquel aparato de fuerzas que anunció. La esperada lucha decisiva quedose para mejor ocasión, y Espartero, que había ido con terribles ganas de romperse el bautismo de una vez y para siempre con su rival de hoy, ayer compañero de fatigas americanas, volvió grupas, un tanto descorazonado como militar, como político no descontento de la prudencia de Maroto y de su pereza en sostener el reto.

Llegó por fin la ocasión que tan vivamente deseaba Calpena, y viendo entrar a Don Baldomero en Viana al caer de la tarde de un caluroso día de julio, no tuvo sosiego para esperar a que el general le llamase, y se fue a la casa de los Tidones, donde se alojaba, y solicitó audiencia, que al instante le fue concedida. Sentábase a la mesa don Baldomero para cenar con el Arcipreste Don Alonso de Aimar, con el alguacil mayor o Merino, don Lázaro Tidón, tres señoras de la familia de Tidón y Asúa, el general Van-Halen y otros; y convidado Fernando, aceptó gustoso la grata compañía. Hablando de la guerra, dijo el de Luchana con su franca llaneza: «No me la dio Maroto... Ya me había tragado yo que no vendría. Le conozco, es muy ladino, y no quiere comprometer el mando, que deseaba y que no le conviene soltar...» Sin saber cómo, la conversación recayó en cosas muy distintas de los sucesos militares, como la calidad de las judías verdes de Viana comparadas con las de Logroño. Sostenía el vencedor de Peñacerrada, conciliando la justicia con la galantería, que si al carnero de la merindad de Viana había que quitarle el sombrero, en judías de riñón y en pimientos morrones, donde estaba Logroño y su ribera, no había que mentar hortaliza. ¡Y para que se vean los misteriosos engranajes de la palabra humana! ¿Cómo pudo ser que del tratado de las alubias pasasen aquellos señores a la personalidad de César Borgia? Ello fue así, como también lo es que ninguno de los comensales, incluso el héroe, poseía nociones exactas de la vida y muerte de aquel afamado cardenal y guerrero, teniendo Calpena que desenvainar modestamente su corta erudición para ilustrar al esclarecido senado. No prestó gran atención Espartero a estas historias añejas, que otras más vivas le solicitaban, y aferrado a su idea, no cesaba de repetir: «Es muy ladino, muy ladino...»

No pasó mucho tiempo después de la cena sin que la expectación de don Fernando quedase... A medio satisfacer, pues Espartero, al conferenciar con él en su despacho, no hizo más que mostrarle los bordes, digámoslo así, del asunto que tratar quería, reservándose el cuerpo del mismo. Con su consabida franqueza ruda, que en muchos casos le resultaba bien, le dijo: «¿Pero a qué tiene usted esa prisa por volverse a Medina? Un hombre como usted, de sus circunstancias, no puede estar cosido a las faldas de la mamá.»

—Mi general, he conocido a mi madre hace poco tiempo.

—Ya, ya sé... vamos al caso. Usted vale mucho, yo sé lo que usted vale. No vengamos ahora con modestias ridículas. ¡Entre nosotros...! En fin, usted es hombre de grandísimo mérito. Lo sé, lo afirmo, y no hay que desmentirme, ¿estamos? Usted quiere que yo le regale el oído repitiéndole que es un modelo de caballerosidad, una inteligencia de primer orden, un joven ilustradísimo... Ea, lo digo yo y basta.

—Pues basta, mi general. ¿Y qué más?

—De sus modales y finura de trato, nada hay que decir, pues bien a la vista están...

—Cuando usted acabe de echarme incienso, respiraré.

—No es incienso, es justicia... Me habló Urdaneta y otros, otros amigos que le conocen a usted bien... Y para que el hombre resulte completo, también somos valientes, ¿eh? Me ha dicho Martín... Pero no trato yo ahora de valentías militares; estimo, sí, que sea usted hombre de corazón, de voluntad bien templada...

No exageraba don Baldomero al manifestarse convencido de los méritos del joven, pues, en efecto, don Beltrán le había ponderado, quizás con lujo de hipérbole, la inteligencia, cultura y dotes sociales del hijo extranjero de Pilar de Loaysa. Quizás estas cualidades eran agrandadas por el de Luchana en su viva imaginación, que ciertamente la tenía, como soldado de arranques, de momentos heroicos. «Bueno, señor mío —añadió poniendo punto final a los elogios—. Convencido de que usted vale y de que puede prestarme, a mí precisamente no, a la patria, a España, a la libertad, servicios grandes, no dudo en... Decláreme usted ante todo una adhesión incondicional a los principios que represento, digo, que representamos todos los leales, que representa la causa legítima de Isabel II, la causa de la libertad.»

Confirmada por Calpena su profesión de fe política, el de Luchana prosiguió así: «No cuento con usted para cosas de milicia; le quiero para una comisión, misión mejor dicho, misión... que le comunicaré cuando estemos perfectamente de acuerdo en las cuestiones preliminares. Ea, señor don Fernando, yo no le suelto ya. Si se aflige usted por la ausencia de su mamá, la traeremos a la Rioja...»

—Mi general, tenga la bondad de explicarme...

—No explico más, ¡caramba! Lo dicho, dicho. Le tengo a usted trincado por los cabezones. Escribiremos a la condesa si es necesario... Yo me voy mañana a Logroño. No le diré que venga conmigo; pero váyase usted pasado mañana, cuando guste, y allí seguiremos hablando. Por hoy, ¿eh?, fijarse bien, como si no nos hubiéramos visto... Esto es reservado. Doy de barato que sobre las buenas cualidades que usted tiene domina la que de todas es maestra, la discreción, fijarse, la discreción. Y no digo más. Retírese usted ya... Buenas noches. Descansar. Hasta luego.

Y se fue el caballero a su hospedaje, sabiendo... que no sabía nada, sospechando, queriendo adivinar... Toda la noche estuvo viendo ante sí, en la oscuridad, los ojos de Espartero, negros, penetrantes, ojos de trastienda y picardía, y su rostro atezado, duro, que parecía de talla, labradito y con buches, el bigote triangular sobre el fino labio, la mosca, las patillas, demasiado ornamento de pelos cortos para una sola cara. La mirada del guerrero le decía más que sus palabras, y a fuerza de leer en aquella, creyó descifrar el pensamiento que estas no querían manifestar. «Una misión —se decía—. ¿Acaso...? ¿Qué entiendo yo de misiones y tratos y enredos...? ¿Qué quiere hacer de mí? ¿Un diplomático, un polizonte? Me ha escogido porque cree que la discreción está en mi naturaleza... Como hijo del secreto que soy... El secreto mismo. No acepto. Me voy con mi madre.»

XVII

Dormido con la resolución de no aceptar, despertó con la contraria idea; que estas mudanzas suelen traer el sueño a nuestro espíritu; y ya no se ocupó más que en disponer su traslación a Logroño, buscando antes a Zoilo para saber si pensaba continuar en la columna, o solicitar licencia y volver al lado de su familia. Este era el anhelo de Fernando, y esto le dijo, al encontrarle de regreso de un reconocimiento practicado por Zurbano en el pueblo de Aras. Alegrándose de verle, expresó el bilbaíno que desde su regreso de Labraza, donde había cumplido como bueno, sentía que se le iba enfriando el entusiasmo militar. Harto de gloria y satisfecha su ambición, renacían en él las querencias de la familia. Dos días y dos noches llevaba ya con el pensamiento empapado en la memoria de su mujer, a quien dormido y despierto veía en su mente, anhelando verla con los ojos de la cara, para recrearse en su belleza y entregarle el alma y la vida. Si su mujer le quería, y se curaba de aquella maldita enfermedad de recordar a otro y esperarle, él sería más feliz que los ángeles del cielo, y ninguna falta le hacía la gloria militar; que esta, sábalo Dios, la buscó por dar a su querer una compensación de aquellas amarguras y por llenar los vacíos de su corazón. No cesaba de pensar que su mujer le echaba de menos, que indagaba su paradero, que padecía por la ausencia de él soledad y tristeza... «Y de tal modo —proseguía— se me han clavado en el magín estas ideas, que ya no puedo menos de tenerlas por cosa cierta y fundada; que lo que yo pienso con gana, sucede, sí, señor, siempre sucede.

—También yo —dijo Calpena—, de algunos días acá, tengo la corazonada de que tu mujer se ha curado de esa locura de recordar lo muerto y esperar lo imposible. Sin ningún dato en que fundarme, lo siento, lo creo, y en ello me voy afirmando cada día más. Es para ti contrariedad grande el verte ya cogido en las redes de la Ordenanza y no disponer de tu persona para largarte a tu casa cuando te diere la gana.

Quedose Zoilo al oír esto muy pensativo, acariciándose la cabeza, sin que en esta brotase la idea que sin duda buscaba, y al fin, suspirando fuerte, se consoló de la oscuridad de su entendimiento con estas expresiones: «En fin, con un querer firme todo se arregla... Volveré a mi casa.»

—Pero ándate con mucho tiento, chico, y no se te pase por las mientes la idea de la deserción, que podría salirte cara. No juegues con las leyes militares. ¿Gloria quisiste? Tus triunfos te obligan a la obediencia. ¿Quieres ir a tu casa, ver a tu mujer? Pues aquí me tienes a mí para proporcionarte esa satisfacción, a mí, que te saqué de la cárcel y que adquirí con mi conciencia el compromiso de devolverte a los tuyos sano y salvo. Prométeme no hacer ninguna locura, pues al ponerte a mi lado entraste para siempre en el terreno de la razón. ¿Estamos conformes?

—Conformes, mi general. Así le llamo porque usted manda. Y váyase, váyase pronto a Logroño, y si está allí su novia, como dicen, cásese con ella, antes hoy que mañana, aunque para ello tenga que robarla... Si hace falta un amigo de coraje, avise. A casarse, y así estaremos todos contentos.

—Ni mi novia está en Logroño, ni yo he de robarla, ni ese es el camino, Zoiluchu.

—¿Pues cuál es el camino, señor?...

—Esperar obedeciendo.

—Pues obedezco esperando, como soldado de filas.

No hablaron más, y con apretones de manos se despidieron, trasladándose don Fernando con sus dos criados a Logroño, a donde llegó muy entrada la noche. Los oficiales de Gerona que iban con él encamináronle al parador del Camerano, en la calle del Mercado, no lejos de la Redonda, iglesia mayor del pueblo, y halló regular acomodo para sí y su gente; cenó y durmió tranquilo; y como no se le cocía el pan mientras celebrar no pudiera nueva conferencia con el héroe, al siguiente día, en cuanto llegó la hora oportuna para visitas, se personó en el palacio de Su Excelencia, una casona grande y severa, con fachada de sillería y ornamento barroco en balcones y ventanas. En la puerta se encontró a varios oficiales que conocía, y en el primer tramo de la escalera a su amigo Pepe Concha, quien muy contento de verle le introdujo en el billar, espaciosa sala del entresuelo. A la sazón el general despachaba con su secretario: era forzoso que Calpena esperase un rato, el cual resultó breve por la compañía de aquel simpático oficial, jefe de la escolta, y del ayudante Allende Salazar. A la media hora subió Fernando al primer piso, y Espartero le salió al encuentro muy afectuoso. Vestía de paisano, en traje muy ligero por causa del excesivo calor; y aún no habían concluido los saludos, cuando, volviéndose hacia una puerta entreabierta, gritó: «¡Jacinta, Jacinta!» Al conjuro de aquella voz, que era la voz del trueno en los campos de batalla, y que allí sonaba tan apacible, apareció una dama de excelsa hermosura, majestuosa en su familiar porte, sin el menor asomo de presunción en la sencillez casera con que vestía. Al saludo ceremonioso de Calpena contestaron los dos, marido y mujer, con esa confianza de buen gusto, propia de personas de viso que gustan de disimular su superioridad. La dama, más aún que su esposo, poseía un arte magistral para combinar la llaneza con lo que modernamente se llama distinción, la gracia con la autoridad. En pie los tres, Doña Jacinta (la etiqueta de la época obliga a conservarle el Doña) dijo festivamente al caballero: «¿Me acierta usted de quién es esta carta? —y al decirlo mostraba una que tenía en su mano muy dobladita—. A ver, a ver... ¿conoce la letra?»

—Es de mi madre —dijo Calpena mirando el papel que la condesa de Luchana puso ante sus ojos.

—Ya hablaremos, ya hablaremos. Tengo que reñirle a usted... Así me lo encargan. Por cierto que es usted el hombre de la mala suerte en sus viajes. Ayer, ayer mismo pasaron por aquí las niñas de Castro, de vuelta de Cintruénigo... Pero siéntese, don Fernando. Si tienen ustedes que hablar, me voy.

—No, no; tiempo hay —dijo el héroe sonriendo—. ¿Y qué me cuenta usted de ese desastre de Morella?

—¿De Morella? No sé una palabra.

—El pobrecito Oraa se ha visto precisado a levantar el sitio.

—¡Qué dolor! —exclamó la dama suspirando, ya sentados los tres—. Lo he sentido por todos: por la reina, por el Gobierno, por los liberales, y principalmente por don Marcelino... Es un hombre muy bueno, un militar que sabe su obligación, y le quiero de veras.

—Yo también —afirmó el de Luchana—. La empresa no era un grano de anís. ¡Sabe Dios los entorpecimientos con que habrá tenido que luchar el pobre Oraa, la falta de recursos!... Es la mía: el Gobierno quiere acabar la guerra, y nos tiene sin raciones, las tropas descalzas. Crea usted, Calpena, que esos malditos moderados nos llevarán al abismo, si no se les ataja... En fin, este mal paso de Morella, esta retirada ante Cabrera ensoberbecido...

Nos parte... ¡Qué contratiempo, qué desdicha! Por acá íbamos muy bien; ya usted lo ha visto.

—Crea usted, mi general —indicó Calpena—, que este inmenso litigio de la guerra civil no se ha de sentenciar en el Centro.

—Se sentenciará en el Norte, convenido... pero los sucesos de allá ayudan o entorpecen, y este resbalón del pobre don Marcelino... Cuidado que yo le quiero... Este resbalón ha de traernos consecuencias funestas. ¡Qué lástima, Señor...!

—Pero, Baldomero —dijo la condesa con esa familiar lisonja que tan bien cae en labios españoles cuando son de mujeres buenas y amantes—, tú no puedes estar en todas partes.

—¡Yo...! —exclamó el caudillo con modestia, que sin duda no sentía—. ¡Sabe Dios si me hubiera pasado lo mismo, o quizás algo peor!... La guerra es un azar, un compromiso, y por más que uno ponga de su parte todo lo que tiene dentro, siempre hay algo que no depende más que del Acaso, de...

—Y usted, mi general, ha sabido entenderse con el Acaso.

—¡Oh!, no crea usted... También me ha jugado algunas... Pero, la verdad, no hay queja...

—No tenemos queja —repitió Doña Jacinta—. Dios no nos abandona... ¡Ay, qué pena! No puedo apartar de mi pensamiento al pobre don Marcelino... Pero, en fin, dejemos por ahora las cosas tristes... que a don Fernando tengo yo que decírselas muy gratas, pero muy gratas.

—Todo lo que usted me diga, señora, me será siempre agradabilísimo.

—¿Está bien seguro de eso?... Bueno; luego hablaremos. Váyase usted preparando.

—Ya lo estoy.

—Y por ahora, dispénseme —dijo levantándose—. Tengo que hacer. No crea usted: todavía no he acabado de leer la carta...

En pie los dos, el visitante y la señora cambiaron frases de donosa cortesía:

—¡Vaya si hablaremos!... Esta noche hará usted penitencia con nosotros... No, no se admiten excusas. ¡Si usted lo desea!... Está usted rabiando porque le hable yo de cierta persona...

—No digo que no.

—Pues para su tranquilidad, le diré que ayer estuvieron aquí las niñas a despedirse. ¡Si viera usted qué guapa está Demetria!

—Lo creo.

—Y Gracia, no digamos...

—También lo creo.

—Pero no creerá que por el lado de Cintruénigo hay nubes...

—¿Y truenos?

—Truenos todavía no... Vaya, no más por ahora. A las siete, don Fernando.

Solo con el conde, manifestó verdadero ardor porque este acabara de dar solución al acertijo de Viana. «¿Pero qué prisa tiene usted? —le dijo Espartero sonriente—. ¡Si ahora le vamos a tener secuestrado aquí por mucho tiempo! Ya le dirá Jacinta esta noche su plan de traernos aquí a la condesa...»

La entrada del general Ribero, al que siguió, con minutos de diferencia, la del brigadier Linaje, cortó la visita, y Calpena creyó discreto retirarse. Acudió al anochecer a la invitación para la cena, que fue gratísima, con asistencia del general Van-Halen, del coronel Zabala, del ayudante Gurrea y de la lindísima Vicenta Fernández de Luco, hermana de madre de la condesa, y bastante más joven que esta. Doña Jacinta apenas pasaba de los treinta, y Vicenta no llegaba a los veintidós. Casó el 41 con Pepe Concha.

Llevó el peso de la conversación el brazo militar, comentando y discutiendo el desastre de Morella. No obstante disponer Oraa de veintitrés batallones, doce escuadrones y veinticinco piezas de artillería, y de contar con los expertos generales de división Borso, San Miguel y Pardiñas, no pudo contrarrestar el empuje de Cabrera, amparado de las fragosidades y quebraduras de aquellos montes inaccesibles. Según Van-Halen, que conocía bien el Centro y la clase de guerra que allí se hacía, la culpa del descalabro del buen Oraa era del Gobierno, que en punible abandono tenía los servicios de administración, en atraso las pagas, descuidado el vestuario, así como el suministro de municiones. Debía Cabrera su renombre, más que a sus cualidades de astucia y arrojo, a la incuria de nuestros gobernantes, que no habían sabido poner en manos de los defensores de la reina armas eficaces para combatirle. De sobremesa, mientras por un lado despotricaban los caudillos sobre este para ellos sabroso tema, por otro Doña Jacinta y su hermana platicaban con don Fernando de la admirable resistencia de la niña mayor de Castro, en el asedio que nuevamente le ponían los Idiáquez con ayuda de su fuerte aliada Doña María de Tirgo. De buena tinta sabía la condesa que, desesperados los sitiadores de la constancia de la señorita mayor, habían tratado de entenderse con la menor, creyendo encontrar en ella ambiciones de ceñir corona de marquesa. Pero la vivaracha niña quería imitar a su hermana en la vocación de quedarse para vestir imágenes. De todo ello resultaba que don Fernando no tenía perdón de Dios si no cambiaba su actitud circunspecta por otra más decidida. Sin mostrarse el galán abiertamente contrario a estas ideas, pues la galantería se lo vedaba, halló medio de rebatirlas aceptándolas y de hacerlas suyas agregándoles cantidad de ingeniosos peros, todo con gran derroche de ingenio y picardía graciosa. Así entretuvieron la primer noche, retirándose Calpena muy agradecido a tanta bondad, y ligado ya por cordialísima simpatía a la familia del héroe.

Ningún día dejó de acudir al palacio de la plazoleta de San Agustín. No siempre pasaba al despacho de Espartero, que a menudo tenía visitas, o tareas urgentes con Linaje u otro secretario, a las cuales consagraba largas horas, fumando constantemente puros habanos de los mejores. En Doña Jacinta observó Calpena el prototipo de la dama casera, pues no había otra que la igualase en dirigir y conservar en orden perfecto su casa y servidumbre, sin olvidar por esto las obligaciones sociales. Inflexible para exigir a todos cumplimiento, era tan ordenancista en su hogar como don Baldomero en los campos de batalla. Las comidas se anunciaban a toque de campana, y ¡ay del que dejara de acudir a su puesto! El general mismo no se desdeñaba de dar a conocer su miedo a las severidades de la digna esposa. Era muy sobrio en las comidas, y para él no había mayor suplicio que estar largo tiempo en la mesa. En días de convite o de extraordinario, se deshacía en impaciencia, anhelando que llegase pronto el momento del café y los puros. Ensalzaba las comidas breves; solía decir que debíamos buscar un medio de ingerir de golpe los alimentos en el estómago, como se carga un fusil.

Cuidábase Jacinta de poner coto a la excesiva largueza del héroe en socorrer pobres y dar auxilio a necesitados, pues aunque era caritativa, no gustaba del despilfarro, que aun por generosidad es cosa mala. Espartero fue hombre que no reclamó nunca del Gobierno las pagas atrasadas, ni se

99

cuidó de que la Nación le reintegrara las sumas que anticipó de su bolsillo para dar de comer a los soldados, y así lo hizo más de una vez, porque era fuerte cosa pretender llevarles a la victoria con los estómagos vacíos. Los parientes pobres de Granátula y Almagro habían encontrado en el general una mina inagotable, y los desvalidos de Logroño no padecían hambre. Si le adoraban los soldados por valiente, pródigo de su sangre, no le querían menos los pedigüeños por el arrojo con que vaciaba sus bolsillos. Estos y su corazón estaban siempre abiertos al heroísmo y a la limosna.

Sin contrariarle abiertamente, procuraba Doña Jacinta reducir su magnanimidad a límites razonables; mas no alcanzaba en este terreno, la verdad sea dicha, tantas victorias como él combatiendo a los sectarios del retroceso. Gozaba la excelente señora la simpatía y admiración de todo el pueblo, por lo bien que sabía manifestar su superioridad social sin ofender a nadie, porque guardando las etiquetas era cariñosa y accesible. Adoraba el orden, creía en la eficacia de los puestos personales, y deseaba que cada cual ocupase el suyo y respetase los ajenos. Con los humildes sabía ser cariñosa, con los grandes un poquito encopetada, con todos afable y digna. Su amistad con Pilar de Loaysa databa de cuando esta se casó y Jacinta era una niña que aún vestía de corto. En Zaragoza se conocieron, ligándose con entrañable ternura, a la que siguió más tarde relación continua por correspondencia cariñosa. Juntáronse años adelante, por muy pocos días, en Pamplona, cuando Jacinta, soltera todavía galanteada por Espartero, estaba en todo el esplendor de su hermosura, y ya la duquesa de Cardeña peinaba canas; después no se vieron más. El secreto de su amiga lo supo la condesa de Luchana por la revelación que a Espartero hizo don Beltrán; y si antes de conocer a Fernando le estimó, conocido le miraba con afecto fraternal, como de hermana mayor; y cuando la informó Doña María Tirgo de que era hijo de un príncipe, le tuvo en mayor aprecio, y vio más claras sus altas dotes de inteligencia, nobleza y elegancia.

XVIII

No se habría conformado don Fernando con la ociosidad en aquella tierra hospitalaria, si la frecuente correspondencia con su madre no vigorizara su espíritu. No cesaba la noble señora de recomendarle que prolongase su permanencia en Logroño, que fuese agradecido a las bondades de Espartero y su familia, pues le convenía ciertamente estar al arrimo de quien, por su autoridad militar y la política que iba adquiriendo, parecía llamado a ser en breve tiempo el árbitro de los destinos de la Nación. «Doloroso es para mí —le decía—, el verme privada de tu presencia; pero me consuela de mi soledad el saber dónde y con quién estás, el considerar reconocido y apreciado tu mérito, principio quizás de las grandezas que deseo para ti.» Y contestando a la carta en que se le manifestaba el deseo de Doña Jacinta de traerla a Logroño, decía: «La impresión primera ha sido de regocijo; pero después la reflexión me ha hecho conocer que mi presencia podría perjudicarte. Tú no lo creerás así; yo veo las cosas con frialdad, y no puedo desechar la idea de que por algún tiempo debes permanecer sin mí al lado de esos señores. Bien sabe Jacinta cuánto le agradezco sus afectos cariñosos. Pero en su buen juicio comprenderá que a todos nos conviene mi oscuridad, y que esta es necesaria para que tú brilles.» Contestaba don Fernando a estas razones que él no quería brillar; que ningún bien social podía compensarle de la ausencia de su querida madre, y que, por tanto, persistía en ir en su busca en cuanto los caminos se hallasen despejados, para mayor seguridad del regreso.

Notó el caballero que constantemente llegaban a Logroño y conferenciaban con el general personas diversas, venidas unas de Madrid, otras de Pamplona, como emisarias del Virrey, general Alaix; otras, de pinta muy extraña, parecían procedentes del Cuartel de don Carlos. Entre las caras madrileñas, algunas reconoció Fernando como significadas en la patriotería más ardiente. Creyó ver también a don Antonio González, a Ferraz, a Sancho y a otros partidarios juiciosos del progreso. Indudablemente, el general apoyaba con decisión la idea que empezó a llamarse progresista, declarándose enemigo del bando moderado y disparando contra él bala rasa, sin reparar en las manifiestas concomitancias de este partido con la gobernadora. Le traía muy inquieto la protección que esta y su camarilla daban a Ramón Narváez, permitiéndole organizar el ejército de reserva, como un medio indirecto de hacer sombra a Espartero y de levantar frente a él un nuevo ídolo militar. No le gustaban a don Baldomero estos ídolos secundarios, que podrían ser dioses mayores el día menos pensado, y la influencia política que alcanzado había con su victoria no se la dejaría arrancar ¡vive Dios!, a dos tirones. Un día y otro mandaba a Madrid quejas del abandono del Gobierno; hacía responsables a ciertos y determinados ministros de las privaciones del ejército; amenazó con su dimisión si no dejaban sus puestos Mon y Castro, y al fin, con este modo de señalar, dio cuenta del Ministerio del conde de Ofalia. Nombrado presidente el duque de Frías, poeta y diplomático, Espartero le exigió que desmembrase el ejército de reserva formado por Narváez, agregando dos divisiones al de Castilla la Vieja, para contener las facciones de Merino y Balmaseda; pidiole que, en reemplazo de Oraa, fuese nombrado Van-Halen general del Centro. A regañadientes, cediendo a la presión del que dueño se hacía de todos los resortes, quia nominor leo, el buen don Bernardino, excelente hombre, prócer ilustre, y ante todo poeta insigne, se doblegaba y sucumbía por su propio miedo y por los altos miedos palatinos.

Nunca habló de estas cosas Calpena con el general, quien, en sucesivos coloquios, fue menos reservado respecto a la índole de la comisión que confiarle pensaba. Uno de los primeros días de septiembre, a punto que el Cuartel general se movía para emprender operaciones de que nadie tenía conocimiento, dijo Espartero a su amigo, en forma que no admitía réplica ni excusa, que a seguirle se preparase. Llevado de la fascinación que el héroe sobre él ejercía, y cediendo además a una extraña querencia del misterio y a ideas de elevada ambición que le rondaban la mente, no vaciló en obedecer. Despidiole la condesa con afecto maternal, asegurándole que en compañía de su marido no podía correr ningún riesgo; afirmó él gozoso que nada le importaba exponer su vida, con tal de ser grato a su ilustre amigo, y partió entre la comitiva del Cuartel general, llevando a uno solo de sus criados, Urrea.

Por toda la orilla derecha siguieron, sin parar hasta Lodosa, y era general la persuasión de que se preparaba un ataque a Estella. Al anochecer de aquel día, 3 de septiembre, las avanzadas de Espartero se tirotearon con guerrillas carlistas; pero estas desaparecieron durante la noche, y el ejército liberal siguió hasta Artajona. Nueva detención, que en este punto fue más larga, porque recibió el general noticia de un descalabro de las tropas de Alaix, virrey de Navarra, el cual, empeñado en duro combate con los carlistas, en el Perdón, fue rechazado con bastantes pérdidas, resultando heridos el mismo Virrey y su segundo, Espeleta. Esto y la noticia de que Cabrera, ensoberbecido con el triunfo de Morella, mandaba una división a engrosar las fuerzas de Navarra, detuvieron a Espartero en su marcha, si es que esta tenía por objeto atacar a Estella, lo que no se sabe, pues a nadie comunicó su pensamiento. Humor endiablado tenía el general en aquellos días, y su indecisión revelaba la crisis de su ánimo. Dio instrucciones para que don Diego de León, que operaba en la Solana, ocupase determinados puntos, y para que la división de Hoyos hiciese un reconocimiento hacia Los Arcos, y otras disposiciones tomó, cuyo alcance nadie podía penetrar. Al quinto día llamó a Calpena, y sin encerrarse con él, paseándose juntos en un abandonado huertecillo de la casa donde el general se alojaba, hablaron. La conversación, oída de lejos, habría podido pasar por insignificante, pues carecía de toda solemnidad y de tonos graves y misteriosos.

—Yo me vuelvo a Logroño a darme otra descansadita —dijo don Baldomero con jovialidad—; pero usted, amigo don Fernando, aquí se queda, y por de pronto se incorpora a las fuerzas de Diego León. Luego hará usted lo que le mandaré ahora mismo en pocas palabras. Oído: dentro de un rato se va usted a su alojamiento, y no se mueve de allí hasta que reciba un recado mío.

—Bien, mi general.

—Mi recado es lo que menos puede usted figurarse. Consiste en un mazo de puros habanos, y se lo llevará un arriero... No sé si usted le ha visto... Le encontramos en Lodosa con su recua... Todo el ejército le conoce.

—En efecto, le vi, y me dijeron su nombre; pero no me acuerdo.

—Se llama Martín Echaide. Es popular y muy querido en estas tierras. Tanto nosotros como el enemigo le permitimos franquear las líneas, y recorrer libremente el país, porque se ha declarado neutral, y sostiene su neutralidad como un caballero.

—Pero no lo será realmente.

—Me figuro que no —dijo Espartero con acento de marrullería fina—. El objeto de llevarle los cigarros es para que le conozca a usted y se fije en su rostro... ¡Ah!, no haya miedo de que se le despinte. Nada le dirá a usted, ni usted a él tampoco, como no sea el mandarme las gracias por los cigarros.

—Hasta ahora, mi general, la misión que usted quiere encargarme es facilísima.

—Después no lo será tanto. Se queda usted, como digo, con Diego León, y en el momento en que Echaide se le presente y le diga: «don Fernando, vámonos», le obedece usted como si yo se lo mandara.

—¿Y para esto, mi general, tendré que disfrazarme de arriero?

—Justo; procurando, naturalmente, la mayor perfección en cara y ropa. Disfrazará usted también a su criado, que me ha parecido de un tipo muy para el caso. Con Echaide va usted a donde él le lleve, que le llevará bien seguro a donde debe ir.

—Faltan ahora las instrucciones fundamentales, mi general, pues presumo que mi misión no es tan solo arrear las caballerías del señor Echaide.

—Ciertamente que no. Ya no es un secreto para usted que este bueno de Echaide me pone en comunicación con una persona del campo enemigo; pero las cosas graves que entre una y otra parte se han de tratar no son para expresadas por Echaide, ni es prudente fiarlas al papel. En estas embajadas, amigo, no se cruzará ningún papel escrito.

—Ya entiendo, mi general: el papel soy yo, mi buena memoria, y mi palabra la escritura.

—Justamente. Con su comprensión rápida de todas las cosas me ahorra usted largas explicaciones. Echaide no es más que el... El...

—El vehículo; la idea soy yo.

—Exacto. Como nada se escribe, como todo ha de ser verbal, he tenido que escoger una persona muy inteligente, instruida, que se penetre bien de mis condiciones, que reciba las del contrario, que las discuta si es preciso, que transmita fielmente lo que uno y otro digan... También he tenido en cuenta su caballerosidad, su conocimiento de la historia y de la política. Para decirlo todo, su falta de ambición me agrada, y su independencia es para mí una garantía de fidelidad. Con que...

—Comprendido todo, mi general. Ahora falta que escriba usted en mi mente su pensamiento con signos bien claros, de modo que yo me penetre bien y no padezca ningún error al transmitirlo.

—Tengo la seguridad de que ni escrito iría con más claridad. Esta noche se viene usted por aquí, y le diré mis condiciones para la paz. Son tan sencillas y tan breves, que caben en un papel de cigarro. Procure el hombre fijarse bien. Mañana vuelve usted. Paseamos un rato en este jardinillo y repetiré las condiciones para que se graben en su memoria. No me escriba usted ni una letra, por los clavos de Cristo... Y por último, nada he de decirle de la reserva, de la absoluta reserva...

—¡Por Dios, mi general...!

—No, no; si estoy bien seguro.

—Pero falta una cosa. Al llegar yo donde está esa persona, ¿cómo acredito mi calidad de embajador?

—Todo está previsto. Las credenciales que usted ha de presentar son una sola palabra. Ya lo hemos convenido él y yo: desde Burdeos me lo propuso.

—¿Una sola palabra?

—El nombre de un pueblo del Perú donde él y yo nos conocimos. Fácilmente lo grabará usted en su memoria. Mañana se lo diré. Cuando llegue usted al punto donde ha de celebrar su primera conferencia, Echaide será su introductor de embajadores. Con que...

—¿Me retiro?

—Sí. Hasta la noche.

Retirose Calpena en un grado de excitación indescriptible, la mente pletórica del sin fin de ideas que en ella despertaba el grave asunto en que iba a ser actor, y actor histórico con visos de novelesco. Era un mundo que se le metía en el pensamiento, con imágenes mil fabulosas, con representaciones de actos en que probaría su valor y su inteligencia, con ideas elevadas, con fin nobilísimo como era el de la paz. Adelante: no se avenía con las seguridades que el general le dio de que en su misión no correría peligro. Sí, sí, que los hubiera, pues los peligros y la gloria de vencerlos satisfacían los anhelos de su alma generosa más que una campaña fácil y sin accidentes. Ningún fin alto y grande se alcanza sin sacrificio, y es forzoso ver en las penalidades la consagración de toda labor benéfica.

Recibió puntualmente los cigarros; repitió las visitas al general por la noche y mañana siguiente. Oyó dos veces las instrucciones, mejor dicho, las condiciones, que estampadas con letras de fuego quedaron en su memoria; tomó el santo y seña, o mejor, signo de inteligencia; vio partir al caudillo para Logroño; incorporose al ejército de León, y ya no hizo más que esperar, clavados los ojos en la imagen borrosa de su destino.

El diálogo que se transcribe es exacto en sus ideas y sentido—, el arriero Echaide, rigurosamente histórico.

XIX

Muy a gusto se agregó el caballero al ejército de León, y no poco orgullo sentía de hallarse tan cerca del héroe, cuyas fabulosas hazañas parecíanle dignas de un Romancero. El creciente influjo político del de Luchana impuso el nombramiento de Alaix para ministro de la Guerra, no obstante su reciente descalabro; y vacante el virreinato de Navarra, fue designado León para este puesto, que tan bien ganado tenía. Siguiole Fernando a Pamplona, donde hizo nuevas amistades, muy gratas: Manuel de la Concha, ya coronel, hermano de Pepe, y que si en la gallarda figura se le asemejaba, no así en el carácter, que era vivísimo, tirando a violento, poseído de la pasión militar en sumo grado, y del anhelo de saber mucho y de practicar lo que aprendía; Domingo Dulce, distinguidísimo oficial de caballería, muy intrépido; Federico Roncali y otros. Con ellos pasó buenos ratos en los ocios de Pamplona, que no fueron largos, porque León, nunca harto de combatir ni saciado de gloria, salió en busca del enemigo con ansias dementes. Era un hombre febril, hercúleo, que empezaba en un inmenso corazón y acababa en una lanza. Se le podrían aplicar los cuatro enérgicos calificativos de Aquiles: impiger, iracundus, inexorabilis, acer.

Encaminose el héroe a Tafalla, buscando camorra a los carlistas. No era de estos que aguardan las ocasiones más favorables para trabar batalla. Según él todas las ocasiones eran buenas. Provisto de víveres para tres días, se lanzó por aquellos campos, como andante caballero, en busca de lo que saliere, y en Obanos, Legarda y Muruzábal encontró carne enemiga en que cebar las picas poderosas de sus terribles lanceros. Admiraba Calpena su gallardía, su varonil rostro, en que relampagueaban los grandes ojos calenturientos. Los bigotes rizosos del general eran los mayores y más bellos que en aquel tiempo se conocían. El chacó, con cimera de plumas ondeando al viento, agrandaba su figura y haciala fantástica; su apostura sobre el caballo no tenía semejante. Fascinaba a la tropa, comunicando a todos, hombres y caballos, su ardor y fiereza. No le vio Calpena manejar la lanza. La primera hazaña de Belascoaín había sido algunos meses antes; la segunda, que debía ilustrar su nombre, fue meses después, en abril del 39. Cuando se dieron las reñidas acciones de Sesma y los Arcos en diciembre del 38, ya don Fernando no estaba en el ejército de León, pues un día de octubre, hallándose meditabundo en Artajona, rumiando su impaciencia y amargado por las añoranzas, presentose Martín Echaide y pronunció el conjuro sibilítico: «don Fernando, vámonos.»

Como asimismo le dijese que uno de sus hombres marchaba a Logroño con dos acémilas de vacío, no quiso desperdiciar Calpena tan buena ocasión de escribir a su madre, y lo hizo despacio y amorosamente, enviando a Doña Jacinta la carta, con súplica de que por el conducto más rápido la remitiese.

Ya en marcha, en una aldea próxima a Mendigorría, emplearon gran parte de la noche en la operación de vestirse de máscara don Fernando y Urrea, con las ropas que Echaide traía para el caso, agregando a ellas la posible alteración de los rostros, en lo que pusieron todo su esmero y exquisitos primores de arte. Ya don Fernando había descuidado sus barbas y cabellos, y en estos aplicó tales refregones de tierra, que pronto quedaron incultos y enmarañados a usanza salvaje. Lavándose ambos la cara, si así puede decirse, con polvo del camino, obtuvieron el tono y pátina de una epidermis horriblemente áspera. Cortose Fernando el bigote, igualándolo con las barbas, para que todo el rostro quedase como no afeitado en dos semanas. Cuidaron asimismo de las manos y uñas, procurando en aquellas la endurecida costra de suciedad, en estas el luto riguroso, y con un poco de hollín, diestramente aplicado a las orejas, sienes y carrillos, quedó Calpena hecho un mostrenco tan zafio y bestial, que no había más que pedir. En Urrea no fue tan necesaria la transformación, porque su aspecto proceroso y su cara vulgar le asemejaban a lo que quería ser. Había hecho don Fernando estudios de lenguaje, asimilándose un castellano burgalés de los más rudos con dejos de baturrismo. Bastábale a Urrea con su sonsonete éuskaro, en lo que poco o nada tenía que fingir. Quedaron, por añadidura, convenidos los nombres que habían de sustituir a los verdaderos, llamándose don Fernando Aquilino Orcha, y más brevemente Quilino, natural de Briviesca, y el otro, Francisco Muno, de la parte de Aramayona. Suponíase, por lo que pudiera suceder, que Muno había servido cuatro años en la partida de Lucus, y Quilino otros tantos en la de Merino, retirándose del servicio por la derrengadura que se le produjo al caer del techo de una ermita en el ataque de Lodosa. Habíale quedado un impedimento del costado derecho, y la natural torpeza para mover los remos de aquel lado. Fingía muy bien el caballero la imperfecta andadura, con ligerísima cojera en que no podía verse la menor afectación.

Componíase la cuadrilla de cuatro sujetos: Echaide, los dos noveles, y un cuarto arriero, como de sesenta años, a quien de apodo llamaban Santo Barato. Era el arriero jefe cincuentón, de mediana estatura, tan chupado de rostro, que los carrillos se le juntaban por dentro de la boca, formando al exterior dos cavernas velludas; los ojos se le metían hasta el cogote, sin que de ello resultara aspecto de fiereza, sino más bien como de anacoreta, o como las malas imágenes que representan a los benditísimos padres del yermo. Su sonrisa de beatitud convidaba a la confianza. En el cinto de cuero llevaba el rosario de cuentas negras y pringosas, y un puñal. Era el vestido de los cuatro calzón corto con peales, chaqueta parda y pañizuelo a la cabeza, las camisas del más tosco hilo campesino. En suma: a Urrea le faltaba poco para ladrar; Fernando resplandecía, si así puede decirse, de oscuro idiotismo y de tosquedad y barbarie. Llevaban cuatro bestias, dos mulos y dos borricos, mejor apañados que las personas, con sus aparejos en buena conformidad, y la carga era de pellejos de aceite, algunos garbanzos, pimentón molido, vinagre y otros artículos de menor cuantía.

Con sus cuerpos y los de sus animales llegaron a Estella al caer de una tarde de octubre, metiéndose en una posada próxima al Castillo y al paseo de los Llanos. Gran aparato de fortificaciones observó Fernando en todo el contorno de la ciudad. En la escarpa de los picachos de Santo Domingo y en los altos de Santa Bárbara, todo era baluartes y trincheras formidables. Hacia la otra parte, en Porfía y sobre el Puy, vio también cortaduras y reductos. Las puertas de la ciudad por el camino de Puente la reina, y en la entrada del paseo, y en las cabeceras de los puentes, donde arranca el camino de Viana, eran verdaderas fortalezas. En el centro de la ciudad vio bastante tropa, bandadas de clérigos, corrillos de oficiales en la plaza frente a San Juan, y en la calle mayor; observó el descuido de policía como signo de bárbara guerra, los pisos desempedrados, formando charcos fétidos; cerrados los comercios, los establecimientos de pelaires, los talleres de carda de lanas, los batanes y tintes, en completa paralización y abandono. Recomendole Echaide que anduviese lo menos posible por la ciudad, manteniéndose en el parador al cuidado de las bestias, lo que le pareció muy bien, y pronto hubo de advertir la sabiduría de este consejo, pues en el parador, y en una próxima tienda de bebidas con algo de comistraje, pudo observar a sus anchas, sin despertar la menor sospecha, el estado de la opinión; solo con poner su oído en las disputas, vio claros los dos partidos que agitaban el cotarro pretendentil.

En esta parte decían que era de necesidad fusilar a Marato; en aquella, que no había decencia si don Carlos no se limpiaba de las alimañas que se le comían vivo, el cura Echevarría, el capuchino Lárraga, el obispo de León, Arias Teijeiro y otros tales. Pedían aquí que viniese Cabrera a enderezar el torcido altarejo de la Causa, pues era el único hombre de empuje y circunstancias, y allá que la perdición del Rey estaba en los generales de anteojo y compás, y que los propiamente facciosos que no sabían leer ni escribir le darían la victoria. En ciertos círculos del bodegón no se recataban paisanos y militares de hablar pestes de don Carlos, que todo lo fiaba de la Virgen, y consultaba sus planes de guerra con las monjas flatulentas, hartas de bazofia. Los más devotos de Su Majestad llevaban muy a mal que cuando iban las cosas de la guerra tan torcidas, y hallándose el país esquilmado y en la miseria, saliese don Carlos con la gaita de casarse. ¡Vaya, que tener que aguantar también reina, sobre tantas cargas como abrumaban a los pobres pueblos! ¡Y que no vendría poco finchada la de Beira, ni traerían poca fachenda sus damas y gentiles-caballeros, todos con atrasadas ganitas de trono y de parambombas reales, en medio de los desastres y de las inseguridad de la guerra!

Metían su cucharada en los coloquios Quilino y Muno, expresando las opiniones más contrarias a todo buen criterio, como seres nacidos para discurrir al tenor de los animales; y así pasaron tres días en tranquila sociedad y distracciones de bodegón, dando tiempo a que entregara o colocara Echaide la carga que llevó, y que tomase otra, consistente en piezas de paño del cuento 24, casimiros y bayetones estrechos, barriles de vino y algunos trebejos de calderería. Nada tenían ya que hacer allí. Dos días antes de la llegada de Echaide había salido Maroto para Alsasua, de donde seguiría hacia Cegama y Oñate. La misma dirección, por caminos y atajos endemoniados, tomó Echaide con su cuadrilla, escalando los desfiladeros de Andía, y en todas las ventas y encrucijadas, así como en los puntos guarnecidos, encontraba el arriero amigotes, con quienes departía del cisco que tan revueltos traía a castellanos y navarros. Ningún entorpecimiento hallaban en su marcha por aquellos vericuetos, porque la solicitud con que Echaide desempeñaba los encargos, y la forma escrupulosa que sabía dar a su neutralidad, le garantizaban contra todo recelo. Por la noche, ya le cogiera esta en alguna venta, desmantelada choza o tejavana, echaba mano a su rosario, obligando a los suyos a secundarle en sus extremadas devociones. A los clientes atendía con solicitud, cobrándoles a conciencia, y en el servicio de todos desplegaba tanta honradez como puntualidad. Jamás trajo ni llevó soplos referentes a movimientos de uno y otro ejército, y en ambos tenía protectores y amigos que apreciaban sus raras cualidades de ermitaño trajinero.

Bajando de los puestos de Aralar hacia Cegama, les cogió un temporal de nieve y ventisca, que por algunos días les tuvo prisioneros sin poder ir adelante ni atrás, defendiéndose contra el frío en unas cabañas de pastores. Hasta las soledades inhospitalarias en que se guarnecían llegaba el rumor de la ola revolucionaria que por abajo corría. También allí, viejos que parecían salvajes pedían que descuartizaran a Maroto y lo echaran a los perros, y soldados errantes que iban a unirse con sus cuerpos abogaban por que se ahorcase a Guergué con las tripas de Arias Teijeiro. Con hogueras se defendían los trajinantes del horroroso frío, que recrudeció la cojera de Quilino, obligándole a unos andares enteramente grotescos. Aprovechando una clara, avanzaron por la vertiente abajo en busca de mejor abrigo: en una casa en ruinas, donde se agazapaban media docena de soldados que venían de Ormáistegui, y unos leñadores míseros, se trabó disputa tan brava sobre quién o quiénes habían traído el reino a tanta perdición, que no se pudieron contener en la pendiente de las palabras a los hechos, y algunos palos tocaron a Calpena, que hubo de aguantarlos con cristiana mansedumbre, porque el coraje no delatara su condición, tan bien disfrazada. Entre el tumulto, y mientras se frotaba la parte dolorida, se oyó su voz protestando en esta forma: «Ridiós, si vus digo que razón tenís más que serafines. Que afusilen a Maroto, si vedis que no cumple; pero si cumple, escabecen a los empostólicos que le suerben el seso al soberano Rey... Eso vus digo, y tamién que afusilando, afusilando, al que no ande aderecho, veredes la faición como una balsica de aceite.»

—Mia tú, Patarrastrando; pues que te afusilen, que aderecho no andas.

—¡Otra!, que me arrimatis con gana. No paicis amigos, ridiós!...

—Desapártate, bruto, y no rebuznes de pulítica.

Un tanto repuestos y desentumecidos en Cegama, arrearon para la noble Oñate, y en ella dieron fondo en un día de lluvia torrencial, chapoteando en el lodo, caladitos, y con parte del cargamento averiado. Albergados en un parador de la calle Zarra, advirtieron inquietud grave en el vecindario y en la gente de tropa. La noticia de que habían sido presos y sometidos a un Consejo de guerra los generales Zaratiegui y Simón de la Torre, a paisanos y tropas les traía muy alborotados. En las cuadras del parador vieron a no pocos individuos que se recataban para leer papeles impresos repartidos por los agentes de Muñagorri, el escribano de Berástegui, que alzado había la bandera de Paz y fueros. Al siguiente día, despejado ya el cielo y seco el fango de las calles por un furioso viento, vieron escenas interesantes que revelaban el gran rebullicio de la opinión y el descontento de unos y otros. Casi a las puertas de la iglesia mayor, un grupo de soldados insultó a dos clérigos que salían de sus devociones, y a la entrada de la calle de Santa María, un grupo alborotaba con amenazas a la Intendencia, por la detestable calidad de los víveres. Corrían voces de que se habían interceptado cartas de Maroto a generales de Isabel, proponiendo condiciones para dar el pasaporte a Don Carlos; mas alguien sostenía con visos de autoridad que la tal correspondencia era falsa, obra pérfida de los fueristas de Muñagorri y de otros intrigantes que hormigueaban en la frontera, protegidos por el Gobierno de Madrid y el Comodoro inglés Lord John Hay, vulgarmente llamado Lorchón.

Y como en Oñate nada tenían que hacer, sabedor Martín de que en un punto no lejano podrían realizar el fin oculto de su viaje, partieron hacia Vergara, y a esta renombrada villa llegaron en ocasión que no se cabía en ella de tanta tropa como entraba por el camino de Durango. Era el ejército de Maroto.

XX

Lo primero que hizo Echaide, después de albergar sus caballerías, rompiendo como pudo por entre la militar turbamulta, fue dirigirse a cumplir sus devociones de costumbre ante el célebre Cristo de Montáñez que se venera en la iglesia parroquial de San Pedro de Ariznoa. Largo rato estuvo allí en compañía de Quilino (a quien ya más comúnmente llamaban Patarrastrando), y cuando acabaron de rezar ante la imagen con extraordinaria edificación, en la misma nave oscura del templo le dio las instrucciones que creía pertinentes.

«Patarrastrando, hijo mío, tú te vas al parador, y allí te estás como un santico hasta la hora de la cena. Échate a dormir si te parece; no hables con nadie, que aquí, motivado a estar el Rey, hay soplones y mequetrefes de la policía. No te fíes de nadie, ni aunque sea sacerdote, o, pongo por caso, canónigo. Te duermes; después que cenemos te diré a dónde tienes que ir, con respeto, hijo, con muchísimo respeto.» Puntual le obedeció don Fernando, y por la noche, después de cenar, entregole cuatro botellitas de aguardiente, con encargo de que las llevase a una señora muy principal del pueblo, llamada Doña Tiburcia Esnaola, habitante detrás de la iglesia donde habían venerado al Cristo. No tenía pérdida: era un caserón de sillería, con gran escudo cubierto de negros paños, y en el portal había una imagen de Nuestra Señora, alumbrada con dos farolitos. Fue Patarrastrando con las botellas, cogidas con muchísimo cuidado para que no se le cayeran en el camino, y hallada fácilmente la casa, entró, y una moza lozana le llevó por la bruñida escalera hasta la estancia donde salió a su encuentro una señora bien vestida, no joven, aunque de buen ver, la cual le mandó poner las botellas sobre la mesa; y no había acabado de hacerlo, cuando se abrió una puerta, y en el marco de ella apareció gallarda figura de militar cincuentón, con bigotes, rostro pálido, rugoso y grave, puro en la boca, el ceño ligeramente fruncido. El mensajero se acercó pronunciando una singularísima palabra: Inquisivi. Dijo el militar: «pase usted», y tras él y Quilino se cerró la puerta, quedando todo en silencio, pues la señora se retiró por otro lado. La casa parecía dormir con descuidado y dulce sueño.

Descabezaba Echaide el primero de aquella noche en la cuadra del parador, rodeado de animales y arrieros, ya cerca de las doce, cuando le tiraron de una pata. Resolviose y dijo: «Quilino, ¿eres tú? Túmbate, hijo, y duerme; o echaremos antes un tercio de rosario si te parece.» Así lo hicieron, y entre los murmullos del rezo perezoso metían las cláusulas de un coloquio breve: «¿Despachasteis?»

—Sí. padre.

—¿Tenemos algo más que hacer aquí?... Ahora y, en la hora de nuestra muerte...

—No, padre.

—Temprano cargamos y salimos. Amén.

Y temprano cargaron y salieron, amén; que a Echaide no le hizo mucha gracia la marejada que en la villa advirtió, entre ojalateros y marotistas, entre la camarilla impostólica y los que llamaban moderados. Hablábase de nuevas prisiones de jefes, de fuertes agarradas entre la reina y el obispo Abarca. Don Carlos se había casado en Azcoitia, y llevaba consigo a la reina con séquito palatino muy vistoso, dentro de la modestia que la guerra imponía. Pero el Infante don Sebastián, hijo de la de Beira, se peleaba con Echevarría; y Arias Teijeiro con Maroto; y este con toda la turba palaciega; y la reina se volvía moderada; y el Rey quería contentar a todos, y a nadie daba gusto; y con el nombre de su hijo, el llamado príncipe de Asturias, apuntaba un nuevo cisma fundado en la abdicación; y Villarreal y Elío, famosos caudillos, ponían el grito en el cielo, renegando de los apostólicos; y S. M. Frecuentaba los locutorios de las monjas para pedirles consejo y oír sus inspirados vaticinios, haciéndose digno de que se le aplicaran, con más razón que a su hermano, los ridículos versos de Rabadán:

Las pobrecitas vírgenes claustrales
de tratar a su Rey están ansiosas:
Don Carlos, con entrañas paternales,
¡ha dado en visitar las religiosas!

Hablando de todo lo observado en Vergara, que era mucho y bueno, partieron hacia Beasaín, para tomar la vuelta de Navarra, siguiendo itinerario distinto del que habían traído. Nada les ocurrió digno de ser contado, sino que uno de los burros enfermó en el paso de Lecumberri para bajar a

Irurzun, y resultando ineficaces los remedios que le aplicó Martín, maestro en artes veterinarias, el pobre animal entregó su vida a la inmensidad y su carne a los buitres. Inútiles fueron también las diligencias para sustituirlo, y, al fin, no hubo más remedio que malvender parte de la carga del difunto asno, y llevar a cuestas, repartida entre todos, la restante. Trabajosa fue la expedición en aquellos días de riguroso invierno, y hasta Puente la reina, donde llegaron a primeros de diciembre, no tuvieron descanso ni abrigo. Pero la salud no les faltaba, si bien Patarrastrando empezó a sentir verdadero el impedimento muscular que había sido fingido, lo que felizmente tuvo compostura con los veterinarios remedios que le aplicó Echaide. En esto, encontraron a León con su ejército, que victorioso volvía de las acciones de Sesma y Los Arcos. Contaban los soldados maravillas de audacia del general y heroísmos de su tropa. Animados por tan feliz suceso, apresuraron los arrieros el paso, para llegar pronto a la tierra baja, pensando que el palizón recibido por Maroto era parte a precipitar la solución que todos deseaban. En dos jornadas se pusieron en Sesma, y al siguiente día pasaron el Ebro por Lodosa, picando hacia Logroño. A media legua de la ciudad, dijo Echaide a Quilino y Urrea que se quedasen a dormir en una venta que allí hay, mientras él avisaba al general del feliz arribo de la embajada: creía complacer a Su Excelencia dándole ocasión de escoger sitio y hora para recibir a don Fernando antes de que este entrara en la ciudad. No iba descaminado el ladino arriero, pues su precaución agradó mucho al de Luchana, y a la mañana siguiente mandó recado con el mismo Echaide para que Quilino le esperase en la Fombera, preciosa finca, propiedad de Doña Jacinta, a corta distancia de la venta que antes se menciona. Allí pasó el día don Fernando, y se entretuvo recorriendo las huertas de frutales y los variados recreos de tan hermosa posesión, que aun en pleno invierno tenía mucho que admirar. El arbolado de sombra no desmerecía de la rica colección de peros y manzanos; espléndido era el corral, bien poblado de aves; y por fin, un brazo de la Iregua penetraba en la finca, formando en ella como una ría o lago delicioso, donde su república tenían ánades y patos. Sirvió el guarda a don Fernando la comida que al objeto mandaron los señores, y por la tarde llegaron Espartero y Doña Jacinta, sin compañía de ayudantes ni de ninguna otra persona, y lo primero fue reír ambos de la pintoresca transfiguración del caballero, jurando que no le habrían conocido si le encontraran fuera de aquel sitio. Diéronle luego noticias muy buenas de Pilar, y con las noticias las cartas que le aguardaban, dejándole que a su gusto se entregase al deleite de leerlas, o al menos de repasarlas rápidamente. El rostro del caballero mientras leía revelaba su regocijo y satisfacción. Su madre gozaba de excelente salud, y aunque desconsolada por la ausencia de su querido hijo, se alegraba de verle campeón de noble empresa, propia de un caballero cristiano y español. Enterado de lo que más vivamente le interesaba, se puso el caballero a la disposición del general, que ya impaciente aguardaba una pausa en los afectos filiales. Apartose la condesa con la mujer del guarda para pasar revista al ejército de gallinas, y en tanto Espartero y don Fernando, paseando despacito, hablaron todo lo que quisieron. Desde lejos se podía ver el rostro del héroe expresando ya el asombro, ya la ira; oía muy atento, pronunciando algún monosílabo con vigoroso apretón de quijadas o arqueo de sus negras cejas.

Imposible transmitir la conversación, que hubo de quedar en vaguedad incierta, como nebulosa de un suceso histórico. Otras conversaciones se relatarán; esta no. El oído indiscreto, procurando apoderarse de las ideas allí manifiestas, solo pudo coger algún concepto deshilvanado. «¡Pero ese hombre está loco! —dijo Espartero pisando fuerte—. ¡Pretender que se conserven en la persona de don Carlos los honores de Rey... y que a la de Beira también la declaremos reina! Pero dígame usted, joven, ¿cuántas reinas vamos a tener aquí? La pobre España será el país de las innumerables reinas... Esto no puede ser.»

Y después se oyó también este cabo suelto: «No puedo conceder más que el reconocimiento de la mitad de los grados adquiridos en el ejército carlista. De Madrid me han venido indicaciones para que reconozcamos la totalidad... pero no puede ser. ¿A dónde vamos a parar? ¿Qué presupuesto resistirá un Estado mayor semejante? La guerra nos ha hecho pobres y la paz nos hará mendigos... No puede ser...»

Y por último, cuando ya terminaba la conferencia: «De aquí a mañana rectificaré algunas de mis condiciones, a ver si recortando yo y recortando él llegamos a una inteligencia. ¡Qué demonio de hombre! Me había hecho creer que se hallaba en mejor disposición... ¿Pero qué espera? ¿No teme que los apostólicos, sanguinarios, sedientos de venganza, llenos de ira y de veneno, la fusilen el mejor día?» Refirió Fernando lo que en su viaje había observado, la sorda revolución que a modo de volcán mugía en las entrañas del partido carlista, poco antes formidable en su potente unidad guerrera y religiosa; mas nada de lo que dijo fue novedad para el conde, que por su bien organizado espionaje no ignoraba nada de lo que ocurría entre el Ebro y el Pirineo. Concluyó el general diciéndole que se preparase a volver con nueva embajada, pues una vez iniciado su servicio, no había de renunciar a la gloria que le reportase. Replicó el caballero que no ambicionaba gloria, si por esto se entienden los honores y exterioridades que acompañan a los grandes hechos. Se contentaba con la satisfacción de su conciencia, y si lograba coadyuvar a obra tan hermosa, de su parte en el triunfo gozaría en la oscuridad en que pensaba encerrar para siempre su vida.

«¡Qué pena, don Fernando —le dijo la condesa—, dejarle a usted aquí tan solito! Pero ya que se ha impuesto, por amor de la patria, tantos trabajos y privaciones, habrá hecho buen acopio de paciencia. Ya cuidaremos de que nada le falte aquí!»

—Con paciencia dicen que se gana el cielo, y con ella he ganado yo el afecto de ustedes, para mí tan caro.

Despidiéronse muy afectuosos, y Calpena se quedó solito, dueño de aquel vergel, en cuyas amenas anchuras daba expansión a su espíritu, libertad a sus pensamientos, para que vagasen de la mente a la naturaleza y de la naturaleza otra vez a casa. Exploraba el porvenir, tratando de ver la probable salida de aquel arduo negocio, y ponía en orden todos los datos y conocimientos adquiridos para deducir de ellos la histórica resultante. Recordaba la tenacidad de Maroto en el sostenimiento de sus proposiciones, y no veía fácil que tal dureza se ablandara sin el castigo de la guerra. Al propio tiempo, si sufría una cruel derrota, quedaría imposibilitado para negociar, porque los apostólicos le quitarían el mando y quizás la vida. Veía la situación del general faccioso erizada de peligros y dificultades, y le admiraba por el tesón con que afrontarla sabía. No estaba Maroto, no, exento de moral grandeza, y miraba al interés patrio, tratando de conciliarlo con los restos, que restos eran ya, del Estado carlista. Con agrado recordó Calpena el trato franco y ameno del caudillo de las campañas chilenas, del vencido en Chacabuco. Su despejo manifestábase desde las primeras expresiones, y su conocimiento del personal del absolutismo revelaba un observador sagaz. Poco afortunado en los campos de batalla, lo era en la organización, en adiestrar hombres y componer muchedumbres para la guerra. Hubiera sido quizás mejor político que militar. Su destino hizo de él uno de esos hombres que, dotados de amplia fuerza intelectual, no aciertan jamás con los caminos derechos, y llegan siempre a donde no querían ir.

Dos días no más permaneció don Fernando en la deliciosa Fombera, trabando amistad con patos y gallinas, dando migajas a pájaros y peces, hasta que, recibidas del general las nuevas instrucciones, que se hizo repetir para grabarlas bien en su memoria, partió con la cuadrilla al alba de un día de diciembre. Con carga de vino, siguieron todo el curso del Ebro, aguas abajo, para vadearlo por Tronconegro, y tomar allí la dirección de Salvatierra por La Guardia y Peñacerrada. Lo que menos pensaba Calpena era pasar por la patria de las niñas de Castro en tan extraña disposición, y fue para él un rato triste y al propio tiempo placentero recorrer la villa a media noche, ponerse a la sombra del caserón de Castro-Amézaga, cerrado a piedra y barro; reconocer también la casa de Navarridas, la iglesia parroquial y demás sitios que renovaban en su alma memorias dulces. Contempló largo rato, a la claridad de la Luna creciente, el palacio donde había vivido tres meses, cuidado por los ángeles, y miraba una tras otra las ventanas, señalando por ellas las piezas y el interior grandioso, el cuarto donde él dormía, el de las niñas, el comedor, y hasta se fijó en las tejas, por donde pensaba que andarían los mismos gatos de su tiempo. Ningún rumor se sentía, fuera del cantar de gallos en el corral de la casa. Esta dormía con el sueño del justo...

¡Oh, cuánto le embelesó aquella paz, aquel solemne descanso de la vida laboriosa, de las conciencias puras! ¡La paz! Él la quería, la deseaba con toda su alma. Por la paz del Reino trabajaba, y si Dios le concedía también la suya, procuraría, sí, agasajarla dentro de la envoltura más propia de aquel bien supremo, que era la oscuridad junto a seres queridos.

XXI

De su arrobamiento le sacó el amigo Echaide, y salieron arreando para Peñacerrada. Llevaban, en sentido contrario, el mismo camino que había recorrido con las niñas en el éxodo de Oñate. ¡Cómo recordaba su travesía en el carro, y las escenas de Salvatierra, el encuentro con Serrano, la batalla con el Jabalí, la herida, y por fin Aránzazu con sus habitaciones de mendigos y el humilde sepelio del pobre don Alonso! La vieja historia se le presentaba página por pagina, como un libro repasado al revés.

En Aránzazu les cogió la Noche Buena, y allí la celebraron entre amigos, que de Echaide lo eran algunos de los leñadores en las ruinas aposentados. Pudo enterarse Calpena del bienestar que todos debían a las generosas niñas, y aunque algo habló de esto con sus huéspedes, no quiso darse a conocer ni repetir la triste historia. Cenaron y bebieron alegremente arrieros y leñadores, y Santo Barato, hombre sin semejante para toda fiesta y bullanga, cantó villancicos en castellano y en vascuence, y bailó la jota y el aurresku con mozos y mozas de Aránzazu, en medio de grande algazara. Aun en aquellas alturas apartadas del trajín social se oía el resoplido de la profunda revolución de la Causa, signo indudable del cansancio del País, y de las ganas que tenía de sacudirse tanto parásito militar, frailesco y político.

La primera parada después de Aránzazu fue en Mondragón, donde Echaide tenía parientes, una prima hermana casada con el sacristán de la parroquia, otro primo albéitar, y muchos y buenos conocimientos. Era el sacristán hombre muy leído, se sabía de memoria las Gacetas carlistas, y estaba al tanto de cuanto pasaba en las regias Cortes, empezando por la del legítimo. Apostólico furibundo, abominaba, como el obispo de León, de los generales de anteojo y compás, y en ellos veía el trastorno y ruina del Reino. Hablaba campanudamente buen castellano, con ínfulas y tonillo de orador, y creía que la única imperfección del régimen absoluto era no tener Cámaras. Con buenas y sabias Cámaras, que debían ser presididas por un obispo, y sujetas al rigor dogmático, podrían los hombres de estudios ilustrar las cuestiones; y el Rey desde su real tribuna lo oiría todo, conservando la libertad de hacer lo que le diere la real gana, que para eso era ungido de Dios.

Bueno: pues mientras cenaban Echaide y los suyos en casa de los primos con cierto aparato de limpieza y mejor comida que de costumbre, disfrutando de tenedores y hasta de mantel, se lanzó Videchigorra, que tal era el nombre del sacristán, a unas pomposas peroratas que, con ser enteramente hueras, no cuadraban a la rusticidad de su auditorio. Calpena le oía con afectada admiración, y el orador observaba en el rostro de él, como en un espejo, los efectos de su elocuencia. Entre tanta hojarasca, algo hubo de encontrar Quilino que no le estorbaba para su conocimiento total de las cosas públicas y de la guerra. Era en verdad peregrino que, habiendo estado en Logroño tan cerca del hombre que en aquel tiempo movía los hilos del retablo político, no se hubiese enterado de la representación dirigida por él a la reina, documento que alborotó a España toda. Pero en la soledad de la Fombera, ¿quién había de informarle de cosas tan graves, como el mismo general no lo hiciese? Sofocado ya del derroche oratorio, mas sin perder su hinchada serenidad, Videchigorra decía: «Si hay revolución en nuestro Reino, no es floja zaragata la que han armado los corifeos de allá. Ahí tenéis al espadón de los libres echando a la titulada gobernadora un memorial sedicioso, irreverente, que no es más que la voz de su enojo contra Narváez, por si le dan o le quitan el mando de cuarenta mil pistolos, los cuales no han cogido el titulado fusil con otro objeto que desbaratar la preponderancia del rotulado conde de Luchana... ¿Qué es esto? Celos y envidias, señores; verdadero furor masónico por la dominación. ¿Qué vemos ahí? El nefando progreso, negación de Dios; el execrable culto de la Libertad, negación de la Virgen... ¿Qué quiere el apócrifo general y conde de engañifa? Pues quiere la dictadura militar; quiere ser Atila, señores, el azote del género humano, y venirse luego acá con la guillotina, la Convención, el culto de los dioses paganos y la libertad de la imprenta. Espartero, bien lo veis, impone su autoridad a Doña Cristina, y le disputa el gobierno de las facciones de Madrid, las tituladas Cortes, ministros, Oficinas y Arbitrios. El masonismo quiere tener en una mano las arcas reales, y en otra los soldados que con engaño y violencia defienden el falso Trono... Quiere por medios infernales derribar el Trono verdadero, que se apoya en el lábaro, y traernos el imperio del error y del materialismo... Pues si por el lado político no es floja la revoltura de los idólatras de la Constitución, por el lado militar van de capa caída, y no tardarán en recibir el golpe de gracia. No negaré que hemos tenido algún tropiezo, como el de Los Arcos, que debió ser gran victoria y no lo fue por la ineptitud de un Maroto; pero nosotros al gran triunfo de Morella podemos añadir orgullosos el que ha logrado, no lejos de Caspe, el invicto entre los invictos, el Macabeo de España, don Ramón Cabrera, neto conde del Maestrazgo. Supisteis, y si no, ahora lo sabéis, que en los campos de Maella protegió de tal modo el Señor las armas de nuestros leales, que, a este quiero, a este no quiero, hasta que se hartaron de matar no dieron paz a los sacros fusiles y a las cortantes bayonetas. En la refriega cayó muerto el corifeo que les mandaba, un titulado general Pardiñas, que gozaba fama de temerario, y los prisioneros fueron mil y cuatrocientos. Quedó el campo de Maella empapado en sangre de cristinos y cubierto de cadáveres, en lo que se vio clara la mano del Altísimo y su protección a la divina bandera de don Carlos. Nuestra generalísima merece mayores homenajes y devociones más pías que la que le tributamos. Adorémosla, reverenciémosla; no apartemos su imagen de nuestro pensamiento, ni su amor de nuestros corazones. Seamos macabeos, seamos valerosos y píos, hasta dar cuenta de la hidra, señores, de la bestia masónica y atea. Y pues hemos cenado en paz y gracia de Dios, juntándonos en esta honrada casa, vosotros humildes y sencillos, como los apóstoles, yo más ilustrado que vosotros, yo que os supero en conocimientos, mas no en fidelidad al Rey ni en entereza para defenderle; pues hemos cenado con bendición y hasta con cierto regalo, recemos ahora el rosario santísimo, para que Dios nos mantenga en su gracia y en la pureza de nuestra fe.

«Amén», dijo Echaide sacando el rosario, y amén repitieron Quilino y los demás, preparándose al acto religioso, tan favorable a una buena digestión.

No se vieron libres los pobres trajinantes, a la hora del descanso, de un nuevo chaparrón oratorio del señor Videchigorra, que furioso les siguió a la cuadra para contarles picardías mil descubiertas por los agentes de la Superintendencia de policía. Astutos emisarios del masonismo se habían introducido en el campo carlista, sembrando la discordia con escritos infames, con falsificadas epístolas, en que se suponían tratos y contubernios de los leales con la rebeldía de Madrid. El diablo andaba suelto y con más cara de paz, que le servía para engañar a muchos incautos. Enmascarados de fueristas venían también los prosélitos de Muñagorri, titulándose nuncios de paz. ¡Buena paz nos dé Dios! En su delirio habían concebido el diabólico plan de robar la persona augusta de don Carlos en Azcoitia, sorprendiéndole con un centenar de hombres osados que de Fuenterrabía se embarcarían para Guetaria, y de este puerto se precipitarían sobre la residencia real en la oscuridad y silencio de la noche. ¿Pero qué había de hacer Dios más que desbaratar proyecto tan sacrílego? Bastole al Señor producir entre los infames regicidas una confusión semejante a la de Babel, de modo que cuando se congregaban en Fuenterrabía para poner en práctica la villana idea, viéronse de súbito imposibilitados de comunicarse sus pensamientos, porque querían decir una cosa y decían otra, y las palabras no salían nunca conforme a la voluntad, sino expresando lo contrario de lo que esta disponía. Y hombre hubo además que, creyendo hablar vascuence, resultaba expresándose en lengua tudesca o polaca, cosa en verdad inaudita, prodigio sublime con que el Señor justiciero anonadó a los enemigos de su causa.

«Amén», murmuró Echaide, casi dormido.

Roncaban ya estrepitosamente los demás, con excepción de Quilino, que le paró los golpes con una tirada de bostezos, sobre los cuales trazaba la señal de la cruz. Con esto, Videchigorra se retiró, según dijo, a escribir una carta urgente, y allá dentro se le sentía charlando con su mujer. Durmiose el fingido arriero hasta media noche, en que se levantó para dar aguas a las bestias y aparejarlas, pues querían salir de madrugada; y hallándose en este trajín, vio que por el patio adelante, bien iluminado por la Luna, avanzaba como fantasma la flexible figura del parlero sacristán. Tembló el pobre mozo. «Pues eres tú —le dijo el fantasma— el único que está despierto, a ti confío mi encargo. Es una carta, hijo; una carta de grandísimo interés, que entregarás en Durango en la propia mano del señor a quien va dirigida. ¿Sabes leer? ¿Sí? Pues entérate bien del sobrescrito, y que se te grabe en la memoria el nombre de uno de los más entusiastas defensores de la Religión y del Rey, don Eustaquio de la Pertusa. No será malo que añada para tu gobierno las señas del tal sujeto: talla mediana, color moreno, edad próximamente como la tuya, ojos pequeños y sagaces. Y para satisfacción tuya y mía, agrego que en ese señor verás a uno de los que con más ahínco se consagran a la persecución de intrigantes y al descubrimiento de las perfidias que nos consumen; hombre tan piadoso como valiente y leal, que daría su vida por el Rey, como la daríamos tú y yo si necesario fuese... porque... te diré... óyeme.»

Por quitarse de encima la nube dio Quilino su palabra de entregar la carta en propia mano, y apartose todo lo que pudo, prefiriendo la sociedad de los burros a la de los oradores. Mas no le valió su esquivez, porque el otro se le fue encima, brincando por sobre dornajos y montones de escombros, y le acometió ferozmente con este metrallazo: «Los que no tengan fe, váyanse con Maroto; los que duden, pónganse faldas y dedíquense a las faenas mujeriles...»

En esto llegó Echaide, que fue pararrayos de Calpena, porque sobre él descargó la nube, sin que pudiera defenderse con el rosario, por no ser ocasión de ello. Partieron al fin de madrugada, y a la salida, por el camino de Elorrio, fue con ellos el hablador, arreándoles con el látigo de su palabra. Recomendoles que mirasen bien con quién hablaban, y que no se dejasen tentar de ningún intrigante; que no acogiesen papeles impresos, y que si a sus orejas llegaban las chinchirrimáncharras de algún pacífico fuerista neto, lo pusiesen en conocimiento de la autoridad. No tuvo Echaide más remedio que desenvainar el rosario, y Santo Barato, hombre poco sufrido y de malas pulgadas, empezó a recoger pedruscos con la idea de abrirle el camino del cielo, por un martirio semejante al de San Esteban.

Dejándole atrás, le vieron hablando con un árbol, hasta que pasaron dos mujeres, y de parola con ellas se volvió a Mondragón. Ya muy adelantados en el camino, Echaide, quedándose atrás con Quilino, le dijo: «Nos guardaremos de dar esa carta del primo Videchi, que, como has visto, tiene en la cabeza un molinillo, y no piensa ni dice más que disparates. Conozco a ese Pertusa, que es uno que anda en enredos de los fueristas netos pacíficos; otro más agudo y metidillo no lo hay acá. Ha engañado al pobre Videchi haciéndole creer que trabaja por lo impostólico. Todos esos tunantes hacen juego doble, y se fingen lo que no son para trabajar por lo suyo, que es hacer tabla rasa de estos pequeños reinos y mandar a don Carlos a tomar aires. La carta de Videchi no es más que una lista de los netos de Mondragón, y otra de los ojalateros, que allí son pocos, y explicaciones de lo que tiene cada uno y de lo que vale. Debemos, pienso yo, no dar el papel, que nos pondría en el compromiso de hablar con ese Pertusa, mequetrefe muy entrometido que querrá entrar en confianzas para curiosear. Andémonos con tiento, hijo. Nosotros a nuestro trajín, a nuestros burros, a la buena con todos, sin que nadie pueda decir que quitamos o ponemos. Dame la carta, y yo me encargo de echarla en el buzón de la eternidad.

Pareciole muy juicioso a Calpena el acuerdo de su amigo y jefe; mas desprendiéndose del encargo, no pudo apartar de su mente en todo aquel día y la siguiente noche la imagen del condenado Epístola.

XXII

Como recuerdo espectral, de esos que pintan y entonan la figura y voz de personas ausentes, perseguía don Eustaquio al caballero, quien no podía menos de admirar la travesura del astuto aragonés. Habríale gustado penetrar el secreto de sus artimañas, sorprender entre sus ágiles dedos los hilos que manejaba; observar la sutil hipocresía con que se infiltraba en la sociedad que quería corromper. La llegada al arrabal de Pinondo, en Durango, donde se albergaron, borró aquellas impresiones, que no revivieron hasta el día siguiente por la tarde, en ocasión de, hallarse el caballero rendido de cansancio y un poco febril. Grande había sido el ajetreo de entregar y recoger mercancía; como unas quince veces recorrió cada uno la distancia entre el parador y el centro de la villa, sin que nada de particular les ocurriese. En retirada iban hacia su vivienda Quilino y Muno, atravesando por frente a los arcos de la parroquial de Santa María, cuando vieron salir de esta una luenga procesión con estandartes y cruces, seguidas de imágenes, y un concurso inmenso de fieles de ambos sexos, sin que faltaran cantores y un lucido cleriguicio. Movidos de la curiosidad, aproximáronse los dos arrieros, y confundidos entre la multitud pudieron admirar la devoción que en los rostros y actitudes de todo el gentío se manifestaba, y aun hubieron de sentirse influidos por la masa, que les atraía y les arrastraba sin que de ello se dieran cabal cuenta. En dos filas larguísimas iban con lento paso, a un lado y otro del palio, personas de clases diferentes: señores y pueblo, paisanos y militares, todos con vela encendida, agregando su voz a la salmodia de los curas. Sin fin de mujeres se agolpaban fluctuando, onda de paño negro y caras compungidas, y metían también sus desentonadas voces chillonas en el coro litúrgico. El acto tenía por objeto impetrar del Altísimo el remedio del mal humano, pidiéndole expresamente que pusiese fin a las discordias que hacían de su elegido Reino un campo de Agramante. Cada cual agregaría quizás de su cuenta las peticiones que creyera más prácticas, como la extinción del marotismo, o la ruina de Muñagorri y su canalla.

Observaba el arriero las caras que iban pasando, graves, mirando al suelo con beata compostura, y de pronto le dejó suspenso la presencia de don Eustaquio de la Pertusa, que marchaba en la devota fila con vela y escapulario, emulando con los más celosos en devoción y recogimiento. Mas no podía sostener su papel de clavar en tierra las miradas, y las esparcía de rato en rato por la muchedumbre, sin quitar de ellas la expresión santurrona. Viole don Fernando pasar cerca de sí, y Quilino, cogiendo del brazo a Muno, apartose de la procesión, abriéndose paso a fuerza de codazos, pues ya todo lo había visto y no le quedaba nada que ver.

Antes de llegar a Pinondo, la fiebrecilla que se le había presentado tomó más fuerza. Intenso escalofrío le corría por todo el cuerpo, y apenas podía tenerse en pie. Arreglado el mejor lecho que fue posible, en la cuadra donde todos dormían, se acostó el hombre, perseguido por el espectro de Pertusa con escapulario y vela, andando al compás de la procesión con devoto paso y actitud, y echando de soslayo sobre el gentío el rayo de sus sagaces ojuelos. Y si por el órgano de la vista se hallaba el buen caballero bajo la sugestión del Epístola, por el oído se le entraban los campanudos discursos de Videchigorra. No podía su voluntad librarse de ambas visitas espectrales: a Pertusa le tuvo en su retina toda la noche, y no cesaba de oír el insufrible moscardón, repitiendo su oratorio zumbido: «¿Qué pretende el corifeo de los libres? La dictadura, tras de la cual vendrá el satánico reinado de la diosa Razón... Pueblos engañados por el masonismo, despertad, venid... Carlos os abre sus brazos amantes; Carlos pío, Carlos soberano, a todos perdona. Su Reino es la paz, el dogma, la obediencia.»

Pasó la noche intranquilo, apeteciendo bebidas frescas y azucaradas. Urrea le arropó cuidadoso, dándole de beber a menudo, y se mantuvo a su lado vigilante. Sin descabezar un sueño hallose al siguiente día más despejado, y durmió algunos ratos, descansando así de la visión de Pertusa como de las retóricas de Videchigorra. Pero al caer de la tarde, hallándose solo en la cuadra, ya invadida por la penumbra, se creyó nuevamente víctima de su delirio... ¿Cómo podía ser esto si los sentidos del enfermo gozaban de suficiente despejo para no confundir las impresiones mentirosas con las reales? El individuo que vio acercarse a su lecho humilde no era una engañosa imagen, sino el propio Epístola, en su natural ser, todo vivacidad, agudeza y travesura.

«No se me esconda, señor don Fernando —le dijo cauteloso, bien seguro de que nadie le veía—. Le conocí en la procesión, a pesar del bien dispuesto disfraz. Un poco difícil me ha sido después dar con usted; pero guiado por mi olfato finísimo, ya lo ve... he descubierto a mi hombre.»

Creyó Fernando de malísimo augurio semejante encuentro, y habría dado cualquier cosa de valor por que el Epístola que veía fuese creación de la fiebre. Sintió impulsos de agarrar el palo que próximo al lecho tenía, y ahuyentar a garrotazo seco la importuna imagen, por desgracia muy real; pero luego estimó peligroso este procedimiento, por el escándalo que ocasionar podría. Dejó pasar un rato; y mientras el entrometido aragonés se despachaba a su gusto con demostraciones de cordial amistad y respeto, discurrió qué resortes emplearía para librarse de él, o por lo menos para alejarle sin comprometer el incógnito riguroso que quería guardar.

«Mire, don Eustaquio —le dijo—, si cree usted que yo vengo en esta traza con algún fin de intriga política, se equivoca grandemente; y como me contraríe y me salga con alguna necedad que estorbe mis planes, sepa que no lo sufro, pues no soy hombre que se deja burlar por el primero que llega. Yo le aseguro que si no me guarda las consideraciones que debe a mi persona y al disfraz que he tomado, por motivos y razones que nada tienen que ver con el carlismo, yo le aseguro, repito, que si no se conduce usted, con respecto a mí, como si no me hubiera visto, le haré entender lo que es discreción y delicadeza, en caso de que me convenza de que no lo sabe.»

—¡Pero, don Fernando, si yo...! No se sulfure, óigame...

—No tengo que oír nada. Usted es quien tiene que andar con tiento, pues al menor descuido le meto una bala en el cráneo y me quedo tan fresco.

—¡Pero, señor, ilustre señor... Si no me ha dejado explicarme! ¿Cómo puede suponer que yo me acerco a usted con intenciones que no sean leales, y con todo el respeto que usted se merece? Por Dios, devuélvame su estimación, que en un momento de desvarío parece negarme. Créame, señor: no me ha pasado por el magín que se haya usted puesto en esa facha para fines y enredos políticos; eso se deja para los desdichados que no tienen qué comer, como un servidor... En cuanto le vi a usted, mi finísimo olfato y mi penetración, que nunca fallan, me dijeron que el señor don Fernando anda en estas comedias por cuestión de amores. Con esta idea, créalo, hallé fácil explicación a su presencia en Durango... ¡Como que esperaba verle a usted por acá, cambiado de rostro y vestimenta! He aquí la razón de haberle reconocido al primer golpe de vista.

—Pues ya que su penetración por esta vez ha dado en el clavo, pues de amores se trata y por amores vengo, suspendamos aquí la conversación, y váyase por donde ha venido, que yo en mis soledades vivo, y con ellas me basta para lo que me propongo. Sea usted discreto y déjeme.

—¿Está bien seguro, señor, de que no me necesita?

—Segurísimo.

—Piénselo, piénselo, y si en ello se confirma, me retiraré con la promesa y palabra que doy de respetar fielmente su secreto. Pero yo confío en que un poco de reflexión le convencerá de que puedo serle de grande utilidad en su empresa, por no decir aventura.

—Paréceme que no, señor don Eustaquio. Nada puede usted hacer en obsequio mío.

—¿Ni aun allanarle algún camino... Decirle lo que ignora, señalarle el punto donde encontrará el cazador la res en cuyo seguimiento viene?

Los ojuelos penetrantes del Epístola turbaron a don Fernando, que no supo ya en qué actitud ponerse, ni si tomar o no en serio el orden de ideas a que el astuto aragonés quería llevarle. Picado de la curiosidad, y no queriendo ser menos agudo que su interlocutor, le dijo:

«Agradeciéndole sus buenos deseos de servirme, debo manifestarle que sus informaciones llegan tarde, pues ya sé todo lo que me conviene saber.»

—En ese caso, señor mío, nada tengo que añadir, sino que me perdone lo que creerá oficiosidad. Si usted sabe dónde ha de encontrar a la dama, el cómo y cuándo de poder verla y hablarla, resulto, en efecto, inútil... No obstante...

—¿Qué?...

En el colmo de la confusión, y viéndose en un terreno desconocido, don Fernando no sabía qué postura tomar. Pertusa, atravesándole con su mirar fino, prosiguió así:

«Permítame que le haga una pregunta: ¿la vio usted ayer tarde en la procesión?»

Afirmándose en el nuevo terreno, que aún no conocía, Calpena respondió con intención capciosa: «Sí, señor, la vi.»

—Iba con Doña Prudencia. Don Sabino formaba en la fila, dos cuerpos delante de mí.

—Todo lo observé, sí señor —aseguró Don Fernando haciéndose cargo del nuevo terreno a que su destino le traía, por mediación de aquel diabólico sujeto—. ¿Para qué tengo yo los ojos en la cara, señor don Eustaquio?

—Naturalmente: lo que no ven los ojos de un enamorado no lo ve el mismo Sol. ¿Y sabe usted también la residencia de la hermosísima Doña Aura?

—Sí, hombre, sí... ¿Cree usted que yo he venido aquí a perder el tiempo?

—Pues si todo lo sabe, no soy un amigo útil, sino un visitante fastidioso, y con la venia del señor don Fernando me retiro.

Mirándose un rato en silencio, rivalizando los ojos de uno y otro en penetración y picardía; y como Pertusa repitiese su ademán de retirarse, le agarró Calpena por el faldón, diciéndole: «Aguárdese usted un rato... Deje que me levante... Estoy un poco enfermo; pero no es nada... puedo salir... Hablaremos en la calle... Aquí no conviene.» Vistiose presuroso el caballero; dio algunas vueltas por la estancia y las cuadras próximas para cerciorarse de que no le observaban sus compañeros de arriería, y echose a la calle precedido del aragonés. Ya era de noche.

«Vámonos por estos callejones —dijo el caballero guiando—, que no nos conviene encontrar gente conocida, y hablaremos... Pues sí, señor de la Pertusa, si usted me descubre el nido de ese lindo pájaro, practicará una de las obras de misericordia: enseñar al que no sabe.»

—¿No decía yo que podría serle de gran utilidad? Al fin me salí con la mía. Por lo que veo, usted supo que la familia reside en Durango.

—Eso sí... pero ignoraba...

—Su casa. Ahora mismo vamos allá; pero tomémoslo con calma, que es lejos, al otro lado de la población, en el barrio de Curuciaga.

—Aunque sea en el fin del mundo, vamos allá.

—Pues sí, don Fernando: cuando le vi a usted, mi primera idea fue suponer que venía con algún intríngulis político. Hoy por hoy, conspiran aquí hasta las piedras... Después me acordé de haber visto a Doña Aura, y dije: «No, no: este viene a la querencia antigua... Es natural.»

—Que desde lo de Peñacerrada no se tiene de él noticias buenas ni malas. Está loco. ¡Miren que meterse a guerrear en la partida o división de Zurbano!... No me sorprenderá que venga el mejor día el relato de su muerte.

—¿Se supo por Iturbide que Zoilo se batió en Peñacerrada?

—Sí, señor, por Pepe Iturbide, que se pasó a los alaveses, y con ellos estuvo hasta que su padre y los amigos le cogieron y se le llevaron a Bilbao.

—Muy bien. Dígame otra cosa: ¿trata usted a don Sabino Arratia?

—¡Anda!... Somos amigos. Y pues no debo escatimar a usted mi confianza para merecer la suya, le diré... Sé que hablo con un caballero, y que mis informaciones quedarán entre los dos.

—Hágase usted cuenta de que habla con esa pared.

—Pues don Sabino es de los que ha logrado traer a la devoción de mi Causa...

—Paz y fueros...

—Bajito, que aquí cada pedrusco es una oreja. Don Sabino es mío, y no quiere más que el acabamiento de esta estúpida guerra, y que se vaya Isidro a que le mantenga el Rey de Francia.

—¿Entra usted en casa de don Sabino?

—No, señor: nos hemos visto y hablado en casa de un amigo común, también de los de acá.

—¿Qué otras personas de la familia de Arratia, a más de Aura y Prudencia, están aquí?

—Ninguna más. El venirse a Durango es por averiguar el paradero de Zoilo, pues se dijo que había caído prisionero en una acción que se dio el mes pasado en la parte de Campezu o de Contrasta, no estoy seguro.

—¿Y trajeron acá los prisioneros?

—Algunos... Pero entre ellos no ha parecido Zoilo.

Interrogado acerca de Ildefonso Negretti, si era difunto o había sanado de sus trastornos de cabeza, nada pudo contestar don Eustaquio. En esto, atravesaron todo el pueblo, y pasado un camino campestre entre paredes de piedra seca, franqueando después un llano pantanoso, en el cual vieron dos lóbregos edificios y una iglesia negra, cuya espadaña se recortaba sobre el cielo azul estrellado, llegaron a Curuciaga, barrio compuesto de dos docenas de casas esparcidas entre huertas, prados y arroyos. La noche era serena y fría, y sobre todos los objetos extendía el relente una humedad glacial.

Embozado en su manta, don Fernando sentía calor, y el corazón le palpitaba furiosamente. Parándose, Pertusa le dijo: «¿Ve usted esta tapia con portalón? ¿Ve usted más allá, dentro del espacio cerrado, el cuerpo alto de una casa grandona? Pues aquí viven, y ahora están cenando. Por esta otra parte se ve la luz del comedor... Allí, allí están... Pero que no se le pase a usted por las mientes llamar ahora, ni... En fin, como ignoro sus intenciones, no sé qué debo aconsejarle... No hemos venido, pienso yo, más que a explorar el terreno, a conocer las posiciones del enemigo, el grado de resistencia de la plaza... ¿No es eso?»

Completamente abstraído, cual si no viviera ya su espíritu en este mundo, don Fernando no decía nada, y por los dos hablaba el otro. La viveza y locuacidad del aragonés se anticipaban a las ideas del que parecía privado del don de la palabra. Las miradas, el alma toda del caballero, se anegaban en aquel iluminado espacio cuadrangular, ventana de un aposento donde había personas vivientes, pues había luz. Y aquellas personas, que él a una sola redujo, la soberana persona fundamental, ¿qué haría, qué diría, qué pensaría?

XXIII

«Ya voy entendiéndole, señor —dijo Pertusa, cuya grande agudeza sorprendía los pensamientos del caballero—. Lo que usted quiere saber ahora es si podremos hacer un reconocimiento del interior de la casa, de sus entradas y salidas, de los espacios y rincones de la huerta delantera y del corral; todo ello desde alguna de las casas próximas. Si tal es su deseo, le diré que, dejando pasar la noche, podremos observar cuanto nos diere la gana por esta parte de acá... Véngase... Deme la mano... Saltemos este pedazo de pared destruido... por esta otra parte hay una casita, que también tiene huerta. ¿La ve? Un tejado con abolladuras, y bajo el alero un balcón jorobado y un ventanico tuerto. Pues aquí se albergan dos señoras petisecas que hace treinta años eran poderosas y ahora viven de la caridad... Son amigas mías, furibundas apostólicas, que adoran a don Carlos y le ponen velas... ¿Pero esto qué importa? Mañana vendremos, y mediante una limosna nos franquearán su vivienda para hacer de ella la garita o atalaya más cómoda que se pudiera imaginar... Y ahora, vámonos, señor don Fernando, que el rondar es peligroso en estos tiempos y en estos barrios extraviados. Los espías hormiguean. Todo el suelo que pisamos dentro y fuera de Durango, mejor dicho, todo el territorio de Vizcaya y Guipúzcoa, está minado... hablo figuradamente... y las minas cargadas, no con pólvora, sino con ideas y sentimientos, reventarán pronto. Ya no es fácil encontrar dos carlistas que piensen del mismo modo en las innúmeras cuestiones que agitan la Causa. Quizás, quizás exista la unanimidad en la idea de que Isidro no sirve para el caso. Las ilusiones de esta buena gente caen por el suelo. Vámonos de aquí poquito a poco, y por el camino seguiremos hablando, ya digo, con cautela, que ahora no hay palabra segura, ni sílaba que no comprometa.»

Como se había dejado llevar, dejose traer Calpena, sin oponer réplica ni comentario a los dichos de su compañero. Andando, miraba a las estrellas, lo que no dejó de ocasionarle algún tropezón, cuyas consecuencias evitaba cuidadosamente el Epístola echándole una mano. Llegados al centro, rompió el silencio don Fernando con estas palabras: «Quedemos, amigo Pertusa, en reunirnos mañana temprano, y fijemos para el caso la hora y sitio más convenientes.»

—¿Sitio? El pórtico de Santa María. ¿Hora? La que usted quiera, pues para mí todas son iguales... Ya que entre los dos se establece la confianza, le diré que desde esta tarde ha empezado a faltarme la seguridad que aquí disfrutaba yo, que si antes no inspiraba sospechas, ahora me tienen entre ojos, no por descuido mío, sino por soplos indecentes... Me ha entrado un grandísimo miedo de estos infames polizontes, y no me encuentro con ánimos para volver esta noche a mi casa. Antes de salir en busca de usted di fuego a todos los papeles cuya conservación no creía de importancia, y los que no debo destruir los he dado a guardar a un amigo de toda confianza, veterinario, el cual se avino a prestarme este favor, a condición de que albergaría mis papeles, mas no mi persona... En fin, que no puedo contar con que me deje pasar la noche en su casa. Seamos claros como buenos amigos, y confiémonos el uno al otro sin reparo alguno. Yo pensaba que usted, a cambio del precioso servicio de ojearle a Doña Aura, me concedería el amparo de admitirme en la cuadrilla de arrieros, al menos hasta salir a cuatro leguas de Durango por una parte u otra, mejor por la parte de Elorrio, Mondragón y Vergara... ¿Qué dice?... ¿Es atrevimiento lo que pido?

No dio contestación don Fernando a la propuesta del Epístola, porque al punto de oírla vio los gravísimos inconvenientes de acceder a ella. Sin duda Echaide no permitiría que semejante pájaro se les agregara, ni el caballero tampoco habría de consentirlo. Detestable compañía era la de don Eustaquio, pues si por nada del mundo se le debía dar conocimiento del contrabando que los arrieros llevaban, tampoco a estos convenía correr la suerte del conspirador fuerista, ni exponerse a participar de los palos y encierros con que le amenazaba la Superintendencia. Visto así por don Fernando con toda claridad, se apresuró a cortarle los vuelos, sin meterse en explicaciones, que verdaderas serían indiscretas, y mentirosas le repugnaban. «Con nosotros no puede usted venir, amigo Pertusa —le dijo—, ni en la posada donde estamos, y cuyo dueño es furibundo apostólico, debo yo albergarle. Lo más prudente es que nos separemos esta noche. Yo me voy a mi casa, y usted se guarecerá donde pueda hasta el amanecer... ¿Qué dice? ¿Por qué suspira? ¿Es que no halla sitio seguro donde pasar la noche? ¿Tiene usted miedo?...»

—Sí señor, un miedo horroroso; no puedo ocultarlo.

—En ese caso, no es hidalgo que yo le abandone, siendo su deudor por el servicio de esta noche y por el que me prestará mañana. Pasaremos juntos las horas que faltan para la salida del Sol, y tempranito buscaremos medio de introducirnos en la casa de las señoras vecinas de don Sabino Arratia.

—Eso haremos, sí, señor... ¡Ay!, me tranquiliza el verle a usted junto a mí toda la noche. Dígame, señor: ¿lleva por casualidad armas?

—Hombre, no: en el parador dejé las pistolas.

—¿Por ventura lleva dinero?

—Eso sí... Alguno llevo.

—¡Ay, qué alivio! —exclamó el Epístola recobrándose de su pavura—. Arma formidable es el dinero, y en ocasiones más eficaz para la defensiva que las piezas de a veinticuatro. Puesto que usted posee proyectiles del precioso metal, ya me vuelve el alma al cuerpo: ha de saber que entre mantenerme con miseria y atender a los gastos de mi comisión, se me han ido hace dos días los últimos maravedises. Ahora nos volvemos hacia Curuciaga, y pediremos albergue en un bodegón de las últimas casas de la villa, en el cual suelo comer algunas noches. Los dueños de él son buena gente, y tienen trato con la policía; pero los pajarracos que van por allí son de esos que venderían a Isidro por un pedazo de pan: tal es el hambre a que les tiene reducidos el titulado ministro de Hacienda. En cuanto vean ellos el in utroque felix, caen atontados. Bastará con media onza para cada uno en el caso de que se nos presenten... Vámonos por este callejón a salir al campo, que los caminos solitarios son los menos peligrosos.

Siguiole don Fernando, y ya en descampado, franqueando cercas y cruzando prados, se le soltó más la lengua al Epístola, ya repuesto de sus angustias por la compañía de un señor benévolo y rico, aunque no lo pareciese por el artificio de su plebeya facha. «Somos felices, señor don Fernando —decía, ayudándole a saltar zanjas y a romper zarzales—, y podrá usted, en todo el día de mañana, dar fin a su aventura, que entiendo es de las más bonitas que pueden presentarse a un hombre de su calidad. En la tienda de Zubiri nos recogeremos para pasar la noche, y en cuanto aclare el día nos colamos en la casa que ha de ser atalaya nuestra, vivienda de dos señoras que se alegrará usted de conocer, la una un tanto poetisa y con su poco de latín, la otra muy pagada de su finura y cháchara social, ambas sesentonas, y aún me quedo corto, muy gustosas de recordar sus tiempos de grandeza, que deben de ser los de Maricastaña. Le bastará a usted correrse con media onza, que será para ellas como si en la casa se les metiera el Espíritu santo. No son vizcaínas, sino navarras, de la parte de Cintruénigo, huérfanas de un general de la guerra del Rosellón, y en su tiempo tuvieron aquí mucha propiedad, que perdieron por mala cabeza del marido de una de ellas, don Gaspar de Oñabeitia. Aquí se las conoce por las niñas de Morentín, nombre que les daban el siglo pasado, y que viene perpetuándose de generación en generación. Hemos de inventar un bonito ardid para darles la media onza, pues como limosna de un desconocido no han de aceptarla, y ello será preciso fingir una carta del propio Isidro, o de Arias Teijeiro, lo que yo puedo hacer muy lindamente, porque domino la letra de casi todos los señores de la cámara y camarilla, en la cual carta se les dirá que por premio de su devoción al Soberano y de su lealtad bien probada, se les manda aquel recuerdito, que también podrá ser un pequeño óbolo de S. M. la reina...»

Replicó a esto don Fernando que pues las señoras niñas eran naturales de Cintruénigo, y en esta villa navarra tendrían lejana parentela y quizás relaciones, no era preciso que don Eustaquio se molestara en fingir cartas del Rey ni de sus adláteres: más eficaz sería, para el objeto de cohonestar la limosna, un artificio que al caballero le pasaba por las mientes. En ello se convino, y llegados al lugar donde debían pasar la noche, llamó Pertusa, les abrió una mujer gorda, soñolienta, y entraron a ocupar dos camastros en la trastienda, entre pellejos de aceite y de vino, sacos de maíz y haces de hierba. Descansaron sin que nadie les molestase, y por allí no recaló ningún polizonte ni persona alguna que intimidarles pudiera. Durmió Pertusa, veló el caballero, recalentándose el pensamiento con ideas resucitadas que se peleaban con las novísimas, y al amanecer, el Epístola, después de platicar en la tienda con el patrón, fuese a don Fernando y le dijo gozoso: «Por milagro de Dios nos hemos librado de la canalla, señor mío, y para mayor seguridad, si hemos de pasar el día en estos arrabales, no será malo que demos al bueno de Zubiri una de las medias onzas que destinábamos a los podencos del absolutismo. Untándole así los hocicos a este buen hombre, que, entre paréntesis, me estima, le tendremos a nuestra devoción para negar que hemos pasado aquí la noche, si preciso fuere, y despistar y confundir a la maldita Superintendencia.»

A todo se prestó Calpena, pues aunque comprendía que las sutilezas de don Eustaquio no tenían más objeto que tomarle por proveedor de sus necesidades y alivio de sus deudas, quería recompensarle con favores positivos su ayuda en aquella campaña. Además, los ingeniosos arbitrios del aragonés le hacían mucha gracia; daba con gusto la media onza, y bastante más, por verle desplegar tanto donaire y travesura. Acertados anduvieron los que de él habían hecho un instrumento de conspiración, que otro más cortado para el caso no se encontrara en toda la redondez de la tierra. Serían las ocho de la mañana cuando, previos los informes y advertencias que Pertusa creyó útiles para entenderse fácilmente con las niñas de Morentín, a la casa de estas fueron en derechura, tramando por el camino la fingida historia que debía justificar el soborno y darle apariencias delicadas. Llamó don Eustaquio al portalón, y abierto este por la niña mayor, viéronse en un corral poblado de hermosas gallinas. Ambas niñas se ocupaban en aquel menester, y mientras la una reconocía con hábil dedo a las aves que debían poner aquel día, la otra les daba la pitanza de berzas cocidas con salvado, y les renovaba el agua, y les arreglaba los nidos.

Eran muy parecidas las dos damas: pequeñas, vivarachas, limpias, con sus pañuelos a la cabeza a estilo bilbaíno, dejando ver sobre las orejas mechones de purísimas canas; vestidas humildemente, chapoteando en el fango del corral, con almadreñas, que hacían un clo-clo muy campesino, eco celtíbero sin duda que nos trae los rumores de antaño al través de cientos de siglos. Doña Marta y Doña Rita acogieron a los dos mozos con recelo, sobre todo a Calpena, cuya traza no era en verdad muy tranquilizadora. Mandáronles subir, y soltando las almadreñas fueron ellas por delante, venciendo con ligereza impropia de su edad los gastados peldaños de una escalera que marcaba los pasos con gemidos. Lo primero que vio Don Fernando al entrar en la estancia principal, que bien merecía el nombre de sala, fue un primoroso altar con multitud de imágenes vestidas y angelitos desnudos, estampas varias, todo ello resguardado de las moscas por tules verdosos, y profusión de flores de trapo con infantil arte dispuestas, y papeles que imitaban el brillo de la plata y el oro, y rizadas velas sin encender.

En el centro de la mesa, cubierta de blanco paño con encaje había un gran vaso lleno de agua en sus dos tercios inferiores, lo demás de aceite. En este flotaba una cruz de lata con puntas de corcho, y en el centro de la cruz ardía una lucecita modesta, familiar, diminuta, que difundía en torno de sí, con su débil claridad, cierta confianza dulce y plácida, como un ángel doméstico representado en la forma más humilde.

En cuanto abocó en la estancia, dándose de hocicos con el altarito, cayó de hinojos don Eustaquio, y sus expresivas demostraciones de piedad maravillaron y entontecieron a las dos señoras. Calpena, con menos prisa y devoción no tan ferviente, se arrodilló también, y mientras rezaba entre dientes, observó que en lo más bajo del altar, cubriendo la peana que sostenía la imagen de Cristo, campaba el retrato de Carlos V, mediana estampa de colorines. La graciosa lucecita iluminaba el rostro antipático del Rey (que si algo expresaba era lo contrario de la inteligencia) y su busto exornado de cruces y bandas. Rezaron también las dos niñas, y una de ellas no quitaba los ojos de don Fernando, como si las facciones de este no le fueran desconocidas, o si algo quisiese deletrear en ellas. Y al verle persignarse y ponerse en pie, se apresuró a decir: «Si no me engaño, el señor es de Cintruénigo.»

XXIV

—No soy de Cintruénigo, sino de Ablitas —replicó don Fernando muy cortés, olvidado del lenguaje baturro que en aquella tierra fingía, y adoptando su natural dicción—, y traigo para las señoras un encargo del señor don Beltrán de Urdaneta, mi amo.

Mudas de asombro, las dos damas hicieron intención de santiguarse, y después cruzaron las manos. Entretanto, Calpena pensaba que era muy conveniente abordar sin circunloquios el asunto, para ganar tiempo, para inspirar confianza.

«¡Jesús mío... Beltrán...! ¿Pero es cierto? ¡Acordarse de nosotras Beltrán!» —exclamó la una mirando a la otra.

—¡Beltrán, ay!... ¡Si no le hemos visto desde el año 5, cuando...! ¡Qué confusión en mi cabeza!

—Sí, mujer: ¿no te acuerdas? En noviembre del año 5. Estando nosotras en Tudela, fue a comunicarnos, por encargo de padre, la triste noticia de la muerte de nuestro hermano don Luis en Trafalgar.

—¡Oh, Beltrán, Beltrán!... Hace cinco años, a la muerte de Fernando llamado VII, supimos que vivía el primer noble de Aragón, y que andaba un tanto decaído de intereses.

—Pues aún vive y está bueno —dijo Pertusa, conforme a la lección que su amigo y él llevaban bien aprendida.

—Y su decaimiento de fortuna —añadió Calpena, aceptando el asiento que las señoras le señalaron— se ha trocado ahora en grandeza y abundancia, porque, verán ustedes... ¡qué suerte de hombre!, un tal Francisco Luco, que en la guerra del Maestrazgo perdió a sus hijos, dejó a don Beltrán por heredero de todas su riquezas, consistentes en cincuenta o sesenta ollas de dinero... No recuerdo el número... Sepultadas en diferentes puntos. Desenterradas lleva ya como unas cuarenta y pico, y el dinero lo vamos transportando a Cintruénigo, donde hay una estancia no más chica que esta llena de sacos de onzas y medias onzas...

Las dos niñas se miraban absortas, y luego se pasaban la mano por la cara como dos gatitos que se relamen limpiándose los hocicos. No acababan de creer lo que oían, maravillas de cuentos infantiles.

—Y como es don Beltrán caballero muy hidalgo y generoso, hecho a mirar por las desgracias ajenas antes que por las propias, decidió repartir la mitad de aquellos caudales entre familias de su conocimiento que se hallan faltas de recursos. Cuatro criados del señor don Beltrán andamos en este trajín del reparto, y a mí me ha tocado la tierra de Vizcaya, y todo el señorío pobre que traigo en esta lista...

Diciendo esto, sacó el papel en que trazado habían una luenga cáfila de nombres y pueblos, y después de mostrarlo a las señoras, que en su aturdimiento y estupor apenas pudieron enterarse de lo que veían, echó mano al cinto y dio a luz una onza. Momentos antes había pensado, generoso, duplicar la cantidad presupuesta, por la profundísima lástima con algo de respeto que la digna pobreza de las nenas de Morentín le infundía.

«Esto es lo que corresponde a las señoras, según mi lista. Pero podrá tocarles mayor cantidad, pues el amo me encargó que lo resultante de las partidas fallidas lo repartiese a la vuelta entre los existentes. A muchos no les hallo; otros han muerto, dejando algún acomodo a sus familias...»

Cogió Doña Marta la onza no sin cierto recelo; pasó después la hermosa pelucona a las manos de Doña Rita; la miraron y remiraron por un lado y otro. De una mano que la sobaba pasaba a otra que la movía para ver el reflejo. ¿Creyeron las señoras la burda historia tramada por los dos hombres? Si estos no la inventaron mejor y más fina, fue porque no lo creían necesario. Una de las niñas, la que, según los informes de Pertusa, hipaba por la poesía y el latinismo, se tragó sin esfuerzo el voluminoso embuste; la otra, más práctica y reflexiva, debió de ponerlo en cuarentena; pero esta divergencia de impresiones no impidió la unanimidad de aceptar y guardar la onza, expresando gratitud al mensajero y pidiéndole noticias de la familia de Idiáquez. Diolas cumplidísimas don Fernando, y agregaron las señoras que habían tenido cuatro años antes carta de Doña Juana Teresa, mandándoles regalitos y un delicado socorro metálico, que agradecieron con toda su alma; escribieron ellas, y hasta la fecha no habían vuelto a tener noticia. Amplió Calpena sus informes con pormenores mil de las familias de Cintruénigo y Villarcayo, edad y referencias de los nietos; y después de oírle atentas y gustosas las dos nenas, dijéronle que observaban cierta discordancia entre su traje y su manera de producirse, la cual más bien parecía de caballero bien educado. A esto acudió Pertusa con la manifestación de que el mensajero de don Beltrán había cursado estudios mayores en Tarazona, continuando, no obstante su mediana ilustración, al servicio de casa y familia tan alcurniada.

Tomó luego la palabra don Fernando para contar cómo el señor de Urdaneta, que había recorrido media España con la expedición Real, al absolutismo pertenecía en cuerpo y alma, y ya se le indicaba para ministro universal de Carlos V el día no lejano del triunfo y salvación del Reino. Profesando él las mismas ideas que su amo, podía correr libremente por el señorío de Vizcaya, sin más precaución que la de alterar un poco su facha, y hacerla más grosera y tosca, con el fin de que nadie le supusiera portador de cantidades relativamente cuantiosas. Al llegar a este punto, parecieron ambas más tocadas de credulidad: a Pertusa le conocían por sectario furibundo de la realeza carlista; el otro, que entonces veían por primera vez, parecióles más fino y apersonado que su compañero, a pesar del pelaje humilde. Recayó suavemente la conversación en los negocios de la facción, mostrándose Calpena tan entusiasta, que su fanatismo daba quince y raya al de los más feroces. Tronó contra Maroto, viendo en su doblez el origen de las desdichas del Reino; ensalzó hasta las nubes a don Pedro Abarca, obispo de León, que debía ser canonizado por valiente apóstol de la causa de Dios; igualmente encareció los sublimes talentos de Echevarría, padre Lárraga y Arias Teijeiro, y terminó sosteniendo que San Fernando, San Luis y San qué sé yo qué eran soberanos de alfeñique en parangón de la extraordinaria majestad y grandeza de Carlos V.

Por fin, viendo a las dos nenas tan complacidas, amansadas ya y bien dispuestas para la última suerte, acometieron esta, tomando la iniciativa el ladino Pertusa. Uno y otro amigo se hallaban fatigadísimos de la caminata que habían hecho a pie desde Elorrio, y pedían a las señoras hospitalidad solo por el día, ofreciendo marcharse a la noche, pues les era forzoso continuar su viaje hacia Bilbao, llevado el uno por comisiones graves de la real Superintendencia, el otro por los encargos que de Cintruénigo traía. Al pronto, las dos nenas se mostraron recelosas, balbuciendo excusas; pero tan expresivo lenguaje usó el Epístola para convencerlas, y con tanta nobleza y franca cordialidad apoyó el otro las demostraciones de su compañero, que hubieron de ceder, siempre con un poquito de escama. Agregada por Pertusa la indicación de que pagarían con largueza el gasto de una modesta comida, dijeron Doña Marta y Doña Rita que muy frugal tenía que ser, pues en su despensa no había más que huevos, algo de pan y alubias. ¡Magnífico! Pedir más era gollería.

«Mi compañero Blas —dijo don Eustaquio, percatándose de la necesidad de bautizar a su amigo—, está más cansado que yo, y agradecería mucho a las señoras que le permitieran tumbarse en cualquier aposento de los que en la casa tienen para guardar trastos inútiles.»

Tanta labia y metimiento desplegó en ello el astuto aragonés, que pasado un rato se hallaba don Fernando en un cuarto próximo a la sala, con ventanucho que dominaba la huerta de la cercana finca. Era una pieza de techo bajo, atestada de rotos muebles y cachivaches, vestigios luctuosos del antiguo esplendor de las de Morentín, y no fue difícil improvisar en ella sobre un arcón vacío, al que se agregó una silla, cubriéndolo todo con mantas, un camastro de relativa comodidad. Encerrado el caballero en aquel cuchitril, pudo disfrutar a sus anchas del beneficio de la ventana, principal objetivo de aquella improvisada comedia. El hueco de piedra, como de una vara en cuadro, se dividía en cuatro vanos por gruesos barrotes en cruz. Excelente era el miradero, segura la atalaya, pues desde allí no solo se veía todo el huerto vecino, sino algo del interior de la casa por las abiertas ventanas de esta. Ávido se asomó el caballero, y un rato permaneció sin ver a nadie.

Siglos le parecieron los minutos: apoyado su pecho en el muro, su corazón rebotaba contra este, marcando las ansias que transcurrían antes que la curiosidad fuese satisfecha. Por fin vio una criada, que al parecer se ocupaba en la limpieza de habitaciones. Un anciano con almadreñas atravesó la descuidada huerta, en cuyo suelo crecían hierbas lozanas. Entretuvo el caballero su angustiosa expectativa examinando los frutales sin hoja, los añosos perales de rugosos troncos arrimados a la tapia en forma de espaldera, los manzanos escuetos, las higueras derrengadas, la vieja parra de torcida y áspera cepa, agarrándose a la pared de la casa, y enganchando en el balcón sus sarmientos más altos. Junto al muro medianero, entre el corral de Morentín y la huerta de Arratia, debía de existir un pozo que don Fernando desde su atalaya no podía ver; y junto al pozo había sin duda pila de lavar, porque a los oídos del vigía llegaba rumor de chapoteos en el agua, el golpetazo de la ropa sobre la piedra, y una voz de mujer canturreando bajito. En estas observaciones le cogió una súbita sorpresa, que fue como un rayo... En la ventana de la izquierda apareció Aura... Don Fernando, ¡caso inaudito!, tardó algunos segundos en conocerla, en cerciorarse de que era ella, y más que por el rostro y figura, la reconoció por la voz, cuando dijo a la mujer que lavaba: «María, por Dios, ¡qué calma!... Ven pronto.» Desapareció de la ventana, mientras la mujer hacia la casa corría.

Dudó el caballero si lo que había visto era realidad o visión engañosa. Y de tal modo quedó estampada en su mente la imagen, que continuaba fijando los ojos en la ventana, no convencido aún de que estaba el marco vacío. ¿Había ganado o perdido en hermosura la romántica moza? Imposible discernirlo. Solo era indudable para él que había engrosado sin perder su esbeltez y gallardía. El color había cambiado: era más morena; hasta llegó a parecerle negra. La impresión recibida fue como una serie de impresiones muy rápidas, de centésimas de segundo; la luz vibrante cambiaba el color y las líneas. ¿Había visto una imagen temblorosa en ráfagas del aire?... Pasó algún tiempo, durante el cual introducía el caballero su mirada por las ventanas, como el ladrón que prueba las ganzúas en ojos de llaves. Creyó sentir la incomparable voz; mas no pudo entender si reñía o lanzaba notas de júbilo... El Sol despejó las neblinas, y se presentaba un hermoso día de invierno. Abrigada por sus altas tapias, la huerta debía de tener un temple muy grato, y la faja meridional, bien asoleada, ofrecía en las callejuelas que separaban los bancales un piso firme y seco. Apareció un gallo pintado con dos gallinas, y escarbaba descubriendo bichos que entre sus damas repartía. Un gato vino después, que se paseó con parsimonia inglesa entre las coles respigadas, buscando ratoncillos campestres; un perro de cuatro ojos, negro y con las patas amarillas, se dirigió hacia el pozo, después hacia la casa, grave y meditabundo, y se tendió al Sol junto a la cepa. Pensó Calpena que todas aquellas apariciones de animales anunciaban nueva sorpresa. La primera que sobrevino no fue muy agradable, pues consistió en una mujerona alta y bigotuda, que no podía ser otra que Prudencia, la cual surgió por la derecha dando voces a otra mujer, en tono displicente. Era cosa de tendederos de ropa, de cuerdas quitadas de su sitio para amarrar un burro en la pradera, de palitroques caídos y que debían ser repuestos. Retirose por el forillo derecho encargando que no faltase leña para la tarde. Su voz desentonada continuó largo rato sonando a la otra parte de la casa, donde sin duda estaban la cocina, el corral y leñera. A poco de esto abriose la puerta central de la fachada que observaba Calpena, la que a un lado tenía la parra y encima el balcón. Abriola una mujer que barrió las baldosas del umbral y el empedradillo delantero. El corazón del galán, golpeando furioso contra la piedra del ventanucho en que se apoyaba, le decía que por aquella puerta saldría pronto la mayor belleza del mundo...

Pasó un siglo... En las medias horas veía el caballero piezas enormes, tiras sin fin de una eternidad que se desarrollaba ante su espíritu. Oyó rumor de cháchara, risas que indudablemente eran de ella. Ningún reír humano podía confundirse con el reír de Aura, y pensándolo así, el caballero apretaba con ira el barrote cruzado de su atalaya, porque era en verdad muy inconveniente que ella estuviese tan regocijada, mientras él se estremecía de dolor, amargado por los recuerdos. ¿Qué motivos tenía para tales esparcimientos del ánimo gozoso? ¿No estaba su marido ausente?... ¿Acaso habían llegado noticias de él? Era muy probable que nada se supiese, y que continuaran en la familia los temores y sobresaltos por la suerte del atrevido mozo. No estaba de más que la esposa, que bien podía ser viuda ya, mostrase un poquito de gravedad y compostura. En estas ideas le cogió un estupor, una emoción inexplicable. No veía nada, y veía un mundo salir por aquella puerta. Más bien temía, sospechaba, por misterioso aviso de su corazón, la presencia de un caso, de un hecho monstruoso y al propio tiempo bello, sublime quizás. «Ya viene», se dijo; y diciéndolo vio que Aura salía con un niño en brazos.

XXV

Salió con un niño en brazos...

Salió con un niño en brazos. Solo diciéndolo más de una vez se expresa la tardanza del observador en darse cuenta de aquel caso natural, tan natural que ya en los últimos nimbos de su pensamiento lo había previsto. Pero tardaba en creerlo, y mirándolo, viendo a la madre, como nunca hermosa; viendo al chiquillo, que parecía robusto, alegre, deseoso de vivir, hubo de añadir a la evidencia la confirmación de la palabra, y dijo: «Es ella con su niño, con su niño... porque suyo es... Se le ve que es suyo.»

Venía Doña Aura mal vestida, y un tanto despechugada, señal de haber dado la teta poco antes. No hacía más que saltar al chiquillo, que al sentirse bañado del aire y del Sol empezó a echar unas carcajadas graciosísimas, elevando sus manos rojas. Saltaba en los brazos, y ella le decía mil ternuras, y a estas seguían tantos, tantos besos, que el chico protestaba, prefiriendo los saltitos al refregón pegajoso de los labios de su madre. Avanzó hacia el lavadero; pudo verla don Fernando a una distancia como de seis varas, y reconocer su hermosura, no disminuida, sino antes bien realzada por nuevas bellezas... El color era más moreno; pero en su tez resplandecía la salud; su seno, más abultado, hacía resaltar la flexibilidad de su talle. El chiquitín parecía de cinco o seis meses, de notable desarrollo y viveza... Por un momento se vio don Fernando sorprendido por la idea de que el niño se le parecía... ¡Qué disparate! Era su pena, que al desgajarse en aquella inmensa emoción, fluctuaba entre lo inconsolable y los consuelos comunes, impropios de un criterio sano. Observándole bien, vio que el niño era el retrato de Zoilo; tenía los ojos de su padre, y en ellos la chispa del querer fuerte.

Dio Aura la vuelta por entre las coles, y mostraba a su hijo el gallo y las gallinas, queriendo que entrara en conversación con ellas por el lenguaje de pipís... «¡Y esta es la mujer que hace un año andaba loca por los caminos —pensó don Fernando—, corriendo tras el problema de su vida! ¡Y al fin la Naturaleza se lo ha resuelto de un modo muy contrario a sus deseos de entonces! ¡Oh Dios, oh grandeza del tiempo y de la realidad! Pensé encontrar una lunática, y me encuentro la razón misma. Creí encontrar una enferma, y me encuentro una madre. Se ha curado dando vida a otro ser. Este caballero de meses, este nuevo Arratia, nos ha conquistado a todos, nos ha devuelto a todos la vida, la calma, la salud, quitándonos de los puestos que habíamos tomado en el terreno antiguo, para ponernos en nuevo terreno. ¡Oh vida, oh naturaleza!... ¡Y nosotros, enfatuados con la idea de buscar la solución en nuestras pasiones, en el juicio nuestro, cuando nuestro juicio no es más que un pobre ciego sin lazarillo!... Debo hacerme justicia, diciendo que yo había previsto este caso; sí, lo había previsto...»

Fuera por lo que fuese, ello es que don Fernando, lastimado por lo mismo que admiraba, apartose del ventanucho y se sentó, sosteniéndose en las manos la cabeza, que por la gran pesadumbre de sus ideas difícilmente se conservaba erguida. Largo rato permaneció en aquella postura, viendo pasar por la oscuridad de su pensamiento una triste procesión de imágenes, el maravilloso hallazgo de Aurora Negretti en casa de la diamantista; el rostro de esta, trasunto de María Antonieta guillotinada; las figuras burlescas de Milagro y Maturana, y por fin la persona de Aura en distintos aspectos, siempre hermosa, interesante, espiritual, resplandeciente de ingenio y hechicera gracia... Vio la escena de Bilbao, la horrible decepción, que parecía desenlace trágico-tonto y no lo era, pues el verdadero desenlace lo había traído aquel lindo mocoso, que acababa de tomar el pecho y pronto a tomarlo volvería. Las rebeldías de ella, sus dudas horrorosas causantes de locura, ya no eran más que el recuerdo de una dolencia curada, sin dejar ningún rastro. Nada de aquel trastorno podía volver. El chiquillo era el médico, era también el amo, y su existencia a todos imponía vida nueva y nueva conducta.

Al asomarse de nuevo, Aura estaba sentadita en un banco de piedra frente a la casa, dando de mamar a la criatura. Veíala de espaldas, frente a Prudencia, que en pie exhibía su figura procerosa a la admiración del observador. Este la encontró vulgar, antipática. No podía menos de odiarla; a todos perdonaba don Fernando menos a la tarasca intrigante, autora de tantas desdichas. Y al fin no había manera de negarle el triunfo... ¿Habría sido aquella mujer instrumento de la Providencia?... También se hizo el caballero esta pregunta, y por cierto que no supo qué contestarse. ¡Estaría bueno que la obra de Prudencia fuera la mejor, la más lógica, y que los equivocados fuesen los demás y no ella. ¡Oh tiempo, juez y maestro, definidor augusto, eternamente sabio!...

Ocurrió después que asomadas a su balcón las niñas de Morentín, Aura las vio, y ya tapado el pecho y el chico harto, se vino hacia esta parte saludándolas con mucho afecto. «¡Rey!... Mira, mira las nenas...» Y las nenas le decían mil ternezas, y a ella otras tantas. «¡Qué guapa está usted!... ¡Ay!, cada día más hermosa, rebosando salud... Y el cachorro como una bola de manteca... ¡Hija, qué bien lo cría usted... Da gusto verle, qué guapín!... vaya unos ojos asustadicos. Parece que quiere decirnos algo...» Y Aura repetía: «Es un pillo: no saben ustedes lo tunante que es... Pero malo, malo de verdad.» Luego los besos restallaban como cohetes. Fernando se retiró otra vez con el corazón traspasado. Tanto besuqueo le lastimaba.

No tardaron en entrar en el aposento Don Eustaquio y Doña Marta. «¿Pero qué le pasa a usted? —le dijo esta—. Parece que ha llorado.»

Sí, señora. Padezco una enfermedad muy rara: ello es cosa antigua en mí. Empiezo con dolor de corazón, y acabo echando un poco de agua por los ojos. Agua, nada más que agua.

Le compadeció la señora, asegurando que para males de tal naturaleza no había mejor remedio que el comer. Pronta estaba ya la comida, que era de las más elementales: tortilla y un plato hecho al horno por Pertusa, con pan, huevos, tocino, alubias, queso y castañas. Era don Eustaquio un gran cocinero, que sabía improvisar manjares exquisitos con las provisiones de la despensa más pobre. A comer, y a dejarse de penas y de echar agua por los ojos.

Comiendo en modestísima mesa, con pobre y muy blanco mantel, vajilla desportillada y cubiertos desiguales, pero todo limpio como el oro, charlaron de diferentes cosas. La conversación se inició con el tema de la familia de Arratia, diciendo las señoras que trataban a Doña Prudencia y su sobrina sin otro motivo que el de la vecindad. De Aura sabían que a poco de casarse padeció una endiablada enfermedad nerviosa, a consecuencia de un susto; se le trastornó el sentido tan gravemente que no podían sujetarla, y se lanzó a los caminos, buscando a un príncipe imaginario, héroe de los cuentos infantiles. Recogida por la familia, siguió a su locura una temporada de sosiego y de armonía matrimonial; y al fin, ya estaba la guapa moza curada del modo más feliz, solo por la virtud de su alumbramiento, que le hizo revolución en la naturaleza, y por el gozo que le daba el verse madre de tan precioso niño. Mas como nunca hay dicha completa, la familia lloraba la ausencia del hijo, sobrino, esposo y padre, el cual era un valentón a lo don Quijote y una cabeza desclavijada. Quince meses o más iban transcurridos desde que se lanzó con otro loco bilbaíno en busca de aventuras, y a la fecha no se tenían de él noticias directas. Sabían que estuvo preso en la cárcel de Miranda; que luego le cogieron y embaucaron los cristinos, afiliándole en sus infames ejércitos, infortunio grande, ¡ay!, pues más vale la muerte que el pecado y desdoro de pelear contra Dios. Añadieron que las últimas noticias, recogidas de la misma Aura la tarde anterior, eran que el Zoilo vivía y andaba con ese Zurbano, luciendo su bravura, y que don Sabino había salido nuevamente en su busca, para rescatarle del cautiverio cristino y traerle a su familia y a las dulzuras de su hogar. La tal Aurora era una madraza, sin más demencia que el amor de la criatura, y como esta viviera, no había que temer nuevos arrechuchos. Así lo aseguraba la sabia Prudencia, cuya cabeza reunía la ciencia de veinte doctores. Todo su afán era recobrar a Zoilo, quitándole de la cabeza las locuras guerreras, y cuidándole para padre, pues convenía traer al mundo tres o cuatro criaturas más, con lo que se aseguraba la conformidad y curación de la mujer. El matrimonio viviría pacífico y dichoso, y mientras más fecunda fuese Doña Aura, más y más felicidades vendrían sobre la familia.

Oyó estas cosas Calpena cuidando de ocultar el interés que en él despertaban. Por no infundir sospechas no preguntó nada referente a Ildefonso Negretti, y siguió a las niñas en el sesgo político que dieron a la conversación. «No puedo creer —dijo Doña Marta—, lo que ayer oímos: ese fantasmón de Maroto ha separado a trescientos oficiales solo porque pertenecen a la divina intransigencia, que es el partido de S. M...»

—Pues créanlo —dijo el Epístola—, que del don Rafael no hay que esperar cosa buena.

—Y mientras no le quiten de en medio —añadió don Fernando—, no se enderezará la Causa, que está bastante torcida, como una torre que se quiere caer.

—¡Caer no, Jesús! —exclamó Doña Rita echando lumbre por los ojos—, que aún tiene el Rey a su lado muy firmes puntales. El señor Arias Teijeiro, que en cuanto habla parece inspirado por el Espíritu santo, ha dicho: «Señor, los brutos llevarán a V. M. A Madrid.»

—Y los brutos —agregó Doña Marta—, son los limpios de corazón y al propio tiempo valientes y arrojados; que el arte de las armas es por naturaleza rudo y se da de cachetes con las letras; y el heroísmo no casa con esas matemáticas que traen acá los militronches de planitos y anteojo.

—Ello es que la Causa, señoras —dijo Calpena suspirando—, anda revuelta, y los que adoramos al Rey vivimos con el alma en un hilo. Y ahora, para afligirnos más, nos salen con que la sacra y católica reina también se tuerce, queriendo transacción, que es decir ¡viva Maroto!

—Eso sí que no lo creo aunque me lo aseguren frailes capuchinos —dijo Doña Marta palideciendo—. ¡La reina, la señora reina... transacción...!

—Es que anda por ahí una nube de pillos —afirmó Pertusa—, pagados por Muñagorri o por Espartero, que sirven al demonio echando a volar mentiras. A mí me han dicho ayer que Maroto aseguró a Su Majestad que le aceptarán los liberales si les concede una chispita de Constitución y unas miajas de libertad de la imprenta.

—Sí, sí: con eso y con que se declarara que no hay Dios, ya estábamos todos iguales. Una de dos: o Maroto dimite, o le arrancarán de las manos el bastón. Para esto se necesita un hombre.

—Un faccioso de ley.

—¿Qué hombre hay aquí capaz de colgarle el cascabel al gato?

—Hay uno, sí: Guergué.

—Pues Guergué —dijo Pertusa dándole mucha importancia—, y otros dos espadones de mucho brío que no quiero nombrar... En fin, los nombro, pero bueno es que guardemos reserva...; pues Guergué y los generales don Francisco García y don Pablo Sanz le tienen armado el cepo a don Rafael, y ustedes han de verle pronto cogido por una pata, ya que por la cabeza...

Como el que despierta de un sueño, Don Fernando recayó de súbito en la realidad de sus obligaciones, diciendo: «El tiempo vuela... ¿Qué tenemos que hacer aquí?»

Miráronle con asombro las niñas, pues más le creían perezoso que impaciente, y una de las dos (no consta cuál) le preguntó si había de distribuir en el propio Durango más partijas del donativo de su señor. Con el tumulto que en su mente habían levantado las recientes emociones, se le fue de la memoria el embuste urdido para justificar su entrada en la casa; y al caer en la cuenta de la torpeza con que contestó a la niña, no se cuidó de enmendarla.

«Muy agradecidos estamos a la hospitalidad de las señoras —dijo—; pero tenemos mucho que hacer, y nos retiramos.»

Mirábale Pertusa, queriendo penetrar el motivo de aquella súbita retirada; y por no aparecer desacorde con su compañero, repitió: «Tenemos, sí, mucho que hacer. Es mediodía.» Y las niñas desconfiadas, alzando manteles y recogiendo loza, dijeron: «Entendimos que en casa permanecerían hasta la noche... La verdad, pensábamos que querían ocultarse, y ni sabíamos ni pretendemos saber el motivo... Pero, pues no hay ocultación, más vale así.»

—Bien podemos —dijo don Eustaquio—, andar por todo el pueblo con nuestras frentes muy altas, pues aquí, que yo sepa, no ha tendido sus redes el marotismo... Y si las señoras no lo llevan a mal, volveremos, y nos darán la satisfacción de leernos algunas de las composiciones poéticas, producto del ingenio de mi señora Doña Marta.

—¡Ay, no, no, don Eustaquio, por Jesús vivo! —exclamó ruborizada la señora, en la puerta de la cocina, secando un plato que acababa de fregar—. El pobre ingenio mío no merece tales honores. Si me entretengo a ratos perdidos en jugar con las musas, hágolo para mí misma, para nosotras, o para personas sencillas, no para que se rían de mí los ilustrados, porque usted, Pertusa, tiene estudios, y el señor, por bien que lo disimule, no es lo que parece.

—Sea yo lo que fuere —declaró don Fernando sonriendo—, tendré mucho gusto en oír los versos de la señora. Se me ocurre que si quiere usted dar las gracias a don Beltrán, lo haga en una linda décima, como es uso y costumbre en las personas agradecidas que saben metrificar.

—¡Oh!... ¡qué compromiso! ¡Por Dios, Blas!... Pues no es floja encomienda la que usted me da.

—Y ello, la verdad, no puede ser más razonable —agregó la otra, ruborizándose también por cuenta de las dotes poéticas de su hermana—. Sí, Marta: compón la decimita, que ha de ser muy grata al señor de Urdaneta.

—Y esta tarde —afirmó don Fernando—, volveremos nosotros a recogerla. Ea, que no perdono la décima. No valen modestias aquí. Y si quiere usted componer otra a la Majestad del augusto Monarca, será miel sobre hojuelas.

—Tema —dijo Pertusa—: Carlos el Grande corta las cabezas de la hidra marotista para fundar sobre ellas su trono.

—¡Ay, ay, ay, qué magno asunto!... Eso no es para mí. Señores, no, no... Mi lira es un guitarrillo humilde... Para eso se necesita trompa... y lo que es trompa... No, eso no me ha dado Dios.

—Pues con trompa o con guitarra —dijo Fernando, ansioso de salir—, las décimas estarán listas para cuando volvamos. Señoras, dispénsennos... Hacemos falta en otra parte.

Aún quiso don Eustaquio, bromeando, entretener algunos minutos; pero a Calpena se le caía la casa encima; quería salir pronto, huir, ponerse lejos. Cogió por un brazo a su compañero, y repitiendo las cortesanías se despidió de las señoras, que hasta la salida les acompañaron, insistiendo Doña Marta en empequeñecer sus facultades poéticas, y en ponderar la magnitud del literario compromiso en que sus huéspedes la ponían. Cuando se cerró el portalón dejando dentro las dos caras de gatitas blancas y relamidas, don Eustaquio preguntó a su compañero si volverían, y la respuesta fue: «Como el humo. Cumplido el objeto que aquí nos trajo, doblemos esta hoja; y adiós para siempre las niñas de Morentín, adiós su casa... y su vecindad. Historia pasada... Mundo concluido.»

XXVI

No menos entrometido que curioso, ardía el aragonés en impaciencia por conocer las intenciones de su amigo y el estado de la que juzgó aventura de amor. «¿Pero qué, señor don Fernando, no entramos en la casa de Arratia? ¿No hemos venido a sorprender y llevarnos a la hermosa mujer con niño y todo?

—Cállate la boca, simple. Da por terminada la aventura, y no hagas preguntas a que no he de responder. Alejémonos pronto de este barrio, al cual no he de volver en todos los días de mi vida.

—¿De modo que...?

—Chitón.

—¿Y ahora?

—Ahora, yo haré lo que me acomode, y tú callarás. ¿Cómo quieres que te tape la boca: con dos onzas para que acabes de pagar tus deudas, o con una morrada de las mejores?

—Prefiero la primera de las dos mordazas presupuestas; y aunque en todo caso mi silencio ha de ser profundísimo, mi felicidad será mayor si a las dos onzas agrega vuestra señoría una media más.

—Bueno... Ya sabes que ahora nos separamos, que no has de pensar en seguirme, ni en buscarme, ni menos en hablar a nadie de mí.

—Conforme. No necesita encargarme la discreción, pues soy agradecido, y aunque a veces no lo parezca, caballero también soy, como dijo el otro... Si estas razones no bastaran para garantizar mi fidelidad, hay otra, señor, y es que los dos trabajamos por la misma causa.

—¿Tú qué sabes? Mi causa nada tiene que ver con la cosa pública.

—Es deber de usted afirmarlo así, y nada contesto; pero si don Fernando cumple reservándose, yo cumplo callando lo que mi finísimo olfato me enseña.

—¿Qué?

—Que andamos en hociqueos con Maroto.

—¿Quién, tú?

—Usted... Mis papeles son inferiores; pero a un mismo fin vamos todos. Con que...

—Estás en un error grave.

—Separándonos ahora, yo apostaría... que nos encontraremos en Vergara.

—¿A que no? Yo me voy en busca de Zoilo Arratia, y hasta el fin del mundo no pararé mientras no le encuentre.

—Pues no irá usted al fin del mundo, sino a Campezu, que por allí anda Zurbano.

—Abreviemos, que tengo prisa. ¿En dónde te entrego las dos onzas y media?

—Lleguémonos a la tienda de Zubiri, cuatro pasos de aquí.

Pasado un rato, alejándose de la tienda, repitió don Fernando sus amonestaciones acompañadas de una despedida terminante. «Si quieres ser mi amigo, demuéstrame con hechos que mereces serlo. No me sigas; no me busques; no hables de mí.»

—Ni sigo, ni hablo, ni busco; pero sí veo... y callo.

—Es que si no callaras, no habría de faltar quien te cerrara la boca para siempre.

—Comprendido.

—Y vete a donde quieras.

—No hago misterio de ello. Voy a Vergara, donde encontraré no pocos amigos, oficiales de Maroto.

—Ándate con tiento.

—Cuide usted de su pelleja.

Y con un adiós afectuoso y apretones de manos se despidieron, corriendo don Fernando hacia el parador de Pinondo, en cuya puerta le aguardaba Urrea, loco ya de impaciencia y zozobra, después de pasarse la noche y el día recorriendo las calles del pueblo y todos sus arrabales. No tenía por qué darle el caballero explicaciones de su ausencia, y entrando en busca de Echaide, que también estaba con el alma en un hilo, hubo de soportar resignado la reprimenda que el digno jefe de la cuadrilla se permitió echarle, valido de la confianza y llaneza que con él gastar solía en la dura vida de caminantes. El estupor del buen arriero subió de punto cuando Quilino le manifestó severamente su propósito de trasladarse al territorio donde operaba Martín Zurbano. Halló por fin el otro fácil modo de conciliar todas las obligaciones, pues despachado primero el asunto capital en Vergara o Tolosa, tomarían la vuelta de Salvatierra, para franquear los montes de Andía y bajar a Campezu, que no era mal camino para Logroño. De acuerdo en esta transacción, preparáronse para la madrugada siguiente. Pasó don Fernando muy mala noche, con ardores de fiebre, atormentado por la persistencia de las emociones de aquel día. Con más intenso colorido y acentuación más viva que en la realidad, se le reprodujeron las escenas y figuras observadas desde la atalaya; de tal modo se poseían de ello su espíritu y su naturaleza toda, que le dolía la mano derecha de tanto apretar el barrote que partía en cuatro la luz del ventanucho. Y ya de camino, al romper el día, sacando fuerzas de flaqueza para seguir a sus compañeros, continuaba el horroroso dolor de la mano... Empuñando la cruz de hierro.

Vergara, donde entraron a media tarde, rebosaba de gente, así militar como paisana. No solo había llegado Maroto con su ejército, sino don Carlos con todo el matalotaje de su corte vagabunda. Clérigos y frailes discurrían en grupos, reforzados con señorones administrativos, que vivían sobre el país, justificando su existencia con el consumo de tinta y papel en inútiles escritos. Corrillos de oficiales obstruían los lugares de mayor tránsito: en unos se advertía la intranquilidad, en otros la tristeza. Cualquier observador que conociese el personal habría podido advertir que los amigos de toda la vida no se hablaban ya, y se dirigían miradas recelosas. Quilino y Santo Barato anduvieron por calles y plazas, respirando los aires de discordia que por todas partes corrían. Gran tumulto de gente les atrajo hacia la iglesia de San Pedro. El Rey con su rebaño apostólico salía de Palacio para ofrecer al Cristo sus soberanos respetos, y la multitud a su paso se agolpaba. Bien pudo apreciar Calpena la diferencia entre los entusiasmos cariñosos que había visto en Oñate y la frialdad de Vergara. Aún le respetaban; ya no le querían; y por entre la doble fila de sus vasallos, a quienes congregaba la curiosidad antes que el amor, pasó Carlos V saludando más severo que amable; que así creía representar mejor la majestad del derecho divino. Su rostro no ofrecía ninguna alteración: era un rostro de efigie inexpresiva, de esas que no dicen nada al devoto que las adora. Su mirada resbalaba en la superficie de las cosas, y los vasallos no veían en ella más que un convencimiento tenaz y un fatalismo irreductible. Ni alegría ni tristeza pusieron nunca sus resplandores en aquel rostro apagado, semejante a los rayos de luz fingidos con madera y estofa en los retablos churriguerescos. No iba con él la reina, que se había quedado en Azpeitia, un tanto aburrida y descorazonada por el mal giro que tomaban las cosas. Arias Teijeiro miraba al suelo, Valdespina parecía distraído, y el padre Echevarría desafiaba a la multitud con miradas altaneras. Mediano rato duró el acto piadoso del presidente en la capilla del Cristo, y de allí se fue a visitar a las monjas clarisas, cuya priora le fascinaba por el optimismo de sus juicios y por la gravedad de sus sentencias. Esta ilustre señora fue la que le dijo que confiara en los brutos, que así como los Apóstoles, sin saber leer ni escribir, habían sacado triunfante la Iglesia de Cristo, don Basilio y Balmaseda y todos los lerdos de la Causa pondrían en el trono de Madrid al legítimo Rey.

De vuelta a Palacio, ya cerrada la noche, fue a visitarle Maroto, que entró con su Estado mayor, apretando los dientes y atusándose los bigotes, movimientos en él habituales. Algunos días después fue del dominio público lo que hablaron don Carlos y el Caudillo. Pretendía este que el Rey separase de su lado a los más rabiosos intransigentes; que cambiara sus ministros por otros menos furibundos y destemplados; que llamase al orden a los militares y altos funcionarios que abiertamente conspiraban contra el general jefe de Estado mayor (que este era el título de Maroto), y amenazó con sentar la mano a los rebeldes si el Rey no lo hacía. Como siempre, don Carlos contestó lo que le inspiraban su indecisión y pusilanimidad, que sí y que no, y que ya se proveería. Odiaba cordialmente a Maroto, no por mal militar, que no lo era, ni por desafecto a su causa, sino porque en cierta ocasión de apuro, atravesando la frontera de Portugal, había soltado don Rafael en los regios oídos la interjección más común en bocas españolas, desacato que el meticuloso Rey no perdonó nunca; pero como le temía tanto como le detestaba, ni tuvo corazón para quitarle el mando, ni agallas para entregarle su camarilla.

Esperó Echaide la hora que le pareció más conveniente para mandar a Quilino con el encargo de un barrilito de aceitunas consignado a la señora Doña Tiburcia Esnaola. Las nueve y media serían cuando partió el mozo al desempeño de su comisión; como la primera vez, se le franqueó la puerta, y una criada le introdujo en la estancia donde encontró a la misma señora, sentadita en el propio canapé. No había puesto aún el hombre sobre la mesa, al pie del velón, lo que llevaba, cuando la señora le mostró un papel no más grande que el de un cigarrillo. Con tinta vio escrita la palabra que servía de contraseña: Inquisivi; y debajo, con lápiz: Aquí no puede ser. Váyase a Estella.

«¿Se ha enterado usted?» dijo la señora; y ante la respuesta afirmativa del mozo, rompió el papel en pedazos muy chiquitos.

Con lo dicho queda explicada la salida presurosa de la expedición arrieril camino de Oñate, para pasar a Salvatierra. Daba prisa don Fernando, a pesar de sentir muy quebrantada su salud, y era el más diligente en arrear por aquellos caminos, pues se le había metido en la cabeza que siguiendo la ruta de Campezu o de Contrasta le sería fácil encontrar la brigada de Zurbano, objeto por entonces de su más ansioso interés. El tiempo se les puso frío y seco, y en Salvatierra hallaron las aguas cubiertas de hielo durísimo, y los caminos pulimentados por la humedad cristalizada. Con esto se le agravó al pobre Calpena el quebranto de huesos que desde Durango traía, viéndose obligado a pedir fuerzas a su animoso espíritu para continuar el viaje. Faldeando la sierra de Andía, en dirección de Rióstegui, Urrea le llevó a cuestas por un empinado sendero, y al fin determinó Echaide desocupar de carga a uno de los mulos, para transportar al enfermo con relativa comodidad de todos. Renegaba don Fernando de su naturaleza, que había creído más resistente y a prueba de trabajos, y a Dios pedía las ágiles patas del lobo, o el vuelo de las águilas, franquear sin cansancio aquellos vericuetos. En los descansos nocturnos, la fiebre le acometía con furia, y a fuerza de abrigo, verdaderos montes de lana que acumulaban sobre él sus compañeros, se iba defendiendo. Por fin, en Ulibarri se sintió mejorado, y la blandura que sobrevino, derritiendo los hielos, fue un bien para todos, hombres y animales.

Al bajar a Orbizo tuvieron las primeras noticias de Zurbano: días antes, la helada crudísima le obligó a retirarse a la Solana, y por allí andaba, entre los Arcos y Dicastillo, aguardando que abonanzara el tiempo para reanudar las operaciones. Siguieron los cuatro en el rumbo indicado, y al llegar a Espronceda encontraron una columna de la brigada de don Martín, que salió poco después de entrar ellos en el pueblo, sin que pudieran adquirir las noticias que deseaban. Para dar reposo a don Fernando y evacuar con la debida prontitud la diligencia que les desviaba de su itinerario, determinó Echaide dejar al caballero en Espronceda con Urrea, bien acomodados en casa de un amigo, y adelantarse él con Santo Barato hasta Muez o los Arcos, para indagar si Arratia continuaba en la división o se le habían llevado los demonios. Poco afortunado el primer día, tropezó al segundo con Ibero, por quien supo que en una acción cerca de Nazar había caído prisionero el capitán bilbaíno con otros diez. Conducidos a Estella, Zurbano había propuesto un canje, sin resultado. Se ignoraba la suerte de los once cautivos, héroes y mártires. Cuando volvió Echaide con nuevas tan tristes, la pesadumbre del caballero fue extremada. Creyó a Zoilo perdido para siempre; vio frustrado el soberbio plan moral que era su ilusión más risueña: devolver a Luchu a su familia, y reconstruir esta sobre bases inconmovibles. La pasmosa suerte del bilbaíno le había hecho al fin traición, y sus teorías del querer firme fallaban por primera vez. Algún dato más, recogido de los labios de Ibero, añadió Echaide, a saber: que dos días antes se presentó el padre de Arratia en la brigada, con salvoconducto en regla y cartas de recomendación de Van-Halen y Buerens, y que sabedor del desgraciado caso, había partido para Estella en busca de su amigo Guergué, por cuya mediación esperaba libertar al pobre chico si no le habían quitado la vida. Desorientado en sus ideas, lleno de acerbas dudas, mandó don Fernando picar hacia Estella sin dilación. Tres nombres giraban en su mente describiendo círculos de fuego: Maroto, Zoilo, don Sabino.

XXVII

Al pasar por Irache, ya próximos a la ciudad, supieron que Maroto había entrado algunas horas antes, y que alborotados pueblo y milicia, se esperaba una colisión sangrienta entre los dos bandos que se disputaban la opinión y el imperio. Llegados al puente que da ingreso a la ciudad frente a San Pedro, vieron mucha tropa en las inmediaciones del castillo. Hallando cortado el paso para el parador, hubieron de dar un gran rodeo por la ciudad para dirigirse a los Llanos, y al pasar por la plaza vieron muchedumbre de soldados que a paso de carga traían a un clérigo amarrado codo con codo, entre vociferaciones brutales y despiadadas. No tardaron en saber que el tal no era sacerdote, sino el general don Francisco García, que se había disfrazado con sotana y manteo para escapar. Minutos después vieron conducido entre bayonetas a un hombre pequeño y rechoncho, de fiera catadura, cabello hirsuto, ojos sanguinolentos, la boca espumante. «Es Guergué —dijo Echaide en voz baja—. ¡Mal día para los impostólicos!...» Con no poca dificultad, por causa del gentío que azorado corría de una parte a otra, lograron ganar el parador, y allí supieron que los cabecillas apostólicos, ayudados de paisanos y clérigos, tenían preparada una sublevación contra Maroto, habiendo seducido previamente a dos batallones navarros que al aproximarse aquel salieron a tomar posiciones. En la entrada de Estella por los Llanos y por el camino de Puente la reina, habían comenzado a levantar barricadas; pero don Rafael anduvo más listo, presentose como llovido del cielo, y tomó medidas perentorias y radicales en el momento mismo de poner el pie en la ciudad.

¿En qué se fundaron los netos para proceder así contra el general? Se habían interceptado papeles en que Maroto y Espartero concertaban la paz, transigiendo el uno en el reconocimiento de grados, el otro en aceptar un poquito de Constitución con algo de libertad de conciencia. Estos papeles existían y se mostraban de mano en mano; mas eran falsos, obra de los calígrafos del absolutismo, o de los fueristas de Muñagorri. Ello es que Maroto puso corto espacio entre su llegada y el acto audacísimo de meter mano a sus enemigos, cogiéndoles en sus domicilios, en la calle, o donde quiera que se les encontraba. No les dio tiempo a nada, y en un instante se les cambió la festiva tramoya en trágico desenlace, las burlas en veras. Pasando el general por la calle mayor para dirigirse a la Merced, desde un balcón fue saludado con risas y chacota. Media hora después, en aquella misma casa era preso el intendente don Javier de Uriz, rabioso apostólico. A las cuatro horas de la entrada de don Rafael, ya estaban en el castillo los generales Guergué, García y Sanz, el brigadier Carmona, el Intendente Uriz y el oficial de la Secretaría de Guerra, don Luis Ibáñez. Cogidas las seis cabezas del motín, no se entretuvo Maroto en futesas de procedimientos jurídicos y militares. Sin consejo de guerra, sin auxilio religioso, sin otro trámite que cargar los fusiles y formar el cuadro, fueron pasados por las armas de dos en dos. Allí quedaron las seis cabezas de la hidra hechas pedazos. El estupor no les dio tiempo ni aun para protestar del bárbaro suplicio. Se enteraron cuando se les mandó ponerse de rodillas. Nadie se cuidó de vendarles los ojos. Guergué gritó: viva el Rey, viva la religión; en el rostro del intendente se mezclaron las lágrimas con la sangre. Los demás gritaron: «¡canallas, traidores!», y todo acabó.

Retenes de tropa recorrían las calles, y aquí y allí continuaban haciendo prisioneros. Mudo, paralizado de terror, el vecindario se refugiaba en sus casas atrancando las puertas. Cerráronse los comercios; no se veía un clérigo en las calles, y algunas iglesias se incomunicaron con los fieles devotos. Ordenó Echaide a los suyos que no saliesen, y en las cuadras del parador, en el despacho de bebidas y en los comedores próximos, los parroquianos habituales no volvían aún del susto, ni osaban expresarse con la libertad de otros días. Llegada la noche, la ciudad ofrecía un aspecto terrorífico: con sus tinieblas y su silencio parecería una ciudad muerta si los ruidos de tropa no dieran señales de vida, semejantes a una palpitación febril.

Mientras llegaba la ocasión de acudir a la cita que se le había dado en Vergara, Don Fernando no perdía ripio para buscar el rastro al padre de Zoilo, suponiéndole en Estella, y a cuantos guipuzcoanos o vizcaínos vio en el parador interrogaba, añadiendo que traía un encargo para dicho sujeto. Por fin, después de mil indagaciones inútiles, dio con un vizcainote inválido, buen bebedor y atrozmente sedentario, por obligarle a ello su obesidad y su pierna izquierda, que era de acebuche. Resultó que el tal había visto el día anterior al don Sabino Arratia, con quien tuvo algún conocimiento en Bermeo y Elorrio, y hablaron un rato breve, lo bastante para enterarse de que venía en seguimiento de uno de sus hijos, prisionero. «Mas ahora caigo —añadió el cojo—, en que no será fácil que le encuentres. Era, según me dijo, amigo y compadre de Guergué, de quien esperaba la salvación del mozo, y muerto el general de este modo trígico, el pobre señor se habrá metido siete estados bajo tierra, o habrá echado a correr huyendo de la chamusquina. Yo me le encontré saliendo de la parroquia de San Miguel, a punto de que él entraba. ¿Sabes?, es la iglesia que está en un alto, en el centro del pueblo. Nos conocimos; el hombre se echó a llorar, porque es muy lagrimero. Me dijo que si el hijo, que si Guergué, que si tal, y nos despedimos: él entró a rezar... Es aquella la iglesia que más le gusta, por ser la más recogida... Allí se pasa todo el tiempo que le dejan libre sus diligencias. Como no le cojas en San Miguel, en Estella no le busques.»

Tempranito se fue Calpena a la mencionada iglesia, y el toque de misa que oía, cuando a ella se aproximó, alegraba su corazón. Entró, admirando la severa puerta románica y el interior sombrío, que impresionaban por su riqueza arqueológica y por su ambiente sepulcral, con olor de tierra húmeda y de ataúdes podridos. Solo dos ancianas oían misa: no había más varones que el cura y monaguillo... Salió don Fernando, y por aprovechar la mañana dirigiose al Santuario del Puy, al que por larga cuesta se asciende desde el hospital próximo a San Miguel. También en el Puy tocaban a misa; vio que algunas viejas y un mendigo entraban delante de él. Cobró esperanzas, deseó con viveza encontrar lo que buscaba, imitando el querer ardiente de Zoilo, y por aquella vez no fue ineficaz la efusión grande de su espíritu, porque a poco de entrar en la iglesia, y cuando sus ojos se habituaron a la oscuridad que en ella reinaba, distinguió un bulto, un hombre de rodillas, al cual sin mayor examen tuvo por el propio don Sabino Arratia. No se movía el pobre señor, que más bien parecía fúnebre estatua, y a ratos se llevaba el pañuelo a los ojos como para limpiarlos de la humedad luctuosa que de ellos afluía. Oyó la misa con suma devoción; oyéronla Calpena y los demás en corto número asistentes al acto, y cuando este terminó y hubo visitado tres altares el señor desconocido, se le acercó don Fernando, y a boca de jarro le dijo: «¿Es usted don Sabino Arratia?»

—Yo no... No, señor —replicó muy asustado el tal—. ¿Qué quiere usted?... ¿qué se le ocurre?

—No se me ocurre más sino que es usted don Sabino Arratia —añadió Calpena, que en el parecido con Luchu le reconocía—, y hace usted mal en negármelo, porque soy su amigo y no le causaré daño alguno.

—Pues sí... yo soy... Ya ve usted... Con estas cosas... ¡Ay de mí! —dijo el bilbaíno sollozando y acudiendo a sus ojos con el pañuelo—. ¿Puedo saber quién eres?... ¿quién es usted?... porque aquí estamos todos con el alma en un hilo... y aun dudamos si somos vivos o muertos.

—Estamos vivos. ¿Y Zoilo...?

—Vivo también.

—¿Dónde?

—Aquí, en el Santo Hospital... ¿Es usted su amigo?... ¿Conoces a Luchu?... Salgamos si le parece.

—Salgamos, sí señor.

—Somos amigos. Ya comprendo la terrible situación de usted. Vino aquí fiado en la amistad de Guergué, que era su compadre, padrino de Zoilo, y allí donde creía encontrar usted un protector... Encuentra un cadáver...

—¡Pero has visto qué crueldad, qué salvajismo! ¡Ay!, no comentemos. ¿Puedo saber quién es usted?

—Un amigo de Zoilo, que le sacará del hospital, de la prisión, o de dondequiera que se halle.

—¡Oh, señor...! —exclamó don Sabino, que con sus ojos llorantes se quería comer el rostro del caballero—. Prisionero y enfermo está, ¡qué dolor de hijo! Todo por su temeridad... ¡Qué cabeza, señor!

—¿Le ha visto usted?

—¡Si no me ha dado tiempo ese condenado Maroto fusilándome!... A mí no... A Guergué, el mejor de los hombres, el amigo más cariñoso... Pero dime tú, diga usted, ¿es este el mundo criado por Dios, o es otro que nos han traído del infierno? Yo digo que están condenados cuantos sostienen esta guerra, reyes y reinas, archipámpanos y ministriles... ¡Qué dolor! Y todo por un papelito, la Pragmática Sanción... ¿Estamos todos locos, o somos tontos de remate? En ello pensaba yo mientras oía la santa misa... ¿Acaso sabes tú, sabe usted, en qué vendrá a parar esto? Aquí tienes a un hombre que se aguantó todo el sitio de Bilbao a pie firme, padeciendo aquellas terribles hambres, hijo, y el continuo caer de bombas. Pues terminado el sitio, y cuando en el pueblo entró la felicidad, para mí y para mi familia empezaron las mayores desdichas que es posible imaginar. No puedo recordarlo sin que se me llenen los ojos de lágrimas.

—Volvamos a lo presente. ¿Desde cuándo no ve usted a Zoilo?

—Desde que sin mi permiso, y contra la voluntad de toda la familia, se lanzó a quijotear, en octubre del 37, siendo en sus aventuras tan desgraciado, que al intentar la primera se ganó cinco mesecitos de cárcel... Después se me mete con los cristinos. Siempre fue el chico muy guerrero, con grandísima disposición para las armas, y una valentía y una terquedad que más parecen divinas que humanas... Pues, como digo, me le cogen los cristinos, y ya está loco el hombre... Tan pronto acudo a consolar a la familia, como a perseguir y a rescatar a mi caballero, y en este trajín se me van meses y meses... Parezco yo también un Tío Quijote, buscando lo que no hallo, y recibiendo en todas partes sofiones y descalabraduras... Si a usted le parece, sentémonos en esta piedra, que estoy desfallecido. Pues verás, verá usted... Hasta julio del año pasado no supimos que estuvo mi hijo en la acción de Peñacerrada. Yo me hallaba entonces en Vitoria aguardando una ocasión de abocarme con el pobre Guergué... También le digo que si mi Zoilo es más guerrero que el propio Marte, a mí no me ha llamado Dios por ese camino, y nada me turba y descompone tanto como los espectáculos de lucha y muertes. Tiemblo al oír tiros, y si me aproximo a un campo de batalla, éntrame sudor de agonía... Ni con cien salvoconductos me atrevía yo a penetrar entre las hordas de Zurbano... Me acercaba, y retrocedía... Mejor me acomodaba entre carlistas, porque siempre me tiró de ese lado mi fervor religioso... la verdad, te digo la verdad... Si mi Zoilo se hubiera metido a guerrear por la Fe, fácil me habría sido cogerle y retirarle de la milicia; pero entre cristinos no me hallo... No respiro... El aire que anda entre ellos me huele a libertad de cultos, libertad de la imprenta y pueblo soberano... No, no... Mil veces pensé abandonar al chico, dándole por perdido para siempre; mil veces me llamó el amor que le tengo, y volví a rondarle, siempre medroso, siempre desconfiado... Dios me decía: «ve por él y sácale de la sentina...» y yo iba a la sentina y me acercaba, y tenía miedo... y... Por fin, desesperado, me aboqué con el general Van-Halen, el cual me agregó a un convoy que llevaba socorros a Zurbano. Vi a este en Dicastillo; me echó muchos ajos, me trató con desprecio, ensalzando a mi hijo, y llamándome oscurantista y retro... No sé qué. Pero, en fin, diome las noticias que deseaba, y a Estella me vine. Por llegar, mira tú qué suerte, me entero de que Zoilo está en el hospital... «Esta es la mía», dije para mí; y me fui en busca de Antonio Guergué... De chicos jugábamos en los Cantones de Bilbao... Encontrele muy inquieto... ¡Toma, como que estaba urdiendo el golpe para hundir a Maroto! Con mal cariz me dijo: «mañana...» ¡Mañana! Aquel mañana de Guergué fue ayer, hijo, y ¡pum!, fusilado... y yo muerto de ansiedad, de miedo... lo diré todo, muerto también de hambre... ¡ay dolor!... Si eres caritativo, como parece, y no temes andar por la ciudad, llévame a donde yo tome algún alimento, pues desde ayer por la mañana no ha entrado en mi cuerpo cosa caliente ni fría.

Compadecido del infortunio, así como de la flojedad de ánimo del pobre señor, don Fernando le agarró el brazo para llevársele a su posada. Por el camino, a pesar del tranquilo continente del que ya se había constituido en su protector, no se recobraba de su horrible susto el buen Arratia, receloso de cuanto veía, temiendo engaños y traiciones. «Bien comprendo —decía—, que eres, que es usted marotista, y no me pesa. Si me apuran, no creo lo que ayer se decía de tratos nefandos para que don Carlos nos dé la libertad de conciencia. Y pues Maroto ha venido a ser el amo, tráiganos una paz decente, con la religión sobre todo, y debajo de la religión el rey o reina que nos quieran poner... ¿A dónde me llevas? ¿A tu casa? Si eres militar, ¿por qué vistes de carbonero, y si eres carbonero, dónde demonios has conocido a Zoilo, y por qué te interesas por él?... Párate un poco, que me canso horriblemente... Ya estamos en la plaza... Por aquí llevaron al pobre Guergué como se lleva un cerdo a la matanza, ¡ay!, y al general García vestido de sacerdote... Al verles, creía que de terror me moría... Otra cosa: ¿cómo te llamas?... ¿Cuál es la gracia de usted?... Perdona: con el hambre que tengo, hasta se me olvida la buena educación... Sigamos otro poco. ¿Falta mucho todavía? Ya no puedo tenerme... Pues sí, hijo mío: venga pronto la paz, sea como quiera, con tal que no toquen a la religión sacratísima, ni al clero, ni a sus bienes raíces, ni nos metan en casa la libertad de pensar... ¡Ay, qué ganas de llorar! Deja que me seque los ojos... Pues tan extenuado me encuentro, que ahora daría yo todos los dogmas por unas sopas de ajo bien calientes, con chorizo... ¿Falta mucho?

Pronto llegaron, y lo primero que hizo don Fernando fue ponerle delante cuanta comida encontró, y bebida sin tasa. Gozaba viéndole comer, y el hombre se mostró muy agradecido, y con mayor luz en la mollera para dar a sus pensamientos claridad y fácil expresión... «¡Oh, qué bueno es Dios —exclamaba mirando al techo, por no haber allí cielo que mirar—, y qué excelente cordero es este!... Cuando más desconsolados vivimos, se nos aparecen las buenas almas. Es usted un ángel, Aquilino, un ángel sin alas. Repito que no me asusta Maroto, y que bendeciré la paz que nos traiga, si no vienen con ella libertades de pensar... El dogma sobre todo... Vino de ley es este, ¿verdad?»

Satisfecha el hambre, se caía de sueño, como quien pasara la noche anterior al raso, sin atreverse a entrar en su vivienda, que era la misma donde el pobre general García se había disfrazado de cura. Llevole Calpena a un camastro, donde le dejó bien arropadito, sin cuidarse más de él, porque otras graves obligaciones le llamaban. Echaide y el mozo se miraron, añadiendo pocas palabras a lo que con los ojos se decían. Había llegado la hora. Fuéronse los dos a la residencia de Maroto sin rodeos ni precauciones, que en tal ocasión no se necesitaban; quedose a la puerta Echaide, y entró Quilino con una caja de puros, abierta, dentro de la cual había puesto un papel que en gordos caracteres decía: Inquisivi.

XXVIII

Recibió el general a don Fernando familiarmente en una gran pieza donde tenía su lecho y una mesa de escribir. Habíase levantado poco antes, y aún estaba la cama revuelta. Junto a una de las ventanas veíanse, sobre derrengada mesilla, la navaja y trapos de barba, llenos de jabón, señal de que Su Excelencia acababa de afeitarse. En la cómoda cercana estaba el servicio de chocolate, el cangilón rebañado, migas de bollos y la servilleta sucia. Vestía don Rafael levita vieja militar con el cuello desabrochado, dejando ver la camisa de dormir, pantalón azul y unas enormes pantuflas de abrigo que cuadruplicaban las dimensiones de sus pies. A poco de entrar Calpena, y despedido el asistente, se echó un capote por los hombros, y sentose a la mesa de despacho, donde tenía papeles a medio escribir, picadura esparcida y cigarrillos recién hechos. Sentados frente a frente, el emisario de Espartero expuso las condiciones de este, que oyó el carlista con atención y sonrisa marrullera, y al terminar se produjo un silencio que a Calpena le pareció larguísimo: el general, recogiendo aquí y allí la picadura, y aprovechándola minuciosamente, tardó en formular la respuesta, que había de ser solemne por tratarse en ella de los destinos de la infeliz España.

«Ya no estamos en la situación de hace dos meses —dijo al fin, mirando al mensajero en las pausas—. Entonces no tenía yo fuerza... Me refiero a la fuerza moral... y ahora la tengo. Ya se habrá usted enterado de la justiciada que hice ayer. No había más remedio. Me importa poco que don Carlos refunfuñe. Al fin me dará la razón, cuando yo consiga, y lo conseguiré, librarle del cautiverio en que le tienen cuatro clerigones y cuatro buscavidas. No descansaré hasta no hacer la limpia total... Pero vamos al caso: decía que ahora tengo fuerza, y procuraré mejorar todo lo posible, si hacemos la paz, la situación ulterior de ese Rey que tan ingrato es para mí. Puesto que todo puedo decirlo, y lo que a usted diga es como si lo hablara con el propio Baldomero, sepa que la reina y su hijo don Sebastián ven las cosas de un modo más razonable que don Carlos...; naturalmente, poseen luces, criterio, que Dios no ha concedido a S. M... y hoy por hoy se contentarían con el reconocimiento de los derechos de don Carlos, abdicando este en su hijo y en Isabel juntamente... ¿Conoce usted la historia de Inglaterra?»

—Un poco. El caso es como el de Guillermo y María.

164

—Justo: solo que lo que allí hizo el Parlamento, aquí lo haría don Carlos en nombre de Dios. Pues bien: sepa Espartero que en este punto no cedo ni un ápice, ¡porra!, pues así lo he concertado con la de Beira... Claro que el pobre don Carlos es ajeno a todo; pero ¡qué ha de hacer el buen señor más que conformarse!

—Mi general, desde luego aseguro a usted que esa combinación no ha de aceptarla mi poderdante. De ella resultará una familia real gravosísima, con toda esa plaga de reyes padres y reyes madres... Y luego, ¿en qué condiciones ejercerían el Poder Real Isabel y Carlitos?

—Como los Reyes Católicos, mancomunadamente, firmando juntos, pues si en aquel matrimonio se casó Aragón con Castilla, en este se casan y conciertan dos ramas igualmente legítimas, para bien de la Nación y para establecer una paz duradera. Creo yo que esto es muy patriótico.

—Será muy patriótico; pero imposible en la práctica. Delo usted por rechazado.

—Muy pronto lo asegura —dijo Maroto dándole un cigarrillo que acababa de liar—. Si Espartero me acepta esto, admito yo sin más discusión lo referente al reconocimiento de grados tal como él lo propone... y hemos concluido... Fíjese usted en que tengo fuerza, y ahora no hemos de estar arma al brazo. Mis soldados anhelan batirse; yo también. Aquí faltaba unidad; yo acabo de hacerla, ¡porra!; y sin necesidad de que venga en mi ayuda ese loco de Cabrera, que para nada me hace falta, intentaré bajarle el tupé al amigo Espartero. Él vale mucho; hace tiempo le conozco... Pero nuestras discordias le han ensoberbecido; los laureles de Peñacerrada los debió a la ineptitud de Guergué y a lo desordenado que estaba aquel ejército. Batallones hubo allí enteramente a mi devoción; otros padecían la rabia apostólica. Yo he curado esa rabia, ¡porra!, y mi ejército es mío; todo él respira con mi aliento... De modo que... En fin, dígame usted algo.

—¿Sobre qué, mi general?

—Sobre estos propósitos míos de aplacarle un poco los humos a su amigo de usted, ¡porra!

—Pues mientras no se llegue a la paz, ninguna contingencia de la guerra podría causarme asombro, ni sobre ellas tengo por qué anticipar opiniones. Buen militar es usted, y del arrojo de sus soldados nada he de decir, pues reconocido está por todo el mundo. Podrá suceder que alcance usted una victoria con que se olvide el desastre de Peñacerrada; podrá suceder lo contrario... ¿Quién lo sabe? Si se me permite una opinión radical, diré que ya han demostrado unos y otros su valor; que España no desea mayores pruebas de pericia militar y de personal bravura. Hemos llegado a ese punto del duelo en que se impone la cesación de los golpes y el abrazo de los combatientes. Los jueces del terrible lance han visto maravillados la entereza heroica de los dos caballeros; estiman como de igual importancia las terribles heridas que uno y otro se han hecho; el juicio de Dios está cumplido, y la sentencia no puede ser otra que la conservación de las vidas de entrambos. No hay más remedio que envainar los aceros. La paz se impone. ¿Qué quiere usted?, ¿convertir a España en sepulcro de dos inmensos cadáveres? Pues España no quiere eso: anhela vivir, y el obstinarse en que muera, en que muramos todos, paréceme una terquedad salvaje... Formule usted de un modo más práctico el artículo referente a la familia real y a la situación de cada príncipe después del convenio, y la paz, tal creo yo, tardará lo que tardemos en concertar la entrevista final de Maroto y Espartero. Se ha de mirar antes por los fueros de España y de la humanidad que por los intereses de tanto y tanto príncipe, que con sus pretendidos derechos están desangrando a la raza, y nos la dejarán anémica.

—Pues si en los derechos de príncipes, ¡porra!, hay que quitar jierro, ¡porra!, empiecen ustedes por dar carpetazo a los de Isabel.

—Eso no puede ser.

—¡Ah!... ¿Con que no puede ser? Pues lo mismo digo yo de los de don Carlos... Ya lo ve usted: volvemos al principio, y nos encontramos en septiembre del 33, ante el cadáver de Fernando VII, que, entre paréntesis, era una mala persona.

—No divaguemos, mi general.

—No divaguemos. Conste que no puedo ceder en la combinación propuesta por mí. Reinarán Isabel y Carlos, o Carlos e Isabel, tanto monta, con iguales derechos, con iguales prerrogativas...

—Anticipo a usted que Espartero rechazará la combinación.

Pues antes que ceder en ello, cedería yo en lo del reconocimiento de grados, aunque se que daría un disgusto a muchos personajes de acá, que esperan las paces para saber la paga que han de cobrar...

—No divaguemos. Me voy descorazonado, temeroso de que el de Luchana me acuse de no haber sabido expresar su pensamiento. En nombre suyo rechazo la organización estrambótica y complicada del Poder Real, que sería lanzarnos a la mayor confusión y desconcierto. Piénselo usted, mi general, y aguardaré hasta mañana.

—Lo he pensado bien —dijo el Caudillo dando un puñetazo en la mesa—. No puedo yo, Rafael Maroto, tirar a los pies del caballo de Espartero los derechos de don Carlos.

—Pues ya verá usted... ya verá, permítame que se lo diga, el pago que le dará don Carlos por esa transacción a la inglesa, a la protestante. Todo lo que no sea reinar él solo, con poder absoluto, brutal, le parecerá el triunfo de la revolución y de la herejía...

—iAh, lo sé!... pero yo cumplo con mi conciencia, iporra!, y hay otras personas en la familia de S. M. que no se han puesto en esa actitud intransigente por no estar dominadas por un cleriguicio loco, ni por la cáfila de parásitos... En fin, no puedo ceder en esto. Si él no cede tampoco, sea lo que Dios quiera...

—¿De modo que es cosa cerrada? ¿Puedo retirarme?

—Cerrada es... pero no se vaya usted tan pronto. Quiero obsequiarle con una copita...

Levantose Maroto; de una próxima alacena sacó botella y copas, y al dejarlas en la mesa, requiriendo después su capote, que se le caía, dijo: «Ya sé que no pierde usted ripio, y que aprovecha estas embajadas para distraerse con alguna conquistilla... Cosa muy natural... Crea usted que no se mueve la hoja en el árbol en todo este país sin que yo lo sepa.»

—Ya, ya veo que hay más polizontes que criminales, señal cierta de un estado moribundo. Pero si todo lo que su policía le cuenta es tan verdadero como mis conquistas, está usted muy mal servido, mi general.

—¿De veras? Por eso les digo yo: et sur tout, point de zéle, iporra!... Va usted a probar un vinito que me ha regalado nuestra excelsa Soberana.

—¿Cuál? Porque, según la cuenta de usted, el arreglo de reinas nos ha de resultar muy parecido a las monteras de Sancho: una reina para cada dedo.

—Ya veremos eso... Convinimos en no discutir más ese punto... Este vino me lo regaló la princesa de Beira, hoy reina de Castilla.

—Pues si usted no me riñe, bebo a la salud de Isabel II.

—Yo también, que una cosa es la galantería y otra la convicción política.

En el momento en que el general bebía, le vio Calpena tan claro, como si todo su interior gráficamente en signos externos se mostrara. El mirar vivo del carlista y su rostro inteligente se iluminaron, si así puede decirse, con la bebida, y se le transparentó el alma. Recordó don Fernando la frase que oyó a Espartero en Viana: «es muy ladino, muy ladino», y como tal se le manifestaba en la entrevista de Estella. Estrenando los puros de la caja traída por Echaide, y divagando los dos, entre humo, sobre asuntos familiares y sin importancia, formuló Calpena de este modo la situación psicológica de don Rafael Maroto en aquel instante de la historia. «Ya te veo, ya te veo claro. Hace dos días te habrías entregado a Espartero sin condiciones. No tenías fuerza; ahora, por virtud del golpe de mano de ayer, la tienes y grande; te has crecido, te sientes capaz de imponerte a don Carlos y de manejarle como a un títere. Naturalmente, ahora no te conformas con aceptar las condiciones de paz que el otro quiere poner, sino que aspiras a que él acepte las tuyas. El orgullo de tu éxito reciente te trastorna la cabeza; sueñas con obtener una victoria, que te pondría en condiciones excelentes para dictar luego los artículos del convenio de paz. Todo eso que propones referente a las ramas dinásticas y al modo de organizar el Poder Real, no es más que un expediente dilatorio. Conoces, como yo, lo disparatado de semejante idea; pero tu cálculo revela tu agudeza: mientras voy con tu mensaje y vuelvo con la negativa, te preparas, eliges una posición ventajosa, das una batalla, la ganas, destrozas el ejército de la reina, y ya eres el hombre culminante, único, que tiene en su mano la clave de los destinos de la Nación. Eso piensas, ese es el ensueño forjado por tu travesura, por tu marrullería, que no le va en zaga a la de tu rival...»

De esta meditación le sacó bruscamente don Rafael, diciéndole con picardía: «Caviloso estáis... No se devane los sesos por adivinarme, ¡porra!... Cuando vea usted a Espartero le dice que, aunque enemigos políticos, le quiero bien, y deseo darle un abrazo. Bueno. Hablemos de otra cosa. Ándese usted con cuidado con las mujeres navarras, que todo lo que tienen de bonitas lo tienen de fanáticas. Rara es la que no está afiliada en la policía, mejor dicho, en la masonería apostólica. Le venden a uno con toda la gracia del mundo.»

—Descuide usted, mi general... ya he previsto ese peligro... Y si le parece, me retiraré ya.

—Hijo, sí: yo tengo que hacer. ¿Lleva usted bien aprendida la lección?

—Tan bien aprendida que no se me olvidará ni una coma... Y por último, mi general, tengo que abusar de su bondad pidiéndole un favor en asunto completamente extraño a estas embajadas.

—Venga pronto.

—Es cosa sencillísima.

—Aunque fuese oro molido. Venga... ¿De qué se trata? Ya... De poner en libertad a un prisionero. Y yo, si usted no se enfada, le pregunto: «¿quién es ella?»

—Aquí no hay ella... En fin, cuento con su benevolencia para una obra de caridad.

—Bien, hombre, bien; me gustan a mí los caballeros caritativos. Pero le advierto que yo lo he sido demasiado, y por ello no estoy donde me corresponde, ¡porra! Pero, en fin, venga.

Expuso don Fernando su pretensión, a la que accedió gustoso el general, extendiendo de su puño y letra una orden a raja tabla, de esas que, en nuestro sistema de Gobierno, enteramente personal, tienen más fuerza que la ley. Diole el caballero las gracias; despidiéronse con vivos afectos, expresando los dos la esperanza de llegar en la próxima entrevista a una concordia lisonjera, y Calpena salió, si pesaroso por no haber obtenido ventaja en el asunto de interés político, contentísimo de su feliz éxito en el privado.

En la calle le esperaba Echaide, que le preguntó: «¿Tienes que volver...? ¿Acabatis...? ¿Nos vamos?»

—Todavía no: tengo que hacer algo aquí.

—¿Cosa de...?, vamos, por el aquel de la paz.

—Sí, hombre, por el aquel de las paces, de las benditas paces.

XXIX

Profundamente dormido halló a don Sabino en el parador, tumbado boca arriba, rígido, cruzadas las manos, el rostro ceñudo y cadavérico. Creyó por un instante que había pasado a mejor vida el infeliz; pero un suspiro y una voz gutural le convencieron de que vivía y soñaba. Un rato aguardó, por no turbar su descanso; pero al fin, obligado por la urgencia del asunto, determinose a despertarle, dándole fuertes sacudidas y voces. «No, no, Antonio Guergué —murmuraba con torpe voz el bilbaíno—. No te conozco ni te he visto en mi vida... Me estás comprometiendo... Yo no me meto en nada.» Fijando los ojos en don Fernando, le observó con asombro primero, con alegría después, viniendo por esta gradación a la realidad. Y estirando brazos y piernas en largo desperezo, dijo claramente: «¡Oh, tú!... Señor... bien... Muchas gracias... Yo bueno... ¿y en casa?»

Díjole el caballero que era un hecho la liberación de su hijo, y que se levantara y fuera al hospital para sacarle; mas tan torpe de entendederas se hallaba el desdichado señor, que no se hizo cargo de la feliz nueva, o por demasiado feliz no le daba crédito. «No habrá paz, no volveremos a ver paz... —decía—. Moriremos todos... El amigo nos engaña, y el enemigo se disfraza de amigo para vendernos. Tú, marotista, ¿qué nos traes? La libertad de cultos, y el que cada uno piense lo que quiera, haciendo mangas y capirotes del dogma sacratísimo. Esto no lo podemos admitir los creyentes. Mi amigo, llame usted a otra puerta... Con libertad de la conciencia no queremos paz... ¿Qué paz ni qué porquería? Es una paz pringada... No, no. Lo primero es el dogma, después los fueros, y luego, arréglense los reyes y príncipes como gusten para ver quién calienta el Trono... ¿Cuál es mi Soberano? Dios... Dios mi Pretendiente y mi absoluto... Esto digo.»

Y volviéndose del otro lado, cogió nueva postura para seguir durmiendo: su quebranto de huesos era enorme, su sueño atrasado de muchos días. No viendo la posibilidad de hacer comprender al desdichado bilbaíno lo perentorio del caso ni la solución tan fácilmente conseguida, decidió abandonarle a su descanso y proceder por sí mismo. Antes de dar paso alguno hubo de consultar con Echaide, el cual le aconsejó que no diese la cara en asuntos de presos liberados, ni presentase por sí mismo la orden del general. Convinieron en que Urrea desempeñaría muy bien la diligencia, y así se dispuso, personándose el guipuzcoano en el hospital, donde ninguna dificultad encontró; y al caer de la tarde, entre dos luces, viéronle entrar en el parador, trayendo a Zoilo del brazo, tan extenuado que daba dolor verle, lívido el rostro, la cabeza liada en un sucio pañuelo; flojo de piernas, trémulo de palabra; el pelo caído en algunas partes de su cráneo como si le arrancaran o se arrancara mechones; un brazo inválido, con magulladuras lastimosas; y en tan mísero estado de ropa, que las enjutas carnes se le veían por distintas claraboyas de la chaqueta y del pantalón.

Metiéronle en un cuarto alto que les proporcionó el posadero, y allí le rodearon Echaide y don Fernando, a quien al punto y sin vacilar reconoció, diciéndole: «No se me despinta, no, el caballero, aunque se ponga en esa facha... Y no he de meterme en averiguar por qué viste como viste, que eso es cosa suya y no mía...»

—¿Tienes hambre, Zoilo?

—Estoy como cuando salí de la cárcel de Miranda, desganado de rabia, y enfermo de mala suerte. Ya me creí difunto, y cuando me sacó este buen hombre creí que me llevaban a enterrar.

—Dinos una cosa. ¿Cómo te dejaste coger prisionero? ¿No te valió en aquel caso tu querer fuerte?

—Es la primera vez que me ha fallado... Pero algún día había de ser... Tanto va el cántaro...

—Eso te decía yo, y no querías creerme. No hay que fiar tanto de la suerte y del arrojo... Aprenderás ahora, y vivirás dentro de la razón... ¿No me preguntas por tu familia?

Fijó Zoilo una mirada estúpida en don Fernando, y tan solo dijo: «¡Mi familia!... ¡Qué lejos se han quedado! ¿Cuántos años hace que no sé de ellos ni ellos de mí?... ¿Se han muerto?»

—Hombre, no: todos viven y están buenos. Sosiégate, descansa, y no te descuides en tomar alimento. ¿Qué quieres?

—Agua... No, no: vino.

—Aquí lo tienes. Entona ese cuerpo.

—Y mi padre, ¿vive también?

—Como tú y como yo.

—¿Mi mujer...?

Al decirlo se le llenaron de lágrimas los ojos, y se dio un fuerte puñetazo en la rodilla, cual si quisiera rompérsela.

—Tu mujer... tan famosa... Esperándote... Recuerda los meses que han pasado desde que no te ha visto.

—Ya no se acordará de mí...

—¿Tú qué sabes? Dime otra cosa: ¿se te ha pasado la borrachera de la gloria militar?

—Sí, señor... Estuve loco... De tanto querer cosas grandes, parece que se me ha gastado el alma, y en estos días, ¿sabe usted lo que quería?: morirme.

—¿Y esperabas ver a tu mujer en el cielo?

—En el cielo, sí; ¿pues dónde había de verla si yo me moría...? Digo la verdad, señor: no me cabe en la cabeza que mi mujer esté en la tierra.

—Pues en la tierra está. Procura reponerte, y la verás pronto, y de ella no te separarás en lo que te reste de vida.

Rompió de nuevo en llanto, y Calpena, para curarle la aflicción, que parecía un achaque hereditario, le administró comida, un par de huevos, un pedazo de carne. No recibió con repugnancia la medicina el bruto de Luchu, y a la media hora de este tratamiento ya era otro. La locuacidad se despertó en él, y cuando su amigo le hablaba de Aura, el contento daba rosados tintes a su rostro demacrado, luz a sus ojos. Queriendo activar la reparación psicológica, ya que la física iba por buen camino, llevole don Fernando a otros asuntos muy apartados del familiar y doméstico que tan hondamente le convenía. Pedido informe de las operaciones de Zurbano en el tiempo que no se habían visto, refirió Zoilo, no sin trabajo, en cláusulas entrecortadas, la campaña laboriosa en los montes de Bedaya, la arriesgada correría por Treviño y valle de Cuartango, la defensa gloriosa de Subijana, la acción indecisa, sangrienta cual ninguna, de Avechuco, en la que tuvo la desgracia de caer prisionero; agregó sus desdichas en el largo via crucis hasta Estella, donde le tuvieron trabajando más de un mes en las fortificaciones de Santo Domingo, con hambre y palos, hasta que, acometido de unas terribles calenturas, se vio luengos días entre la vida y la muerte. Concluido su relato, comió con más gana, y le mandaron acostarse. En los aposentos de abajo continuaba don Sabino en su reparador sueño, empalmando una noche con otra.

En tanto, preparaban los arrieros su salida, señalada para el día siguiente; al amanecer subió don Fernando al cuarto de Zoilo, y hallándole despierto, bastante aliviado de su postración, y con los espíritus en buena conformidad, no quiso dilatar el darle conocimiento de lo que creía más interesante. «Hola, Zoiluchu, parece que vamos bien. Con un par de días en tu casa, al lado de tu mujer, te pondrás como un roble. En tu familia, te lo aseguro, encontrarás una novedad, una estupenda novedad.»

—¿Mala o buena? No me encoja el corazón más de lo que lo tengo.

—Hombre, no: si quiero ensanchártelo. Necesitas ahora querer más de lo que querías, amar más de lo que amabas.

—¿Más? Imposible. Si mi mujer está buena y no me recibe con despego, soy feliz.

—Está totalmente buena, curada para siempre con una medicina que le ha dado Dios. ¿No caes en ello, bárbaro? ¿A qué pones esa cara estúpida?... ¿No se te ha ocurrido que en los dieciséis meses que has faltado de tu casa, ya por tus borracheras de gloria, ya por el castigo que Dios ha dado a tu orgullo; no se te ha ocurrido, pedazo de alcornoque, que en tan largo tiempo podían ocurrir novedades en tu familia?

—Sí, señor... pensaba yo... lo vengo pensando desde que estábamos frente a Peñacerrada.

—¿Qué?

—Que mi mujer...

—Sí, hombre; tienes un hijo... Has vivido dieciséis meses soñando, y en tanto tu mujer, buena parroquiana de la naturaleza y de la realidad, ha sabido cumplir sus deberes de esposa. En Durango la tienes hecha una madraza...

—¡Don Fernando! —exclamó Zoilo cerrando los puños—. No gaste conmigo esas bromas. ¡Mire que...!

—¡Broma que tú seas padre! ¿Pues para qué te has casado, animal?

—Para eso.

—Justamente, para eso.

—Pues allí tienes, en Durango, a tu cara mitad loca con su hijo, digo, loca no, cuerda, enteramente cuerda y bien curada de sus arrechuchos, y esperándote, esperándote, hombre, para que seas feliz con ella y con el crío...

—¡Don Fernando, mire que...!

—La edad del chiquillo no la sé seguramente; solo me consta que es rollizo, guapote, y como tú, querencioso de vivir. ¿Qué? ¿No lo crees? Pues en Estella está tu padre, que no me dejará mentir. ¿Tampoco crees que está aquí tu padre? ¿Y si te le presento antes de diez minutos? Aguárdame.

Salió don Fernando, dejándole en tal confusión, que no sabía el hombre si tirarse al suelo, o coger el techo con las manos. No tardó en volver el caballero con don Sabino, al cual agarraba por un brazo para tirar de él, ayudándole a vencer los empinados peldaños. Al entrar en el cuarto, el viejo Arratia decía: «¿Cómo cinco meses? Siete meses y seis días, si usted no manda otra cosa, pues nació mi nieto el 13 de julio, día de San Anacleto, papa, y de San Salutario, mártir.»

El encuentro de hijo y padre fue tan solemne y patético como si cada cual viese al otro resucitado. Se abrazaron, y don Sabino inundó a Zoilo con el raudal de su llanto salido de madre. Al hijo le faltó poco para perder el conocimiento, de la fuerza de la emoción, y viendo confirmada la noticia de su paternidad y de la mental reparación de Aurora, entregose a una alegría delirante y como fantástica: primero se colgó de una viga del techo, al cual alcanzaba puesto de pie en la cama; hizo allí varias suertes acrobáticas de singular mérito, y después se lanzó a gran distancia, andando un trecho con las manos, las patas en el aire.

«Nada tengo que hacer aquí —dijo don Fernando—, y me voy. Pueden descansar hijo y padre en este mesón el tiempo que les convenga.»

—¡Descansar! —exclamó don Sabino aleteando con los brazos, como si le contagiase el frenesí gimnástico de su hijo—. Nos iremos a escape, si el marotismo, que es ahora el amo, nos proporciona un salvoconducto.

Recibiendo de manos de Calpena el pasaporte en toda regla, hijo y padre se abrazaron de nuevo. Don Sabino, que creía en los milagros pasados, pero no en los presentes, amplió su fe milagrera, declarando prodigiosas y sobrehumanas las felicidades que llovían sobre él. Mayor fue su asombro, que hubo de traducirse en religioso entusiasmo, cuando el posadero le notificó que podía disponer de un mulo y un borrico, sin ningún estipendio, con la sola obligación de entregarlos en Durango en el punto que se les designaba. Dinero para el viaje también les fue suministrado, lo que les vino de perillas, pues Zoilo no tenía blanca, y la bolsa de don Sabino había venido a una flaqueza casi equivalente al vacío. Prorrumpió el vizcaíno en exclamaciones bíblicas con solemne acento, que fue de gran edificación en la posada. «Señor, no hay lengua que entone tus alabanzas... Tu mano desciende a nuestro muladar, y henos aquí vestidos de luz... En tu misericordia con estos tristes, veo la señal de que envías la paz al mundo. Glorifiquemos a Jehová paternal, a Jehová pacífico... ¡Hosanna!... ¡Bendita sea tu paz, Señor, que ha de venir sin libertad de cultos ni libertad de la imprenta!... ¡hosanna!»

En la exaltación de su júbilo, llegó a creer Sabino que el misterioso arriero bienhechor no era persona de este mundo, sino un ángel tiznado, un ordinario celestial que traía encargos del cielo para repartir entre los mortales, preparando el reinado de la paz. Aparte hizo don Fernando a Zoilo advertencias muy oportunas, dictadas por un prudente recelo. «Chico, no hagas la tontería de decir a tu padre quién soy.»

—Comprendido... No debe saberlo... ¿De modo que el señor don Fernando se ha muerto?

—O se ha casado, que es lo mismo.

—Bien, hombre, bien... Déme usted otro abrazo... ¡Qué gusto! ¿Y cuántos hijos tiene ya?

—¡Hombre, todavía...!

—Es verdad... Todavía es pronto. Pero tendrá muchos... Como yo.

—Sí... Muchísimos. Procura tú largar uno cada año... Vaya, adiós. Yo tengo prisa.

Y al partir, dejándoles en disposición de hacer lo propio, sintió la tristeza que acompaña al acto de enterrar un muerto querido. Sobre una parte principalísima de su existencia ponía la losa con epitafio harto breve: Aquí yace... Las letras borrosas, ilegibles, que decían y no decían un nombre, parecían sepultar más lo sepultado, y ponerlo más hondo, y hacerlo más muerto.

XXX

Sin tropiezo ni accidente alguno llegaron los cuatro asendereados hombres a Logroño, y la primera diligencia de Echaide fue dar aviso al general para saber si era su gusto recibir al embajador en la Fombera o en otra parte. La contestación fue que el caballero podía despintarse ya, soltar el disfraz, presentándose en el palacio de la plazuela de San Agustín lo más pronto posible. Toda una tarde y parte de la mañana siguiente empleó don Fernando en la tarea de volver de aquel estado rústico al de persona fina, pues tan dura era la costra de su figurada barbarie, que para romperla y rasparla fueron menester muchas aguas y restregones muy fuertes. Por fin, restaurado el hombre, entró muy satisfecho en la casa de sus nobles amigos. Después de una corta espera en el billar, tuvo el gozo de ofrecer sus respetos a Doña Jacinta, que le encontró muy negro, quemado del Sol y de los aires fríos; pero con aspecto de salud y robustez. Diole las cartas de su madre que allí le aguardaban, y comprometiéndole para la comida de aquel día, se retiró para que leyera. Así lo hizo, primero repasando los plieguecillos con avidez, luego despacio y enterándose de todo. El caballero se sentía dichoso, y no se contentaba con echar a volar el pensamiento hacia Medina de Pomar: quería irse todo entero y descansar de tantas fatigas junto a la persona que más amaba en el mundo.

Hasta la hora de comer no vio a Espartero, que aquel día tuvo tarea larga en su despacho. Le saludó muy afectuoso, presentándole después al jefe político interino de Logroño, don Joaquín Berrueta, a quien debía el general su conocimiento con el arriero Echaide. Probablemente aquel señor estaría en el secreto; pero no hablaron sílaba de tal asunto. Los convidados, a más de Berrueta y de Fernando, eran Pepe Concha y don Leopoldo O'Donnell. Nunca estuvo don Baldomero tan impaciente porque la comida acabase pronto: saltaba en su asiento; miraba con inquietud el traer y llevar de platos. Por fin, escaldándose vivo con el café, que tomó muy caliente, se levantó y dijo: «¡Qué calor hace aquí! Venga usted, don Fernando.» En el próximo billar, donde se cruzaron con el criado que traía el braserillo para encender los cigarros, dieron lumbre a los suyos, y por una escalerilla de piedra que en dicha pieza existía bajaron al jardín, como de treinta varas en cuadro, poblado de corpulentos árboles con una fuente en el centro. Paseándose en la parte más asoleada, dio cuenta Calpena de su segunda entrevista con Maroto, y ello fue motivo para que el de Luchana montara en cólera y dijese: «Toda esa componenda de reyes y príncipes es una farsa. Lo mismo le importan a él las ventajas que puede obtener la familia de don Carlos que la carabina de Ambrosio... Lo que quiere es confundirme, acabarme la paciencia... Pero ya, vera quién es Baldomero Espartero.»

Pedida venia por don Fernando para exponer el juicio que había formado de la situación psicológica del caudillo faccioso en el momento de la entrevista, trazó la figura moral e intelectual completa, tal y como él la había visto. La cara de Espartero revelaba su conformidad con el retrato, en que veía una obra maestra de observación penetrante. «Es usted —le dijo cariñoso—, un gran conocedor del corazón humano, y podía dedicarse a escribir Historia. Me trae usted un Maroto vivo con el pensamiento pintado en la cara. Es cierto, sí... Este es el hombre. Se ha ensoberbecido con el golpe de Estella; pretende ahora tener un chiripón a mi costa, y si lo consiguiera podría dictar a su gusto la paz, esa paz con fueros de un lado, y de otro la caterva de príncipes consortes y de reinas viudas... Dejémosle en esa ilusión, para que el trastazo que le voy a dar le coja en el Limbo... ¡Pobre Maroto!... En fin, vámonos arriba. Esta noche venga usted a cenar, y seguiremos charlando.

De lo que hablaron en la cena, pudo colegir don Fernando que el ejército del Norte se ponía en marcha. Dadas las órdenes aquella noche, oyose de madrugada el trompeteo de la caballería. Los jefes que mandaban tropas acantonadas en los pueblos a lo largo del Ebro, entre Logroño y Miranda, salieron también. Hablando con Espartero, Calpena se aventuró a decirle: «Mi general, por la dirección de las tropas, el traslado será en el ala izquierda y líneas de Balmaseda, plan felicísimo para mí si me permite acompañarle.»

—No le permito, sino que le mando venir conmigo. Falta la mejor parte de la misión, caballero don Fernando, la más delicada y difícil. En premio de sus buenos servicios, le llevo a ver a su madre. No crea usted que la sorprenderá... Ya lo sabe... ya le espera. Tienen las mujeres una policía y un espionaje que vale un mundo. Si quiere usted adelantarse, váyase con Ribero, que llegará antes que yo.

Gozoso replicó el caballero que, a pesar de su vivísimo afán de llegar pronto, prefería seguir al Cuartel general. Despidiose de Doña Jacinta y de

Vicentita con vivos afectos, así como de todas las personas con quienes había hecho amistad en la casa. Sentía un inmenso regocijo, y se creyó compensado de tantos afanes y sufrimientos con las alegrías de aquella marcha en dirección de sus amores. Medina de Pomar, Villarcayo, se le presentaban luminosos, como estrellas refulgentes marcando la meta de su destino, y hacia la derecha del sendero distinguían también un resplandor lejano sobre las lomas de la Rioja alavesa. Alguna luz brillaba constante, inextinguible, del lado de La Guardia.

No habían llegado aún a Fuenmayor, cuando topó con su amigo Ibero, que de la brigada de Zurbano había pasado a la división de Alcalá, con adelanto considerable en su carrera, pues era ya primer comandante con grado de teniente coronel, y mandaba el segundo batallón de Luchana.

En cuanto se vieron, concertaron el ir juntos en las marchas. Ibero se manifestó a don Fernando muy orgulloso de sus éxitos recientes, y al compás de los adelantos de jerarquía iba creciendo su entusiasmo por la Libertad y el Progreso, ideales hermosos, que exigían el sacrificio de cuanto existe en el hombre, menos el honor. Tan penetrado se hallaba el valiente Ibero de estas ideas, que no vaciló en confiar a su amigo la repugnancia de que terminara la guerra por tratos y componendas con los facciosos, reconociéndoles grados, e igualándoles con los que habían derramado su sangre por Isabel. Esto era inconveniente, indecoroso, inmoral; hacer concesiones al retroceso era reconocerle como un Estado. Transigir con él era una declaración de impotencia. No, no mil veces: los soldados de la Libertad debían perecer antes que terminar la campaña por otro medio que el hierro y el fuego. Si se quería establecer una paz durable, era forzoso descuajar el carlismo, y abrasar toda semilla, para que ningún tiempo ni ocasión pudiera germinar de nuevo. Con los elementos que a la sazón poseía la Libertad, debía emprenderse la extinción completa, radical, de aquel bando execrable que pretendía implantar el despotismo asiático, la superstición y la barbarie. «Que en todo el siglo y en los siglos que sigan no se oiga hablar más de Pretendientes, ni de clérigos salteadores, ni de fanatismo, ni de estas antiguallas odiosas. Como así no se acabe, como solo nos contentemos con cortar al monstruo una de sus cabezas, y luego le demos de comer por las bocas que le queden, no conseguiremos nada, y la Libertad morirá con vilipendio, amigo mío. Esto pienso, esto aseguro, y mientras viva pensaré lo propio, a fe de Santiago Ibero.»

No dejaron de producir efecto en el ánimo y en la inteligencia de don Fernando las razones de su amigo. Pero se apresuró a rebatirlas con suavidad, haciéndole ver que el carlismo era una fuerza social, difícil de destruir. La fatalidad había traído a esta pobre Nación a un dualismo que sería manantial inagotable de desdichas por larguísimo tiempo. La idea absolutista, la intransigencia religiosa hallábanse tan hondamente incrustadas en los cerebros y en los corazones de una gran parte de los hijos de España, que era ceguedad creer que podrían ser extirpadas de un tirón. Dios había sido poco benigno con España, poniéndola en manos del mayor monstruo de la historia, Fernando VII, que sobre ser déspota sin talento, no supo establecer con firme base la sucesión a la Corona. La herencia de este hombre funesto había de ser insufrible carga para la Nación; su testamento ponía los pelos de punta. Dejaba a su país un semillero de guerras, discordancias irreductibles entre los españoles, un Estado siempre débil, una Monarquía fundada en la conveniencia antes que en el amor de los pueblos, una religión formulista, una paz armada, métodos de gobierno con carácter provisional, como si nunca se supieran las necesidades que habían de traer el día de mañana. ¿Era conveniente la transacción, aun siendo mala cosa? Sí, porque con ella, si España no mejoraba, al menos viviría, y los pueblos rehúsan la muerte aún más que las personas. Si no fueron estas las razones que a las de su amigo opuso Calpena, debieron de ser muy parecidas. Una y otra vez, en el curso de la marcha, hablaron del mismo asunto, abominando el uno de los arreglos, y defendiéndolos el otro como el médico que aplica los calmantes en un incurable mal.

A los cuatro días de la salida de Logroño, llegaban a las tierras altas de Burgos, y Calpena, con permiso del general, se dirigió a Medina, donde tuvo la inefable dicha de abrazar a su madre y a los Maltaras, que en aquella villa y en el palacio de la condesa habían buscado refugio. Todo habría sido venturas para el caballero sin la pena de ver a la niña mayor atacada de la pícara dolencia pulmonar constitutiva en los hijos de Valvanera, y a uno de los pequeños enflaquecido y transparentado como si la tierra le reclamase. Para colmo de infortunio, el insigne don Beltrán, perdido de la vista, había caído en gran tristeza y abatimiento, que agriaba su carácter y le despojaba de las amenidades que embellecían su trato. No se conformaba el buen aristócrata con aquel bajón impuesto por su naturaleza ya gastada y caduca; protestaba, quería suplir las fuerzas corporales con energías de concepto y alardes de temeridad, y don Fernando agotaba su ingenio para producir en él una dulce componenda entre la esperanza y la resignación. En cambio, encontró a don Pedro bastante fuerte, sin nuevas amenazas de la dolencia que le postró en Vitoria, muy bien adaptado a la cómoda existencia de capellán palatino. La condesa gozaba, según dijo, de una salud perfecta, como nunca la disfrutó, y se animaba grandemente viendo su casa tan bien poblada de amigos cariñosos. Todo lo regía y gobernaba con actividad casera, cuidando de que sus numerosos huéspedes estuviesen contentos y los enfermos atendidos como en su propia casa. Con ella se franqueó el hijo en secretas conversaciones, refiriéndole sus embajadas, y comentando los dos el probable giro de aquel negocio, según lo que resultara de la campaña emprendida. El último esfuerzo de Marte traería la paz, dando este nombre a un armisticio de algunos años o lustros. Los que vivieran mucho verían extrañas cosas. Y como ante todo ansiaba ver don Fernando la grande empresa de Espartero y su gente ante las líneas de Ramales, una vez consagrados tres días a las más puras satisfacciones de su espíritu, abandonó las ociosas alegrías junto a su madre, para meterse en el fiero trajín de la guerra.

XXXI

Cerca de Agüera encontró don Fernando al coronel inglés Wilde, a quien había conocido en Logroño. Comisionado por el Gobierno de su país para estudiar la guerra, habíala seguido en todos sus accidentes desde Peñacerrada, compartiendo las fatigas y aun los peligros de nuestros soldados. Era persona muy simpática, instruida, de finísimo trato, y habiéndose propuesto con tenacidad sajona dominar la lengua de Castilla, andaba ya muy cerca de conseguirlo sin perder su nativo acento. Con él iba un capitán de la misma nación, que no había podido vencer aún, por el corto tiempo que llevaba en España, las dificultades elementales de nuestro idioma, y lo destrozaba graciosamente sin miedo al disparate, ávido de aprender, como se aprenden todas las cosas: errando. Ingleses y españoles celebraban la ocasión que les unía, y se concertaron para presenciar juntos las peripecias de la campaña de Occidente, como decía Wilde. Formando un cuerpecillo militar de siete hombres (con el criado de Calpena y los ordenanzas que el general había puesto al servicio de los extranjeros), se colaron en el teatro de la guerra, y su primer paso fue aproximarse a don Leopoldo O'Donnell, que había sucedido a Van-Halen en el cargo de jefe de Estado mayor. Causaba espanto ver las posiciones ocupadas por los carlistas en los montes que rodean a Ramales y Guardamino; imposible parecía que de tales alturas pudiera ser desalojado un enemigo intrépido, que con tiempo supo plantarse allí, al amparo de rocas ingentes. Allí el arte militar semejaba al instinto guerrero de las bestias feroces. Hablando los ingleses con O'Donnell, que por la pinta y la seriedad flemática parecía más inglés que ellos, dijéronle: «¿Pero están ustedes seguros de poder ganar esos picachos, si en ellos los lobos tendrán que mirar dónde ponen la pata?»

—No estamos seguros de llegar arriba, coronel —replicó don Leopoldo con la sonrisa que ponía en sus labios, así para los dichos triviales como para los que precedían a los grandes hechos—; pero subiremos hasta donde humanamente se pueda. Mis soldados no miden los caminos con la vista, sino con los pies, y no se hacen cargo de los peligros sino después de estar en ellos.

—Los que hemos visto la subida de Banderas —indicó don Fernando—, estamos curados de asombro.

—Lloverán piedras seguramente —quiso decir el capitán inglés mezclando de un modo pintoresco las hablas española y británica—. La ventaja del enemigo es que no necesita gastar pólvora ni proyectiles.

—Eso lo veremos —dijo don Leopoldo—. Señores, con Dios. No puedo entretenerme.

—General, a sus órdenes. ¡Gloria a Dios en las alturas!

—Y paz en la tierra, etc. ¿La paz dónde está?

—Donde menos se piensa... Aquí.

Siguieron faldeando el cerro, y a cada paso encontraban fuerzas acantonadas. Se había dispuesto que la división del general Castañeda con las tropas de O'Donnell disputara a los carlistas las alturas del Moro y el Mazo, empresa que parecía fabulosa. Toda la tarde de aquel día la empleó la partidilla hispano-inglesa en enterarse de las posiciones del ejército constitucional: Ribero, con la Guardia, hallábase en la loma de Ubal, en observación de Maroto, que ocupaba el valle de Carranza. A Espartero no pudieron verle; pero se aproximaron a sus avanzadas en el camino de Ramales a Lanestosa. Pasaron la noche en la falda de Ubal, entre oficiales del 3.º de la Guardia, y al amanecer del día siguiente, 27 de abril, salieron en la dirección que se les indicó como más conveniente para encontrar a O'Donnell; pero no lograron su propósito, pues el que Wilde llamaba el gran irlandés habíase remontado en la vertiente de la peña del Moro hasta una altura en que era muy difícil alcanzarle ya. El tiroteo que desde las ocho empezó por diferentes puntos obligoles a buscar algún abrigo: procuraron guarecerse de las balas, ya que no podían hacerlo de la lluvia de piedras. En una y otra eminencia, el Moro y el Mazo, el vigoroso ataque subiendo era un prodigio de agilidad y serena bravura. La roca erizada de picos, ofreciendo a cada paso accidentes difíciles de franquear, cortaduras, grietas, cresterías inabordables, centuplicaba las fuerzas absolutistas y disminuía las liberales. Pero lo inverosímil se hizo verdadero poco después del mediodía. Castor Andéchaga y Simón de la Torre no supieron sacar partido de sus admirables posiciones, y se las dejaron quitar, cumpliendo con una resistencia formal de dos horas. ¿Qué fue? ¿Cansancio, escepticismo, deseos de acelerar el desenlace que preveían y deseaban? Aun admitida esta causa del desfallecimiento de los facciosos, siempre era grande el mérito de los soldados de Isabel, que treparon por aquella escalera de piedras cortantes, con un precipicio en cada peldaño.

Faltaba un hueso muy duro que roer, pues los demonios de la facción habían fortificado una cueva que dominaba el camino entre Lanestosa y Ramales. Una pieza de a cuatro, que disparaban con metralla, era el monstruo de aquella caverna, apostado en su boca.

Allí no escapaban hombres ni ratas. Alentado don Baldomero por la toma de las alturas del Moro y el Mazo, decidió apoderarse de la cueva, y embocando hacia ella ocho piezas de artillería, que fueron como otros tantos perros que atacaron al monstruo, y soltándole además de lo más granado de la tercera división, hizo polvo al guardián formidable. Día bien aprovechado fue aquel: Espartero debió marcarlo con piedra blanca, pues entre Sol y Sol, peleándose con las montañas más que con los hombres, disputó y obtuvo los baluartes que convertían en gigantes a sus poseedores. Con esto les hizo pigmeos, y él adquiría una talla que le igualó a la que había sido enemiga y era ya su aliada, la Naturaleza.

No pudieron los ingleses, con su agregado español, presenciar el ataque a la cueva, porque cuando llegaron al Cuartel general ya estaba todo concluido; pero lo oyeron relatar a Echagüe, capitán de Guías del general, y a un oficial de artillería, Osma, ambos partícipes de la gloria de aquella jornada. Al anochecer acompañaron a los vencedores a la cima de Ubal, donde Espartero mandó construir un reducto, cuyos trabajos se emprendieron sin dilación, alardeando todos de incansable actividad. Favoreciales una noche espléndida, que en aquellas alturas, dominando valles y montes, era de una majestad y belleza incomparables. En amenas pláticas la pasó don Fernando con sus amigos Echagüe y Dulce, pronosticando glorias y venturas, brillantes acciones de guerra, precursoras de una dichosa paz. Al día siguiente bajó con los ingleses a Bolaiz, visitaron la famosa cueva, hicieron alto en todos los puntos donde encontraban oficiales conocidos, aquí Gándara, allí Linaje y Urbina. En Los Valles ofrecieron sus respetos al general jefe, a quien hallaron contento, en estado de excelente salud, disponiéndose a embestir y ganar los fuertes de Ramales y Guardamino, con lo cual les aventaría (era su expresión habitual), obligándoles a replegarse a las guaridas de Vizcaya y Guipúzcoa.

A su amigo Ibero le encontró Calpena un tanto melancólico por no haber entrado en fuego en los combates del 27. Era de los que cuando no pelean, viendo pelear a sus compañeros, se juzgan ofendidos y hasta cierto punto despojados de lo que les pertenece. Hablando de esto y de las próximas luchas, las conversaciones venían a parar en cálculos diversos sobre lo que haría Maroto con sus veinticuatro batallones apostados en el valle de Carranza. ¿Aceptaría el reto de su grande enemigo? En la previsión de que se presentase por Gibaja, reforzó Espartero el extremo de su ala izquierda, tomando posiciones y fortificándolas bajo el fuego de las guerrillas enemigas.

En los primeros días de marzo rompieron fuego las baterías contra Ramales, y avanzaron los batallones. No fue todo a pedir de boca, que algunos cuerpos retrocedieron, aunque sin desorden, y lo que se ganaba en una hora en otra se perdía. Pero a media tarde, los defensores del fuerte, viéndose amenazados por diferentes puntos y desmontada la artillería, se retiraron precipitadamente a Guardamino, situación más áspera, más defendida de la Naturaleza, y allí se encastillaron con la seguridad de que el hueso era de los que no podían roer los liberales sin dejarse en ellos los dientes. Ya se vería esto.

En efecto: no era blando el hueso, y dos días estuvo Espartero bregando con él sin obtener grandes ventajas. Pero el día 11, cargado ya el hombre de perder soldados, y movido de su valor impaciente, que no admitía largas dilaciones para satisfacer su anhelo, dispuso un ataque simultáneo contra todos los puntos en que presentaba el enemigo mayor resistencia, y con sus intrépidos Guías, el 2.º de Luchana y la escolta, dio una de esas cargas que hacen memoria en los fastos militares. El mismo peligro corría don Baldomero que el último de sus soldados, pues el avance fue a la desfilada, bajo el fuego mortífero de los fuertes y de las trincheras abiertas por los carlistas en montes altísimos, que en algunos pasos ofrecían una verticalidad aterradora. Electrizados por la presencia y la actitud arrogante del Caudillo, los soldados avanzaban husmeando la victoria, gozándola antes de obtenerla. Algunos caían, es verdad; pero los más andaban bien derechos. En lo mejor de la marcha, vio Espartero que una compañía bajaba en retirada; pero con unas cuantas voces, que si en otra ocasión podían ser innobles, en aquella eran la más gallarda de las imprecaciones poéticas, les obligó

184

a volver caras. Adelante todo el mundo, sin miedo a la muerte; que allí no había que pensar en cosas tristes, sino en la grande alegría de arrojar al enemigo al otro lado de los montes, a la corriente del Cadagua... Adelante, pues, y vengan balas. Llegaron a un punto en que la desigualdad del terreno no permitía funcionar a la caballería. Los individuos de la escolta pidieron permiso para desmontarse y acometer a pie los parapetos desde donde los facciosos les abrasaban a tiros. Fue concedido el permiso, que Espartero no negaba nunca para los actos de temeridad loca. Los jinetes sin caballos no pudieron tomar a la primera embestida los parapetos; pero su ejemplo enardeció a los menos decididos, su locura se comunicó a los más sensatos, y a la segunda embestida los carlistas abandonaron la indomable almena natural en que peleaban. En tanto, Linaje les daba un fuerte achuchón por la parte de Gibaja, y viéndose amenazados por el flanco, se retiraron de todo el monte, quedando Guardamino entregado a su propia fuerza. Mas era por naturaleza tan robusto, que a la intimación de Espartero para que se rindiese, contestó con un no redondo y procaz.

Era ya cuestión de tiempo y paciencia el someter a tan fiero gigante, emplazando en las alturas toda la artillería de que Espartero podía disponer, y haciendo polvo con cañoneo constante la armadura de roca que el coloso vestía. Incansables, comenzaron por la noche la operación de subir las piezas; pero al amanecer del 12, hallándose el general en una ermita desmantelada donde pasó la noche, sin otro alimento que un pedazo de pan y un chorizo que llevaba en sus pistoleras, por cama la dura peña, por descanso la impaciencia ansiosa, recibió un parlamentario de Maroto con las condiciones para rendir el fuerte. Proponía que la brava guarnición de Guardamino, prisionera de guerra, fuese canjeada por igual número de liberales que los carlistas tenían en sus depósitos. Invocaba Maroto la humanidad, y por humanidad accedió don Baldomero a lo que su rival le pedía. Todo el día duró el ir y venir de parlamentarios desde Carranza a la ermita, porque el gobernador del fuerte no quiso rendirse sin que su general se lo ordenase directamente; pero al fin ello se arregló, y las comunicaciones mediadas entre ambos caudillos fueron afectuosas por todo extremo. Entregose, pues, Guardamino con su artillería, municiones, pertrechos y víveres. Los rendidos fueron inmediatamente enviados al cuartel de Maroto, que no tardó en pagar la carne facciosa con igual peso y medida de carne liberal. Alardearon uno y otro de hidalguía y generosidad. La victoria de Espartero fue de las más grandes que obtuvo en su gloriosa vida. En la elocuente orden del día que dio a las tropas les dijo: «El enemigo no quiso aceptar vuestro reto para una batalla general. Encastillado en sus formidables posiciones, allí quería que se estrellase vuestro arrojo. Allí os conduje. Allí vencimos. Allí completamos su ignominia.»

XXXII

La brillante hazaña de Espartero sobre Guardamino fue presenciada por los caballeros de la trinca anglo-española. Marcharon en la retaguardia de la escolta, de tal modo fascinados, que no advirtieron el peligro hasta que no se hallaron en la imposibilidad de evitarlo. Tuvieron la suerte de salir ilesos, con excepción de Urrea, que recibió un balazo en el muslo, sin que le tocara el hueso. Perdió alguna sangre, continuó a caballo, y al fin de la jornada le curó veterinariamente un práctico del escuadrón. Hasta el día 13 no tuvo Calpena noticias de Ibero, que había sabido hartarse del manjar de su gusto: peligro, temeridad, gloria. Entre él con los de Luchana, y Echagüe con los Guías, habían tomado los parapetos que decidieron la victoria... El hombre no cabía en su pellejo. No quería grados, no buscaba recompensas. Bastábale el gozo de haber empujado a la Libertad hacia las altas cimas donde debía tener su asiento, de haber arrojado hacia los valles cenagosos al monstruo del oscurantismo.

Maroto se internó en Vizcaya; Espartero, fijando en Ramales su Cuartel general, dio descanso a sus tropas antes de emprender la ocupación del país vasco-navarro, contando con el desaliento del enemigo y con la descomposición y ruina de su antes poderosa unidad. Pasado el temporal de agua que en lo restante de abril y principios de mayo entorpeció los movimientos, avanzó el ejército cristino hacia Orduña, que fue ocupada sin disparar un tiro. Con pretexto de tratar de un nuevo canje de prisioneros, envió el de Luchana a su rival un parlamentario, al cual acompañaban el coronel Wilde, encargado por su Gobierno de hacer cumplir el convenio Elliot, y dos o tres personas más, afectas al servicio del militar extranjero. Recibioles Maroto un tanto displicente. Expuso el parlamentario, brigadier Campillo, lo referente al canje; el inglés hizo presente su propósito de trasladarse a Tolosa para someter al elevado criterio del Rey los deseos del Gabinete británico, inspirados en sentimientos de humanidad y justicia; disuadioles Maroto de esta idea, brindándose a dar cumplimiento por sí mismo al convenio Elliot, pues poder y autoridad tenía para ello; y una vez retirados de su presencia los mensajeros con sus respectivos secretarios, mandó recado al caballero español que en calidad de intérprete al coronel Wilde acompañaba. Encerrándose con él a media noche en la destartalada estancia del caserón donde tenía su alojamiento, solos, sin más luz que la del candil que alumbraba un cuadro negro de las ánimas del Purgatorio, hablaron lo que a renglón seguido con la posible fidelidad se reproduce:

«He leído la carta de Espartero que usted me trajo —dijo Maroto, paseándose, las manos en los bolsillos—, y empiezo por decirle que no me parece bien el abandono del disfraz, ¡porra!... Aunque me sea muy grato verle a usted en su porte de caballero distinguido y llamarle por su verdadero nombre... Pero no es prudente, no. Estamos, estoy rodeado de espías infames... Tome usted asiento.»

—No tema usted por mí, general —dijo Calpena, siguiendo a Maroto en su paseo—: yo sabré guardarme... y vamos al asunto.

—Pues al asunto. Veo que su jefe de usted está bien enterado como yo de las intrigas de los apostólicos contra mí.

—Europa entera conoce la rabia vengativa y el furor venenoso de ese bando que, aun después de vencido, se revuelve contra el hombre fuerte que le apartó del Rey...

—Todos los que don Carlos desterró por exigencia mía... Naturalmente, tuve que cuadrarme... plantear la cuestión en el terreno de la dignidad: O ellos o yo, ¡porra!... pues todos aquellos que eran la perdición y el descrédito de la Causa, en la frontera trabajan contra mí, con mil enredos y calumnias... Lo que yo digo: no necesitan volver a ganar el corazón del Rey, porque lo tienen bien ganado. Carlos V les ama y a mí me detesta. Eso lo sé, lo he visto muy claro. S. M. Cedió a mi exigencia, porque no tenía corazón para resistirme. Yo apelaba a su dignidad, a su conveniencia, y a falta de estas, encontré su miedo... Pero el miedo aplaza, no resuelve. Estamos lo mismo: el Rey no se apea ni se apeará del burro de su intransigencia apostólica y absolutista... ¿Y sabe usted que ese danzante de Arias Teijeiro, en vez de largarse a Francia como el Rey le ordenó, se fue al Maestrazgo? Allá le tiene usted reconciliado con Cala, a quien acusó de venal, y partiendo un piñón con Cabrera. Entre todos arman grandes tramoyas contra mí. Nada conseguirán mientras yo tenga junto al Rey a mi gran aliado, el miedo; pero el día en que S. M. Se recobre del susto que le di, y apoyado se vea por los brutos, que así califican a la fidelidad, perderé mi mando, y creo que la vida con él...

—La situación de usted, mi general, es harto difícil. Las circunstancias, los hechos, con su lógica incontrastable, imponen a todos la paz...

—La paz... Venga pronto, si ha de ser honrosa, como yo puedo admitirla y proponerla... Sentémonos, señor mío... Y ahora que me acuerdo. Felicite usted en mi nombre a Espartero por el nuevo título que le ha concedido su reina: duque de la Victoria... Es hermoso, y hasta cierto punto me lo debe a mí. No debe olvidar que le abandoné voluntariamente las posiciones de Ramales y Guardamino, por evitar el derramamiento de sangre...

—Me permitirá usted, mi general, que no exprese ninguna opinión sobre los hechos militares del pasado mes... Y no es porque no los conozca; que observé al ejército en todos sus movimientos, y seguí al duque en su prodigiosa marcha sobre Guardamino.

—El fuerte hubiera resistido mucho tiempo. Se rindió porque yo se lo ordené.

—Cierto; pero...

—Pero... No discutamos. Solo digo que el título de duque de la Victoria en gran parte me lo debe a mí don Baldomero, ¡porra!... Reconozco que es un militar valiente y un hombre honrado, que desea el bien de su patria... Yo también, ¡porra!, yo, sin llamarme duque, quiero la felicidad de España.

Nervioso y exaltado, Maroto se levantó a poco de sentarse, diciendo con fuertes voces:

«Y me hará el favor de advertir a su jefe que no me mande parlamentario militar, so color de canje de prisioneros. Esto me compromete, ¡porra! No tardan mis enemigos en llevar el soplo a Tolosa... Que si andamos en arreglos, que si vendo al Rey... No, no quiero parlamentarios. Siempre que llega uno, tengo que dar a mi ejército una orden del día echando sapos y culebras... ¡porra!... para disimular el mal efecto... Y vamos al asunto.»

—La ingratitud del Rey es tan manifiesta, lo mismo que su tenacidad en sostener el retroceso y la barbarie, que no insistirá usted, así lo creo, en las condiciones que me manifestó en Estella referentes a la familia Real.

—No, no insisto en ello; renuncio a mi propósito del enlace de los hijos; renuncio a conservar a don Carlos las preeminencias de Rey padre... Que se vaya al extranjero, con título y calidad de Infante aburrido y de Pretendiente chasqueado, a comerse la pensioncilla que se le dará para que viva con decoro... No merece otra cosa; no ha nacido para más; aún saca más de lo que le corresponde por su menguada inteligencia...

—Espartero contaba con esta rectificación de las antiguas ideas de usted, y una vez de acuerdo en cosa tan importante, espera que la conformidad en los demás puntos no se hará esperar.

—Poco a poco —dijo el carlista, súbitamente acometido de una gran agitación—. Si cedo en lo de las personas Reales, no puedo ceder en los principios, pues no pretenderá Espartero que yo le entregue todo, la fuerza y las ideas... Eso no sería transigir: sería por mi parte una debilidad vergonzosa... ¿Qué quiere ese hombre? ¿Dejarme a mí un papel ridículo, y conservar él la gloria de la pacificación? Dígame usted: ¿qué papel hago yo, entregando mi ejército al masonismo y a la impiedad revolucionaria? Eso no puede ser, y no será... Antes moriremos todos... Asegure usted a su general que no suscribiré nunca una paz que no vaya fundada en un régimen político mucho más restringido que el existente.

—Pues el general Espartero —declaró Calpena con solemnidad— pone por condición primera que se ha de conservar el régimen político existente, la Constitución del 37, con todas sus consecuencias... ¿Le parece a usted justo que después de la sangre derramada por la libertad, ofendamos la memoria de los hombres heroicos que por ella han perecido? ¿Qué quiere usted? ¿Que el representante de las ideas liberales acepte y patrocine el absolutismo? Eso no será transacción. Será entregar nuestra bandera al enemigo vencido para que la pisotee.

—Pues quédese cada cual con su bandera, y perezcamos todos —gritó don Rafael, no ya agitado, sino furibundo—. Sepa Espartero que trata con un general que manda fuerza considerable, no con un monigote sin decoro ni vergüenza. Corra la sangre; no haya humanidad ni compasión. Lo que no se hace por un Rey inepto, lo haremos por la defensa de los grandes principios.

—Veo, señor mío, que, obedeciendo a un destino fatal, será usted el instrumento del obispo de León, de Arias Teijeiro y del clérigo Echevarría. Usted les detesta, y al propio tiempo les ampara. Ellos pregonan la cabeza de Maroto, ignorando que al matarle, matarían a su mejor amigo.

—No, no defiendo yo el absolutismo —gritó Maroto fuera de sí, con fuertes voces—, ni las ideas de esa canalla. Defiendo un régimen templado, en que el Rey gobierne inspirándose en las necesidades positivas de los pueblos; un régimen sin tiranía del Soberano ni alborotos de los súbditos, con la unidad católica bien garantizada y los clérigos levantiscos bien sujetos; un régimen en que puedan hacerse oír los hombres ilustrados y callen los ignorantes y díscolos; un régimen de justicia, de gobierno paternal, con el consejo de un escogido número de personas graves que ilustren al Rey y enfrenen a la plebe... Eso quiero, eso propongo, y sin eso no habrá paz, no puede haberla, porque... Denme todo lo que quieran, mi destitución, mi muerte; pero no pidan a Rafael Maroto que firme una paz a gusto de los masones y comuneros. Eso no puede ser... Yo le suplico a usted que no me contradiga, ¡porra!

—Bueno, mi general... Realmente, yo no contradigo a usted: no hago más que exponer las que creo ideas y propósitos de la persona en cuyo nombre hablo. Siento infinito volver allá con la triste obligación de comunicar el fracaso definitivo de las negociaciones.

—Pues comuníquelo usted... No hay paz, no puede haberla —dijo Maroto desplomándose en la silla, por una cesación súbita de aquel frenesí nervioso—. ¿Qué me importa? Si todo se hunde y se lo lleva el diablo, no es por culpa mía. Es culpa del señor duque nuevo, que quiere arreglar todo a su gusto, para su sola gloria y provecho, dejándonos a los demás como trapos...

—No es eso: perdone usted...

—Es eso... y no me contradiga. Como trapos... ¡Bonito papel quiere asignarme!... ¡Y él, ¡porra!, el héroe, el pacificador, el niño bonito, el niño mimado!... Pretende el mangoneo universal, y ser el amo, y traernos a todos cogidos de la nariz... ¡Ay!

Este ¡ay!10 fue una exclamación dolorosa, como punzada en el corazón, el lamento de una naturaleza profundamente herida. «¡Ay! —repitió oprimiéndose el costado—. Puede usted creerme: deseo una muerte repentina que ponga fin a mis sufrimientos. No era esto lo que yo presentía, lo que yo soñaba al venir al carlismo. No era esto, no, lo que me impulsó al abandono de las posiciones de Ramales. Pensé yo que Espartero me comprendería, que sería generoso... Pero su egoísmo está bien manifiesto: quiere una paz que sea para él un triunfo, y un oprobio para mí... Lo peor es que... Siéntese usted: aún tenemos algo que hablar.»

Con acento quejumbroso, de hombre enfermo, de un alma sumida en acerba pena, prosiguió así: «Y a pesar de todo, créame usted, deseo la paz... Sí, señor, la deseo como soldado y como español... porque yo amo a mi patria... Bien sabe Dios que el absolutismo mío no es el régimen absurdo y tenebroso que predican los clérigos de Oñate. Espartero me conoce... No quiera hacer de mí un monigote... Si en ello se empeña, no habrá paz, y España se acabará... Más quiero verla muerta que en brazos del masonismo y de la revolución.

—Espartero —dijo Calpena compadecido del general carlista, por el lastimoso estado a que le habían traído sus errores— no pretende humillar a usted, ni apropiarse la gloria de este bien tan grande: la gloria será de los dos, para los dos la inmensa gratitud de España.

—Así debiera ser... —murmuró el carlista con emoción, que afeminó por un instante su voz varonil y guerrera—. Nadie me gana en el amor a este terruño donde hemos nacido... En mi larga vida militar y política no he tenido otro móvil que el bien de los españoles... Pero los buenos deseos son una cosa, y los buenos caminos otra... Cuestión de suerte, amigo mío; cuestión de acertar o no en los primeros pasos... ¡Oh, pues si yo lograra que España dijese: «a Maroto debo la paz»! Pero no me caerá esa breva, ¡porra! La fatalidad dice que no... que no... la fatalidad me ha tomado entre ojos...»

En la pausa que siguió a estas palabras, don Fernando vio al general agobiado en el sillón, los codos en las rodillas, el rostro en las palmas de las manos, y respetó su dolor guardando silencio. Después sacó don Rafael del bolsillo del capote un pañuelo grandísimo, y se sonó con estrépito. Tenía los ojos encendidos y húmedos.

«Mi general —le dijo Calpena, aprovechando con delicadeza la emoción que observaba—, me detendré aquí todo el tiempo que sea menester, si de la espera resulta que puedo llevar una proposición de concordia. Piense usted en ello un día, dos; considere su situación, la ansiedad del país, el deseo de todos los partidos...»

—¡Pero si estoy ya loco de tanto pensarlo!... No, no pienso más. Ya es cuestión de decidirse, de escoger la primera carta que salga.

Suspirando, volvió a su inquieto pasear por la estancia. De pronto se paró ante Calpena, diciéndole: «Puesto que no tiene usted prisa de volver a

Orduña, ayúdeme a buscar una solución decorosa para mí. Verá usted lo que se me ocurre... Tenga paciencia, y hablaremos algo más.»

XXXIII

Dirigiose a la cómoda en que estaba el candilón, el cual, dicho sea por respeto a la puntualidad histórica, había dejado extinguir una de sus dos mechas, manteniendo encendida la otra por puro compromiso, al parecer, pues bien se le conocían las ganas de dormirse en la oscuridad. Don Fernando miró al general, que revolvía papeles en el cajón primero de la cómoda, y tras él veía también mal alumbradas por la luz dormilona las pobrecitas ánimas del Purgatorio, sus cuerpos desnudos entre llamas rojizas. ¡Con qué gusto las habría sacado de aquel martirio, extrayendo al propio tiempo al pobre general, que en las llamas de su ansiedad e irreso-lución ardía!

«Verá usted —dijo don Rafael, hallando lo que buscaba y volviendo el rostro hacia el mensajero de su rival—: aquí tengo una carta interesantísima. No haré con usted misterio de su contenido ni de la persona que la firma: es un amigo íntimo de Simón de la Torre y mío. En ella se me propone una entrevista con el Comodoro Lord John Hay, el cual tiene instrucciones de su Gobierno para proponer a Espartero y a mí fórmulas de paz.»

—Debo decir a usted que a mi jefe no le gusta que los extranjeros medien en este asunto. Notaría usted que el coronel Wilde no pronunció una palabra de condiciones de arreglo. También debo decirle, general, que a Espartero no le supo bien que usted cambiara comunicaciones con el mariscal Soult sobre este negocio. Es muy delicada la intervención extranjera, así en la guerra como en la paz, porque casi siempre los poderosos que nos prestan servicio tan eminente lo cobran después con una pesada injerencia política y diplomática.

—Es verdad; pero yo no puedo negar al Comodoro la entrevista que me propone. Solo que no sé dónde ni cómo celebrarla. Bien podría servirme de pretexto la orden que a León ha dado Espartero de quemar las mieses de Navarra. Esto es una violación del tratado de Elliot.

—¿Ha contestado usted a La Torre que acepta la entrevista?

—No, porque de nadie me fío ya. No me determino a enviar una carta de tanta gravedad por mano de carlista: la traición y el espionaje tienden aquí sus redes que es un primor.

—¿Y no hay un hombre leal que establezca la comunicación verbalmente?

—No le hay, o al menos yo no le veo junto a mí —replicó Maroto con la desconfianza pintada en su inquieto mirar.

—Permítame usted que le diga, mi general, que en el recelo y suspicacia que me manifiesta veo una enfermedad del ánimo, efecto de su singularísima situación entre la guerra apostólica y la paz nacional; veo el delirio persecutorio, que usted logrará vencer mirando con más serenidad cosas y personas.

—Puede que tenga usted razón... Déjeme seguir: Simón de la Torre y yo estamos de acuerdo; el amigo que nos comunica es un joven bilbaíno muy simpático, que ha servido con Córdova y con Espartero...

—¡Oh, qué luz, mi general!... ¿Es acaso Pedro Pascual Uhagón?

—¿Amigo de usted, por ventura?

—Sí señor... Yo sabía que andaba por aquí; me constaba su amistad con Simón de la Torre... En fin, ¿quiere usted que yo me vea con Uhagón?... ¿Dónde está?

—Muy cerca de aquí: en Amurrio.

—Pues allá me voy. ¿Debo decirle que está usted dispuesto a celebrar la entrevista con el Comodoro?

—Justo; ¿pero dónde nos encontramos, Señor?... ¿Debemos reunirnos por casualidad, o por reclamo del inglés, para tratar de la cuestión de las mieses incendiadas?

—Deje usted a mi cuidado el determinar la entrevista de una manera lógica, en forma que le ponga a usted a cubierto de toda sospecha.

—Si así lo hiciere, me prestaría un servicio inmenso en las actuales circunstancias...

—¿Con que en Amurrio? Cuente usted con que mañana comemos juntos Pedro Pascual y yo; cuente con que un día de estos se verá usted sorprendido por Lord John, y obligado aparentemente a conferenciar con él... Y cuente con que las proposiciones del inglés diferirán poco de las de Espartero...

—Pero la sanción de una potencia extranjera, amigo mío, es alivio grande de la responsabilidad...

—Convenido. Luego veremos el grado de desinterés de la gestión inglesa... En fin, mi general, viva la paz, aunque viva con su Pepita...

—Eso, eso —dijo Maroto, riendo por primera vez en la conferencia de aquella lúgubre noche—, que viva con su Pepita. Y ahora...

—Sí: debo retirarme.

—Que no se le olvide felicitar a Espartero por su ducado.

—Lo agradecerá mucho.

—Sí, sí: los dichosos agradecen los plácemes de los tristes —dijo don Rafael sin ocultar su pena inmensa—. Con que buenas noches. No tengo vino superior con que obsequiarle.

—Ya beberemos pronto a la salud de España pacificada. No me detengo. Querrá usted dormir; yo también.

—Yo no duermo.

—Descansar, por lo menos.

—Tampoco.

—Ya vendrán para todos el descanso y la tranquilidad.

—Dios lo quiera.

—¡Ánimo, sinceridad, patriotismo! Adiós, mi general.

—Adiós. Le deseo lo que yo no he tenido nunca: buena suerte.

—La tendremos... ¿Qué hace falta? El corazón siempre por delante.

—¡Ay!... Eso se dice, eso se intenta... pero no siempre el corazón se pone donde quiere, donde debe... Adiós.

Salió Calpena de la triste casona; palpando paredes se encaminó a su alojamiento, y lo primero que hizo fue dar órdenes para partir de madrugada. El coronel Wilde y el brigadier Campillo dormían profundamente; procuró hacer lo propio, y al romper el día trotaban los seis desandando el camino que habían traído. Las diez serían cuando las avanzadas del ejército liberal les indicaban la proximidad de Amurrio. Dijo don Fernando a sus compañeros que si no querían esperarle en aquel pueblo, donde una diligencia importante le detendría, siguieran a Orduña. Divididas las voluntades, el brigadier determinó encaminarse sin demora al Cuartel Real, y Wilde se quedó, pues no había para él compañía más grata que la del caballero español. No vaciló este en ponerle en autos del asunto que motivaba su detención en Amurrio: uno y otro, cada cual en su esfera, trabajaban por la paz, y solían comunicarse una parte de sus secretos. La primera diligencia fue tomar lenguas del paradero de Uhagón, también del inglés amigo, y sin grandes molestias dieron con él en la casa de Zárate, donde estaba en gran parola, inter pocula, con Ibero y otros oficiales, entreteniendo los ocios con historias picantes y libaciones de chacolí. En el mismo hospedaje se metieron Calpena y Wilde, formando alegre compañía, y al poco tiempo de sociedad, ya se habían trazado los conspiradores de la paz el plan más acertado para llevar adelante las vistas entre el Comodoro y el general de don Carlos. Por desgracia, Lord John se hallaba por aquellos días en Bayona; Pedro Pascual tenía que trasladarse a Bilbao, buscar embarcación que le llevase a Francia, y volver luego con el Comodoro. Convinieron en que Wilde le acompañaría en la expedición marítima, mientras a Orduña pasaba don Fernando para dar cuenta al general. Algunos días retuvo el duque de la Victoria a su amigo, no solo porque descansase, sino por creer que en el estado de las negociaciones convenía dar largas a Maroto, para que su turbado ánimo, con la tremenda crisis del carlismo, viniese a mayor decaimiento y desorden más grande. La primera comisión que don Baldomero dio a su fiel servidor después de aquel descanso fue llevar a Maroto las cartas de los emigrados apostólicos, que interceptadas por el Gobierno fueron impresas en la Gaceta de Madrid. Por ellas se veía que el partido intransigente, a quien el Rey con fingida corrección había separado de su gracia, se mantenía con este en inteligencia clandestina. Por miedo a Maroto, había decretado don Carlos el destierro de los clérigos Echevarría y Lárraga, de Marco del Pont y Arias Teijeiro; pero no tardaron estos en ponerse de nuevo al habla con su señor, tendiéndose desde la frontera a la Corte un hilo de conspiración que no fue el paso menos interesante de aquella tragicomedia.

Volvió, pues, don Fernando al Cuartel de Maroto, acompañado de Ibero en calidad de parlamentario militar para un nuevo canje, y halló muy desconcertado del entendimiento al general sin ventura, variando de opiniones y actitudes a cada instante, pasando bruscamente del ardiente furor al desmayo mujeril. Ya tenía conocimiento, cuando el mensajero le mostró la Gaceta, de los tratos que sostenían los emigrados con el Rey absoluto, y a este propósito le hizo Calpena, con seguro conocimiento de la humanidad, estas profundas observaciones: «Vea usted, mi general, cómo se reproducen en la historia los mismos efectos cuando las causas no varían, y cómo se repiten los hechos cuando las personas no cambian. En don Carlos tiene usted la imagen viva de su hermano Fernando VII: son los mismos perros con el mismo Toisón de Oro al cuello, y perdóneseme la comparación. Diferentes parecían uno y otro hermano, y son el mismo sujeto repetido en el tiempo, desmintiendo a la muerte. Si discrepan en cualidades secundarias, en lo principal son idénticos, y proceden de igual manera. La situación en que el estadillo carlista se encuentra es la misma del Estado español en aquellos famosos años del 20 al 23. La pesadumbre y la barbarie del absolutismo han traído una revolución, y esa revolución, esa protesta contra el régimen tiránico y clerical, Maroto a pesar suyo la representa. Por una serie de circunstancias, la fuerza ha venido a estar en manos de usted. El Rey no supo serlo absolutista, no sabe serlo tampoco liberal, y doy este nombre al partido marotista o de transacción, para establecer un término relativo que facilite mi argumento. Liberal es usted, aunque no quiera confesarlo; liberales son Simón de la Torre, Zaratiegui y aun el mismo Elío, por extraño que parezca. Digamos que han admitido un átomo de la idea liberal: en ese átomo está todo lo sustancial del principio. Pues bien: don Carlos ha venido a ser prisionero de usted; tiembla de miedo viéndose sometido a la fuerza que odia; aparenta ceder; aun dice marchemos y yo el primero... Por intimación de usted, separa de su lado a su camarilla; destierra muy contra su voluntad a los que cree sostenedores de su soberanía absoluta; pero continúa entendiéndose con ellos, dándoles ánimos para que conspiren, adquieran fuerza y vengan a libertarle. ¿Duda usted esto? ¿Cree la pintura recargada y violenta? Su silencio y su mirada me dicen que no. Pero si aún duda, pronto ha de ver cuán fundado es este juicio mío. ¿Recuerda usted la sublevación de los voluntarios realistas? ¿Recuerda las partidas levantadas por clérigos y frailes salteadores? Pues pronto hemos de verlas reproducidas. El bando apostólico, apoderándose de los soldados que usted manda, levantará la bandera del absolutismo neto y rabioso contra la transacción que este ejército representa. Harán creer a los pueblos que usted secuestra al Rey, que tiene embargado su real ánimo... Y por fin, y esto es lo más triste, esa bandería furibunda vencerá por lógica ley al partido de la moderación, y Maroto será tratado no como un hombre que mira por el bien de su patria, no como un general que sirve intereses superiores a los de una persona, sino como un vulgar ambicioso, y le impondrán pena infamante. Por muy extraño que parezca, será usted, en su papel político y en su fin desastroso, muy semejante al infortunado Riego. Le llevarán a la horca en un serón arrastrado por un burro... y...

—Cállese usted... —dijo Maroto apretando los puños y despidiendo lumbre por los ojos—, que si algo hay de verdad en el paralelo que hace, no puedo admitir mi semejanza con Riego.

—Ya lo veremos.

—Yo sabré morir con dignidad.

—No lo dudo. Pero es lástima que usted muera, pudiendo vivir con honor y hasta con gloria, facilitando la obra de la paz.

Poco más hablaron; Maroto se volvió muy taciturno, sumergiéndose en sus melancolías. Luchaba fieramente ¡infeliz hombre!, con el turbio, revuelto oleaje de su destino, más embravecido cuanto más en él pataleaba.

XXXIV

Fue un hecho, al fin, a fines de julio, en Miravalles, la entrevista de Maroto con Lord John Hay. No se halló presente Calpena; pero por su amigo Uhagón supo después que no habían llegado a un acuerdo. Quizás Maroto, harto ya de guerra, y deseando ponerle fin a todo trance para salvar su honor militar y su vida, habría dado asentimiento a las condiciones presentadas por el inglés, muy semejantes a las de Espartero; mas no podía por sí solo cerrar trato sin el asenso de los demás jefes, encariñados con la paz, pero más exigentes en punto a condiciones. Necesitaba tomarse tiempo para traer las demás voluntades al punto de cansancio y desesperación en que ya estaba la suya, y propuso a Espartero, por conducto del Comodoro, la suspensión de hostilidades. De la respuesta del duque de la Victoria a esta martingala de su rival sí fue testigo don Fernando, el cual vio con gusto que el criterio del duque no difería del suyo. Nada de armisticio. Maroto, juzgándose impotente ya para presentar batalla, no quería más que ganar tiempo, esperando del acaso una solución menos terrible para él que la que anunciaba la realidad. Volvió, pues, el inglés al Cuartel carlista, en Arrancudiaga, y expresó a Maroto la negativa de Espartero, y su propósito de reanudar sin demora las operaciones. He aquí la razón de la marcha del ejército liberal desde Amurrio a Vitoria por el desfiladero de Altube. Ocasión tuvo el carlista, en aquel paso peligroso, de contener a su rival y aun de batirlo; mas no quiso o no supo aprovecharla. Solo algunas guerrillas molestaron a Espartero en Altube; y cuando entraba en Vitoria, casi sin disparar un tiro, los facciosos abandonaron el puente fortificado de Arroyabe, corriéndose hacia las líneas atrincheradas de Arlabán y Villarreal.

Decidido siempre y con sus ideas bien claras, como turbias eran las del otro, atacó Espartero resueltamente, no dándole tiempo a prepararse. Maroto aceptó aquel combate, como el suicida que ve en la segura muerte la única solución del conflicto que le agobia. La proclama que dio a su ejército era el lenguaje de la impotencia y el orgullo, y estos sentimientos se comunicaron a la tropa carlista, que en aquella jornada, como en otras muchas, desplegó un valor heroico, una grandiosa entereza. Porfiado cual ninguno fue el combate: de una parte y otra se desarrolló toda la fuerza espiritual y física que siempre fue don de los soldados españoles en las grandes apreturas de la guerra. Perecieron aquí y allá valientes en gran número. Venció al fin el que tenía razón: Espartero fue dueño de Villarreal. De las alturas de Arlabán desaparecieron los carlistas como una nube empujada por el viento, y escabulléndose por las tristes hoces de Aránzazu, caían sobre Oñate y los valles guipuzcoanos, cuna y sepulcro de la Causa.

Antes de la gloriosa ocupación de Villarreal por Espartero, supo este que en el campo enemigo, por la banda de Navarra, ocurrían sucesos graves, que, confirmando la rápida gangrena del cuerpo lacerado del absolutismo, venían a favorecer los planes de pacificación. Algunas compañías de los batallones 5.º y 12.º de Navarra se sublevaron en Irurzun al grito de Viva el Rey, mueran los traidores, abajo Maroto. Era la enfermedad histórica de la Nación, la protesta armada, manifestándose en la Monarquía absoluta de Oñate como en el régimen constitucional de Madrid. La ineptitud y doblez de los hijos de Carlos IV, tan semejantes en su soberbia como en su incapacidad para el gobierno, eran quizás la causa determinante de aquella dolencia que con el tiempo había de corromper la sangre nacional. El Rey tenía una cara para los transaccionistas y otra para los apostólicos. Creyérase que Fernando y Carlos eran el mismo hombre. Pues bien: los sublevados de Irurzun encamináronse a Vera, soliviantando a los pueblos del tránsito; diéronse allí la mano con los emigrados, que dejaron de serlo, pasando la frontera. El obispo Abarca, Gómez Pardo, el cabecilla o general don Basilio, y el famoso canónigo y confesor Echevarría, constituyéronse en autoridad revolucionaria, en nombre de Carlos V. Era como una sombra de la Regencia de Urgell. ¡Tristes amaneramientos de la Historia!

Lo primerito que se les ocurrió a los sediciosos, demostrando en ello buen tino, fue nombrar su comandante general; y aunque entre ellos estaba don Basilio, hombre de guerra, recayó la elección en el Canónigo, quien de confesor de S. M. pasó a jefe de Estado mayor de la generalísima. Empuñó el hombre su bastón, y pasada revista a las tropas con una felicísima mezcolanza de unción y marcialidad, largó su correspondiente proclama, poniendo a Maroto a los pies de los caballos, y procurando levantar el decaído espíritu de aquellos pueblos infelices, honrados, inocentes, que habían hecho por la realeza de Carlos Isidro el sacrificio de su sangre y su hacienda. Pero los pueblos, la verdad sea dicha, no respondieron con el calor que se esperaba a la invocación del clérigo metido a Macabeo. La fe en un Rey que no sabía gobernar ni combatir se debilitaba rápidamente. Paces querían ya, aunque no se les hablaba tanto de religión, que bien segura veían por todas partes... porque, verdaderamente, si tan partidario de don Carlos era Dios, ¿a qué consentía los avances de Espartero y los palizones que este venía dando a los caballeros del Altar y el Trono?

Y no se paraba en barras el conde-Duque, seguro ya de ganar la partida. Desde Villarreal de Álava, avanzó hacia el fuerte de Urquiola, donde fue muy débil la resistencia. Sabedor de que su rival ocupaba a Durango con fuerzas considerables, allá corrió dispuesto a batirle; pero Maroto, ya en el grado último de turbación y azoramiento, le abandonó la villa, marchándose a Elorrio. Hizo, pues, Espartero entrada triunfal en Durango, y la animación y el orgullo de sus tropas, vencedoras sin disparar un tiro, contrastaban con el desmayo y tristeza de los batallones guipuzcoanos.

No estará de más decir que no fue para el señor de Calpena motivo de gozo la entrada en Durango. Temía que el encuentro de los Arratias le produjese una situación penosa, y que los recuerdos apagados se avivasen con la presencia de personas que no quería ver más en lo que le restara de vida. Por fortuna suya, en el retraimiento que se impuso, encarcelándose y entreteniendo sus ocios con lecturas, le descubrió el sabueso de más fino olfato que por aquellos Reinos andaba: el sagacísimo don Eustaquio de la Pertusa, que una mañana se le apareció como por escotillón, sirviéndole el chocolate, según testimonio del propio don Fernando en sus Memorias escritas y no publicadas. Adivinando el motivo de la encerrona de su noble amigo, el astuto conspirador se apresuró a tranquilizarle refiriéndole que todos los Arratias de ambos sexos habían levantado el vuelo hacia Bilbao, en cuanto se agregaron a la familia Zoilo y su padre. ¡Memorable día de abrazos y besos, reconciliaciones y extremos de cariño! Felices parecían todos al emprender la marcha hacia sus lares, y tan embobada con la criatura iba la juvenil pareja, que era lógico esperar se cumplieran los deseos de Doña Prudencia, la cual no se contentaba con menos de una criatura por año. La fecundidad de la guapa moza garantizaría su dicha y la paz del matrimonio. Para don Fernando fueron estas referencias como si la sepulcral losa, que en el cementerio de su corazón guardaba sus primeros amores, se levantase y se volviera a cerrar. Trató de asegurarla bien, soldándola o claveteándola con buenas razones, y trazó sobre ella con escoplo más firme las tres fúnebres letras R.I.P.

Luego entró don Eustaquio en informaciones muy interesantes de la trapatiesta apostólica. Por un lado, don Carlos no quería indisponerse con Maroto, a quien creía capaz de un regicidio; por otro, alentaba a los que en rigor de ley eran rebeldes. Para negros y blancos tenía una palabra benévola. Él lo había visto, él, don Eustaquio de la Pertusa; nadie se lo contaba. Desde Lesaca mandó don Carlos un recadito secreto al Canónigo general, y este, bien disfrazado, fue a verle, y toda una media noche pasaron conferenciando. Suponía el Epístola que el objeto del conciliábulo no era otro que ver el modo y ocasión de armar una ratonera en que coger descuidado a Maroto, y hacer con él luego el mayor y más ruidoso escarmiento de traidores. Al propio tiempo, Zaratiegui, encargado por Maroto de sofocar la insurrección de los batallones navarros, se situaba en Etulaín, decidido a liarse con ellos. Y el general Elío, que también quería paces, mandaba al campo insurrecto a un frailazo llamado Guillermo, marotista por excepción, para que arengase a los navarros y les trajese a la disciplina, todo ello invocando siempre el Altar y el Trono, que ya casi no tenían forma, de tanto como los manoseaban, de tanta saliva como ponían en ellos los labios de los oradores. Pero el buen fraile no sacó de sus prediques más fruto que una ronquera penosa y el desaliento con que volvió y dijo a Elío que fuera él a convencerles. En tanto, ¿qué hacía don Carlos? Inalterable en su doblez medrosa, largaba otra proclamita, diciendo horrores de los rebeldes, llamándoles puñado de extraviados, y amenazándoles con destruir por sí mismo aquel germen de cobarde y vil traición. En las cartas que se cruzaron entre Maroto y el canónigo Echevarría, este le llamaba con todo desenfado traidor y asesino.

Informado el duque de estos hechos, mandó a Calpena que fuese al Cuartel general de Maroto y allí se instalara, valiéndose de cualquier arbitrio, con objeto de vigilar sus actos e influir en sus resoluciones, pues del estado de trastorno en que se hallaba, todo podía temerse. Al propio tiempo llevaba el encargo de anunciarle la proposición de entrevista, que muy pronto se haría oficialmente por conducto de un parlamentario. Si no la aceptaba, se le atacaría con esfuerzo combinado en toda la línea, obligándole a una capitulación en que no le sería fácil obtener las ventajas que él y sus compañeros obtendrían del convenio proyectado.

Con estas instrucciones partió don Fernando a Salinas acompañado de Urrea y de Pertusa, que se agregó muy contento a la embajada, estimando que su concurso había de ser eficaz para el caballero, por su gran metimiento y sus amistosas relaciones en el campo marotista. Poco antes de que los tres llegaran a Salinas, había salido Maroto para Mondragón; siguiéronle, agregándose a la retaguardia sin ningún cuidado, pues el Epístola era en aquel ejército como de casa, y el día próximo alcanzaron al general no lejos de Vergara, por donde pasaron sin detenerse. Iba Maroto decidido a refrenar en Lesaca la insurrección apostólica, y a colgar de un alcomoque al canónigo Echevarría, enracimado con otros clérigos y bárbaros caciques. Pero al llegar a Villarreal se encontró don Rafael con una novedad que hubo de causarle tanta sorpresa como disgusto. Entraba su vanguardia en el pueblo por el lado de Anzuola, y por el de Zumárraga comparecía la guardia de honor de don Carlos. Detrás venía la brigada del Cuartel Real, con el propio Rey, procedente de Villafranca. A regañadientes, y con el cuerpo lleno de bilis, Maroto no tuvo más remedio que afrontar la presencia de su señor, y se llegó con su Estado mayor a recibirle, creyendo que allí permanecería. Pero don Carlos no hizo más que una parada momentánea, sin apearse del caballo; y al recibir los homenajes de su general, pálidos ambos como difuntos, recelando el uno del otro, le dijo: «Sígueme: voy a Anzuola...» Automáticamente, sin darse cuenta de lo que hacía, se agregó a la escolta, y siguieron Rey y vasallo silenciosos hasta cerca de Descarga. Allí paró un instante don Carlos, y llamando a su lado a Maroto, repitió: «Sígueme hasta Anzuola. Tenemos que hablar.» Maroto, que había dejado en Villarreal su escolta y ayudantes, presintió que se le quería llevar a una encerrona. Se vio fusilado ejecutiva y cruelmente, en el estilo sencillísimo que él empleara con Guergué, y evocando su entereza contestó al hijo de Carlos IV: «Señor, los cuerpos están formados y tengo que darles una orden muy precisa.» Y sin añadir otras razones, ni aguardar las que el Rey pudiera darle, volvió grupas, caminito de Villarreal. De lejos, alzando la voz, queriendo ser enérgico, y sin dejar de ser tímido, el Pretendiente le dijo: «Cuidado... que te espero en

Anzuola.» Con un movimiento de cabeza respondió Maroto que sí, y se alejó al trote, difiriendo la entrevista para la vuelta, que sería la del humo.

XXXV

Hasta el día siguiente muy temprano no pudo ver don Fernando al general, porque se encerró en su alojamiento con órdenes de no dar paso a nadie. ¿Qué hacía?, ¿qué pensaba? Le atormentaba el cruel dilema de obedecer a su señor o volverle la espalda para siempre. Antes de ser recibido, supo Calpena que había pasado la noche en cama con alta calentura, privado a ratos de conocimiento. Al entrar el caballero en la alcoba de Maroto, tardó un instante en conocerle: tan desfigurado estaba por los sufrimientos. Además, acababa de afeitarse quitándose el bigote. Su cara parecía otra, por efecto de esta mutilación, del color cárdeno de sus ojeras, de las arrugas que surcaban su piel amarilla, del desordenado cabello. Había envejecido diez años, perdiendo su gallardía militar. Al ver a don Fernando, le dijo: «Hola, Inquisivi... ¿Otra vez por acá?»

—Sí, mi general: otra vez aquí con la esperanza de ser a usted útil, y de servir, no a mi partido, sino a mi patria.

Abordando el asunto, notó Fernando un grave desorden en las facultades del Caudillo, que tan pronto expresaba sus anhelos de paz como su repugnancia del dictado de traidor que en el Cuartel Real se le aplicaba. La proposición de entrevista le puso en un estado de inquietud epiléptica. Llevándose las manos a la cabeza, con voces roncas, destempladas, replicó: «No puede ser... Me comprometen... ¡El Rey...! Soy general de Carlos V, soberano legítimo... ¿Usted qué opina? ¿Debo ir a la entrevista?... ¿Acaso irá Simón de la Torre?»

—Creo que sí —dijo Calpena, juzgando de gran efecto la afirmativa.

—Pues que sea suya la responsabilidad. ¿Y asistirán también los ingleses? ¡Malditos ingleses!... Yo no, yo no puedo ir... Lo consultaré con don Carlos. A nadie conviene más la transacción que a nuestro pobre Rey, ese bendito, ese bendito... Pero no, no: antes tengo que colgar de un alcomoque al Canónigo... Sin eso no hacemos nada... Y de otro alcomoque a don Basilio, y empalar al malvado Teijeiro...

No había manera de sacarle de este círculo de ideas. Descompuesto y contradiciéndose a cada instante, ordenó que se preparara su escolta, reforzada con la mejor caballería de su ejército, y sin tomar ningún alimento, montó a caballo y se fue al Cuartel Real. Regresó al anochecer; en Villarreal se aseguraba que Maroto había presentado su dimisión al Rey; que este, poco menos que llorando, le había dicho: «¿Con que ahora me vas a abandonar?...» Algo enternecido también, don Rafael se deshizo en demostraciones de lealtad, manifestándose dispuesto a sacrificarse por la Causa... Esto se decía, y sobre ello endilgaron comentos mil don Fernando y Pertusa, con los oficiales que les hacían coro en la cantinela de la paz. Convenían todos en que no era fácil entender a Rafael Maroto, monstruoso enigma en que se reunían todas las complejidades psicológicas. Decía el Epístola con sutil ingenio: «Esta mañana, después de una horrible noche de insomnio y fiebre, el general debió de saltar del lecho con una idea salvadora... Así me lo figuro yo, y así tiene que ser... Pues saltando del lecho cogió la navaja de afeitar... Por un momento pensó en degollarse, la mejor solución de sus horribles dudas... Después pensó otra cosa quizás más práctica... Escapar a la calladita, vestido de cura... Por eso se quitó el bigote. No tiene otra explicación.»

No pareció mal a los amigos presentes la versión del Epístola, y convinieron con Calpena en que todos, rey, general y Canónigo, habían perdido el juicio. El carlismo había venido a ser un campo de orates. Al día siguiente dio un súbito cambiazo la voluntad indecisa del desdichado caudillo, y en vez de dirigirse a Lesaca, según lo convenido con el Rey, se encaminó a Elgueta. No bien entraron en este pueblo, supo don Fernando la llegada de su amigo Zabala, ya brigadier, que con el carácter de parlamentario venía de parte del duque de la Victoria. Negose Maroto a recibirle; trabajó Calpena por lo contrario, empleando más de una hora en argüirle con cuantos resortes lógicos creía propios del caso, y al fin accedió el general gruñendo: «Pues sea, y acabemos de una vez, ¡porra!...» El día 25, a las seis de la mañana, se reunían en la venta de Abadiano, entre Durango y Elorrio, don Baldomero Espartero con el brigadier Linaje y el coronel inglés Wilde, representado la idea constitucional, y por la idea absolutista don Rafael Maroto y el general Urbistondo, jefe de los batallones castellanos. La magna cuestión de los Fueros trajo el desacuerdo de los conferenciantes, porque los carlistas pedían que se reconociese el régimen foral en toda su pureza, y Espartero no quería comprometerse a tanto, dejando el grave asunto a la resolución de las Cortes. Manifestose Linaje contrario a los Fueros, sosteniendo que el fanatismo había sido el único móvil del levantamiento carlista; cruzáronse agrias contestaciones entre Linaje y Urbistondo, y entre el jefe de los castellanos y Maroto, pues este, al llevar a su compañero a la conferencia, le había manifestado que, en las negociaciones preliminares, ambas partes estaban conformes en el reconocimiento incondicional de los Fueros. Negolo Espartero, atribuyendo la idea de su rival a mala inteligencia. Al cabo de tanto discutir se separaron en desacuerdo. No había paz, no podía España disfrutar de este inmenso bien.

Cuando se retiraban, cada cual por su lado, llegó don Simón de la Torre, que fue en seguimiento de Espartero, y alcanzándole cerca de Durango, se declaró dispuesto, con los ocho batallones de su mando, a transigir resueltamente sin regatear ninguna condición. En tanto, volvió Maroto a Guipúzcoa dando tumbos, que no de otra manera puede expresarse la inseguridad de sus movimientos, reflejo de la horrible lucha de su espíritu, y en la villa de Elgueta se encontró nueva sorpresa y emociones tan vivas, que ellas bastarían a quitarle el seso si alguno en aquella ocasión le quedara. De improviso se presentó el Rey con su escolta en el Cuartel general, y antes de que Maroto pudiese tomar resolución alguna, mandó formar los 14 batallones para pasarles revista y arengarles. Así se acordó en una junta celebrada por Carlos V el día anterior, al tener conocimiento de la entrevista de Abadiano. Había llegado el instante en que el Rey lo era de hecho, y como tal procedería con soberana entereza y celeridad. Pronto vería el mundo si merecía la corona. Revistar a las tropas que formaban el núcleo de su ejército; presentarse a ellas, no solo como Rey, sino como generalísimo, asumiendo el mando directo; destituir en el acto al desleal caudillo, y aplicarle sin consideración sumariamente la pena que le correspondía, era un acto propio de Monarca guerrero. Si el programa se cumplía, ¡qué hermosa solución de los enmarañados problemas pendientes, qué gallarda manera de cortar el nudo que en vano con su estira y afloja había querido desatar!

Ante el aparato que en torno al Soberano se desplegaba, Maroto se vio perdido, se sintió fusilado... De su cráneo a su olfato descendía el olor de pólvora. Para mayor solemnidad del acto, presentábase el Rey de gran uniforme, con todas sus cruces, bandas y collares, radiante de inepta vanidad, y le acompañaban su hijo Carlitos, príncipe de Asturias; el

Infante don Sebastián y los generales Eguía, Valdespina, Villarreal y Negri... Formaron las tropas. La expectación era para algunos como si esperaran el fin del mundo... Rompió al fin el Rey en una perorata que llevaba bien aprendida; pero su voz no vibraba, no sabía llegar a los oídos lejanos, no era instrumento para conmover y entusiasmar a las muchedumbres. Se observaban en su rostro y en su actitud los inútiles esfuerzos para ponerse en la situación que el grave caso exigía, para desempeñar airosa y noblemente el papel de Rey, para imitar la marcial fiereza, la grandiosa altivez de los más célebres capitanes en circunstancias como las de aquel momento. Oyeron los más próximos algunos conceptos en que el hijo de Carlos IV evocaba las sombras de César y Aníbal; algo dijo luego de los cántabros indomables, de Roma, señora del mundo... No dejó de causar sorpresa que omitiese la rutinaria invocación a la generalísima, Nuestra Señora de los Dolores. No estaba sin duda la Causa absolutista para tafetanes... Por fin, viendo el buen señor que no producía el efecto que se proponía, y conociendo que ni su acento ni su ademán respondían a la majestad que intentaba poner en ellos, se comió la mejor parte del preparado sermón, y fue derecho en busca del efecto final. «Hijos míos —exclamó ahuecando la voz todo lo que pudo—, ¿me reconocéis por vuestro Rey?» La contestación fue un «¡Sí, sí... viva el Rey!» que corrió, extinguiéndose en las filas lejanas. «¿Y estáis dispuestos —añadió—, a seguirme a todas partes, a derramar vuestra sangre en defensa de mi Causa y de la Religión?»

Silencio en las filas. No se oyó ni un murmullo ni un aliento. El general Eguía, alzándose sobre los estribos, y poniéndose rojo del esfuerzo con que gritaba, dio varios vivas que fueron contestados fríamente. De las segundas filas vino primero un rumor tímido, después exclamaciones más claras, por fin estas voces: «¡Viva la paz, viva nuestro general, viva Maroto!»

—¡Voluntarios! —gritó entonces don Carlos, y en ocasión tan crítica la dignidad brilló en su rostro... Al fin descendía de cien Reyes—. Voluntarios, donde está vuestro Rey no hay general alguno... Os repito: ¿queréis seguirme?»

Silencio sepulcral. El brigadier Iturbe, jefe de los guipuzcoanos, acudió a remediar con un pérfido expediente la desairada, angustiosa situación del Monarca. «Señor —le dijo—, es que no entienden el castellano.» Y don

Carlos, tragando saliva, le ordenó que hiciera la pregunta en vascuence. Pero Iturbe, que era de los más comprometidos en la política marotista, formuló la pregunta con una alteración grave: ¿Paquia naidezute, mutillac? (¿Queréis la paz, muchachos?) Y con gran estruendo respondió toda la tropa: ¡Bai jauna! (Sí, señor.)

Debió don Carlos sacar su espada y atravesar con ella al brigadier guipuzcoano, castigando en el acto la grosera, irreverente burla. Volvió la cara lívida, y vio tras sí a Maroto, que de su mortal zozobra se recobraba viendo convertido en sainete el acto iniciado con trágica grandeza. Don Carlos, incapaz de arranque varonil, tuvo dignidad. Dijo a los de su escolta: «estamos vendidos»; y sin más discursos, ni pronunciar ligera recriminación, volvió grupas y picó espuelas, saliendo al galope por el camino de Villafranca, con la reata de príncipes y generales y la menguada escolta. Corrieron, corrieron sin respiro, temerosos de que los sicarios de Maroto fueran en su seguimiento.

XXXVI

Testarudo como él solo, don Carlos no se daba ni en tales extremidades por vencido, y apenas llegó a Villafranca, jadeante, llamó a Consejo a sus adictos, los generales que le acompañaron en la fracasada escena de Elgueta, el padre Cirilo de Alameda, el barón de Juras Reales, Erro y Ramírez de la Piscina, algunos de los cuales aún se llamaban ministros. Opinaron casi unánimemente que S. M. Debía situarse en punto cercano a la frontera, para poner a salvo su sagrada persona en el desecho temporal que la Causa corría. Trabajillo le costaba al buen señor determinarse a partir arrojando en las puertas de Francia su corona, y acariciaba el ensueño de reunir algunos batallones navarros y alaveses que le llevaran en procesión al Maestrazgo, donde aún tenía un ejército y un general incorrupto y valiente: Cabrera. Estimaron todos peligrosa la marcha al Centro; pero le dejaban consolarse con esta ilusión. Aferrado a su realeza, don Carlos enderezó nueva proclama a sus míseras tropas, en la cual les hablaba de la traición más infame que habían visto los nacidos, y concluía llamándoles héroes, y dando vivas a la sacra Religión. ¡Bueno estaba el país para estos suspirillos!

En tanto, Maroto, después del triunfo de Elgueta, caía en gran postración, atormentado por su conciencia, y procurando en vano salir limpio y airoso de la charca en que se había metido. Calpena y Uhagón, que acudieron a su lado el 26, un día después de la famosa revista, se maravillaron de verle en un grado increíble de turbación y apocamiento. Poco le faltaba para llorar; sus conceptos habían quedado reducidos a una exclamación maníaca: no decía más que: «No soy traidor... Maroto no pasará a la Historia con un dictado infamante... Convencido estoy de que el absolutismo es imposible... Pero no cedo, no cedo, si no me dan los Fueros íntegros, la gloria de este país. Maroto no es traidor. Maroto es un hombre honrado, un buen español... ¡Ay del que lo ponga en duda!»

Toda la tarde y parte de la noche permanecieron a su lado los dos amigos, arguyéndole con habilidad, sin lastimar su amor propio, antes bien fundado en este todo el trabajo sugestivo con que querían llevarle a la aceptación incondicional del Convenio. ¿Qué otra solución podía soñar? ¿Qué esperaba, qué temía? Retiráronse en la creencia de que le dejaban convencido, pues esperanzas de ello daban sus expresiones conciliadoras; pero don Fernando, que ya conocía su indecisión y el confuso laberinto a que había llegado su voluntad, no las tenía todas consigo... Repetida por la mañana la visita, le encontraron escribiendo una carta. Despidioles el general con acritud. La carta que escribía era la famosa retractación dirigida a don Carlos, en la cual le decía: Nunca es más grande un Monarca que cuando perdona las faltas de sus vasallos... Don Eustaquio Laso presentará a Vuestra Majestad los sentimientos de mi corazón para que se digne dirigirme las órdenes que fuesen de su agrado.

Ignoraban Calpena y su amigo esta humillación increíble; mas del trastorno de Maroto tuvieron prueba clara cuando se llegó a ellos un ayudante con el recado conminatorio de que si los caballeros y el llamado Epístola no se largaban pronto del Cuartel general, se les mandaría fusilar. No eran cobardes: no perdieron la serenidad con esta brutal amenaza; mas la prudencia les aconsejaba ponerse en salvo, y a ello se disponían, cuando llegó don Simón de la Torre, que, informado de los desvaríos de Maroto, les tranquilizó con respecto a sus vidas. Conferenciaron los dos jefes, y por la noche salieron con sus fuerzas reunidas en dirección de Azpeitia. Los tres paisanos ignoraban a qué razón militar o política obedecía tal movimiento, y no se ocuparon más que de seguir a las tropas, acogidos a la caballerosidad e hidalguía del simpático La Torre. En Azpeitia se les dijo que Espartero avanzaba triunfalmente por el interior de Guipúzcoa; que había entrado en Vergara, donde te acogieron con ardientes demostraciones en favor suyo y de la paz. De Vergara pasó a Oñate, y la vieja Corte le recibió con palmas. Dirigiose Maroto a Villarreal, donde como llovido se le presentó al conde de Negri con una orden del Rey para que le entregase el mando. Al recibir don Carlos la carta palinodia, habíala estimado como la mayor prueba de traición y perfidia. Los de la camarilla vieron en aquel paso un ardid diabólico para aproximarse al vencido Monarca, apoderarse de su persona y entregarla en trofeo a los constitucionales para un sacrificio que fuera digno epílogo de guerra tan sangrienta. Rompió el Soberano la carta del vasallo infiel, y mandó a Negri a desposeerle del mando, determinación ridícula en situación tan extremada. Como era natural, tanto Maroto como La Torre acogieron al conde de Negri con escarnio de su persona y de quien tal comisión le daba. Salió de estampía el buen conde, que al volver al lado de su triste Rey, le dio con la respuesta de los que fueron sus generales franco pasaporte para Francia.

Ante la irresistible presión de este suceso, Maroto confió decididamente, al parecer, a sus compañeros La Torre y Urbistondo la misión de llevar a Oñate su conformidad con el Convenio, tal como se le había presentado en Abadiano. ¡Alleluia! La paz era un hecho. Al despedirse para tan grato mensaje, Don Simón reconcilió a sus amigos con el jefe, que sin acordarse ya de que había pensado fusilarles, les convidó a comer muy afectuoso. Durante el día, observáronle más sereno y en vías de recobrar su equilibrio; mas por la noche advirtieron de nuevo en él cierta intranquilidad, y una insistencia monomaníaca en hablar de fueros netos, intangibles. Temerosos de un nuevo cambiazo del veleidoso general, trataron de explorar su pensamiento. «Por mi parte —les dijo—, a todo estoy dispuesto, y cuando me traigan de Oñate el Convenio cuyas bases he admitido, lo firmaré... Pero dudo que algunos cuerpos de mi ejército, principalmente los guipuzcoanos, lo acepten... De modo que no hemos hecho nada, y la guerra continuará.» A esto arguyó Calpena que antes de proceder a la solemne ratificación de lo tratado, debía el general conferenciar con los jefes y oficiales, uno por uno, y darles cuenta de las condiciones de paz a que todos debían someterse.

«Háganlo ustedes» —dijo Maroto, revelando en su tono y en su actitud una indolencia que llenó de asombro a los dos amigos.

—Pero, general —le contestaron—, ¿qué autoridad tenemos nosotros para convencer a las tropas vizcaínas y guipuzcoanas de que, ante el bien inmenso de la paz, deben contentarse con la fórmula vaga del reconocimiento de Fueros?

—No es tan vaga. Se estipula que Espartero propondrá a las Cortes...

—Pero eso, sea poco, sea mucho, es lo que el duque les concede, y deben saberlo. Usted, su jefe, que ha de firmar por todos el pacto, está en el caso de instruirles...

—Mi cansancio es tal, amigos míos, que ya no sé cómo valerme, ni halla mi pensamiento voces con que producirse... Hay momentos en que me creo sin vida...

—Pero el trabajo restante, para llegar a un fin glorioso, es breve y fácil, mi general.

—Fácil no, ¡porra!

¡Cualquiera le convencía! Llegaron de Oñate los comisionados La Torre, y Urbistondo con Zabala y Linaje, portadores del Convenio, que Maroto firmó sin ninguna dificultad. Al propio tiempo traían la comisión de proponerle que al día siguiente, 30 de agosto, se reunirían en Vergara los dos ejércitos, con sus caudillos a la cabeza, para dar forma solemne a la grande obra de la reconciliación. A todo asintió don Rafael, que aliviado parecía de un peso abrumador.

Uhagón y Calpena pasaron el día recorriendo los cuerpos, en que tenían no pocos amigos, y hablando con unos y otros campechanamente. Si en todos reconocían la satisfacción y júbilo por ver terminada la odiosa discordia, causoles no poca inquietud el observar que los soldados y oficialidad carlistas descansaban en el engaño de que el pacto reconocía los Fueros en toda su integridad, y que así se declaraba de una manera explícita. Maroto les tenía en esta persuasión, pues nada en contrario les había dicho desde la ineficaz entrevista de Abadiano. Era, pues, indudable que surgirían en el momento que se creía final nuevas complicaciones, quizás un gravísimo conflicto, por la indolencia del general, por su falta de carácter y de resolución para presentar los hechos como realmente eran. ¡Torpeza insigne, abandono de autoridad!

Sobresaltado, temeroso de ver perdido en un instante el ímprobo trabajo de tantos meses, creyó don Fernando que debía prevenir a Espartero de lo que ocurría, evitándole un triste desengaño al llegar a Vergara, donde contaba con la presencia y conformidad del ejército carlista. Pensado y hecho: de madrugada montó a caballo, y seguido de Urrea y Pertusa se fue al encuentro de su general, a quien halló a media hora de Vergara. No daba crédito don Baldomero a la triste realidad que le comunicó su amigo, y ante la insistencia de este, más de un cuarto de hora estuvo echando ternos, y maldiciendo la hora en que entabló negociaciones con hombre tan inseguro y tornadizo. En efecto: poco antes de entrar el duque en Vergara, llegó Maroto, sin más compañía que la del general La Torre y algunos oficiales de su Estado mayor. Y los 21 batallones y los tres escuadrones que debían figurar como convenidos, ¿dónde estaban? Sin pérdida de tiempo avistose Espartero con su antagonista, el cual hubo de contestar a la anterior pregunta, con turbado acento, que las tropas se negaban al cumplimiento de lo pactado mientras no se reconociesen los Fueros provincianos en toda su integridad. Según esto, Maroto declaraba a su ejército en rebeldía, y se presentaba él solo, con cuatro gatos; y él solo reconocía los derechos de Isabel, dejando en el aire la obra de la paz, y a las tropas apartadas de toda reconciliación.

«A este hombre hay que dejarle —dijo don Baldomero, luego que Maroto, afectado de gran postración, se retiró a descansar—. Imposible hacer carrera de él... ¡Qué hombre, santo Dios! Verdad que su situación y los contratiempos que ha sufrido son para trastornar la cabeza más firme.» En esto, La Torre se apresuró a manifestar a Espartero con gallardo arranque que él se comprometía, en el término de veinticuatro horas, a convencer a los vizcaínos o morir en la demanda. No descansó Maroto, pues su conciencia y sus embrollados pensamientos no se lo permitían, y llamando a Calpena, como se llama a un confesor en la última hora, le dijo: «Hágame el favor de comunicar al coronel Wilde que, no creyéndome seguro aliado de Espartero por haber venido aquí sin tropas, me acojo al pabellón inglés.» A esto respondió el caballero que no necesitaba añadir a sus errores la mengua de ampararse a una nación extranjera; bien seguro estaba en el Cuartel general del duque de la Victoria, toda vez que reconocía la legalidad por este representada. En tanto, los bravos generales carlistas La Torre, Urbistondo y el brigadier Iturbe, con riesgo de sus vidas, tratarían de reducir a las tropas a la aceptación de lo tratado, después de darles conocimiento del artículo 1.º del Convenio...

«¿Y cómo queda redactado al fin? —dijo Maroto vivamente—. Ya no me acuerdo.»

—Poco más o menos dice: Artículo 1.º El general Espartero recomendará con interés al Gobierno el cumplimiento de su oferta de comprometerse formalmente a proponer a las Cortes la concesión o modificación de los fueros.

—¿Y las Cortes...? Claro, las Cortes... Me parece bien... Buenos tontos serán esos pobres muchachos si no aceptan, si no fían resueltamente en la promesa del duque, de cuya caballerosidad nadie puede dudar... Por mi parte, no escatimaré ningún sacrificio. Hágame el favor de llamar a mi ayudante, don Enrique O'Donnell, para dictarle algunas órdenes. Aún soy general en jefe de mi ejército, del ejército Real, desde hoy incorporado al de la Nación.

XXXVII

Mientras La Torre trabajaba por reducir a los vizcaínos, Urbistondo hacía lo mismo con los castellanos. No tuvo igual fortuna Iturbe con los de Guipúzcoa, que enterados de la vaga promesa consignada en el artículo primero, se negaron a suscribir el Convenio, gritando ¡traición, traición!; y declarados en franca rebeldía, manifestáronse dispuestos a unirse con don Carlos. Al fin pudo Iturbe contenerles en Descarga. Urbistondo situó fuerzas castellanas en la carretera, con objeto de observar a los guipuzcoanos, y corrió en busca de Maroto para que saliese al frente de ellos y con su autoridad les redujera. Era la noche del 30, y don Rafael, que estaba en cama, dolorido, incapaz para toda acción, dijo a Urbistondo que se entendiese con Espartero. Así lo hizo. Se convino en no contar para nada con don Rafael, que se había echado en el surco, como hombre históricamente concluido, y no hubo más remedio que intentar la pacificación de los guipuzcoanos, comprometiendo entre ellos la vida, catequizando uno por uno a jefes y oficiales, sin reparar en la clase de argumentación con tal de llegar al fin deseado. En esto se empleó toda la noche del 30; al fin, el 31 de madrugada desfilaban hacia Vergara los batallones reacios precedidos de cuerpos castellanos, para que la moral de estos fuese para todos ejemplo provechoso, y así, con más maña que fuerza, empleando sin cesar la palabra convincente, cariñosa, paternal, que igualaba al jefe con el soldado, fueron aproximándose al redil.

Era este un extenso campo a la salida de la villa, entre el río Deva y el camino de Plasencia. Allí formó muy de mañana el ejército de Espartero, y ante él fue desfilando la división castellana, con su jefe el general Urbistondo. Maroto, que parecía resucitado, a juzgar por la repentina transformación de su continente, que recobró su gallardía, así como el rostro la expresión confiada y el color sano, ocupó su puesto; al punto apareció con su brillante Estado mayor el duque de la Victoria, y recorridas las líneas, cautivando a todos con su marcial apostura y la serenidad y contento que en su rostro se reflejaban, mandó a sus soldados armar bayonetas; igual orden dio Maroto a los suyos. Espartero, con aquella voz incomparable que poseía la virtud de encender en los corazones la bravura, el amor, el entusiasmo y un noble espíritu de disciplina, pronunció una corta arenga perfectamente oída de un lado a otro de la formación, y terminó con estas memorables palabras: Abrazaos, hijos míos, como yo abrazo al general de los que fueron contrarios nuestros. Juntáronse los dos caballos; los dos jinetes, inclinando el cuerpo uno contra otro, se enlazaron en cordial apretón de brazos. Maroto no fue de los dos el menos expresivo en la efusión de aquella concordia sublime. En las filas, de punta a punta, resonó un alarido, que parecía explosión de llanto. No eran palabras ya, sino un lamento, el ¡ay!11 del hijo pródigo al ser recibido en el paterno hogar, el ¡ay!12 de los hermanos que se encuentran y reconocen después de larga ausencia. Era un despertar a la vida, a la razón. La guerra parecía un sueño, una estúpida pesadilla.

Se había dispuesto que las divisiones vizcaínas y guipuzcoana entrasen en el campo del convenio después de comenzado el acto, para que la solemnidad de este y su ternura influyesen en el ánimo de los reacios, y el efecto correspondió a lo que Espartero y Urbistondo con tanta habilidad y conocimiento del humano corazón habían dispuesto. Las tropas guiadas por La Torre como las conducidas por Iturbe, se vieron envueltas en la inmensa atmósfera de fraternidad que ya se había formado. Los corazones respondieron con unánime sentimiento. No podía ser de otro modo. La idea de unidad, de nacional grandeza, de moral parentesco entre todas las razas de la Península, ganó súbitamente los entendimientos de castellanos y éuskaros, y ya no hubo allí más que abrazos, lágrimas de emoción, gritos de alegría, aclamaciones a Espartero, a la Constitución, a Isabel II, a Maroto, a la Religión y a la Libertad juntamente, que también estas dos matronas se dieron de pechugones en aquel solemne día.

XXXVIII

En los mismos 30 y 31 de agosto, don Carlos continuaba emitiendo proclamas desde Andoaín y desde Lecumberri, en las cuales hablaba del rebelde Espartero como de un enemigo insignificante; echaba la culpa de sus desgracias a la intriga, a las malas artes de los pérfidos; delataba planes maquiavélicos de los dos generales compañeros en las revoluciones de América; atribuía la defección de Maroto al oro que había recibido de los constitucionales, y, por fin, hacía postrer llamamiento a sus fieles súbditos para que se acogieran a su paternal benevolencia, ofreciendo olvido de lo pasado si volvían a la defensa del Trono y la Religión. A los leales les llamaba la más preciosa joya de su corona. ¡Y con estas retóricas sermonarias, con este lamentar de pastores, pretendía el pobre hombre congregar de nuevo su disperso rebaño! La desbandada se inició al tener conocimiento del abrazo de los generales, que fue tiernísima reconciliación de los dos ejércitos. El sálvese el que pueda resonó en los valles, que había ensordecido el estruendo guerrero de seis años de lucha fratricida. Cada cual pensó en salvar lo que poseía, y en último caso la pelleja, que es la más preciosa joya de cada mortal. Los restos de los sublevados de Irurzun y Vera, de aquel flamante ejército apostólico y neto, que, levantando bandera por la integridad de los derechos de Carlos, puso a su frente al canónigo Echevarría, se desbordó en la más horrible desmoralización, convirtiéndose los valientes navarros en vulgares ladrones y desalmados homicidas. So color de castigar traidores, acosaban a los infelices ojalateros, que iban buscando su salvación por los caminos de Francia, y les arrebataban cuanto tenían. El pillaje y el asesinato, la persecución de hombres y el atropello de infelices mujeres fueron la campaña postrera de aquellos degenerados vestigios de un grande ejército. El mismo Echevarría estuvo a punto de perecer a manos de sus soldados ebrios; don Basilio y Guibelalde, puestos en capilla, escaparon de milagro. Menos dichoso el general González Moreno, de lúgubre memoria, el verdugo de Málaga, caudillo inepto en Mendigorría, hombre de quien puede decirse que fue una de las más negras fatalidades del bando carlista, pereció cerca de Urdax, de un modo desastroso y vil, digno término de una ruin vida. Dieron en creer los forajidos que iban llenas de dinero las cajas que el general llevaba en su presurosa fuga, y como a un cerdo (así lo cuenta un testigo presencial) le mataron en medio de las calles.

La que aún se llamaba Corte, el fracasado Rey y los fieles que le seguían continuaban en Elizondo sin saber dónde meterse ni por qué resquicios escurrir el bulto. Incansable, corrió allá Espartero; don Carlos oyó el galopar de su caballo, y acercose más a la frontera. Allí quemó el absolutismo su postrer cartucho. El batallón cántabro, último en la fidelidad, primero en el valor, defendió con estoica bravura las posiciones de Urdax contra las fuerzas triplicadas que allí mandó el duque de la Victoria. Batiéndose con desesperación, mártires de la fe del deber, los cántabros pudieron decir a su expugnador: *morituri te salutant*. Una columna de cazadores y una sección de tiradores de la princesa, mandados por Zabala, dominaron el terreno, dando por terminada la acción, y con ella la guerra del Norte. Antes de que sonaran los últimos tiros, montaron a caballo el Rey, la reina y demás personas de la familia y servidumbre, y a todo correr emprendían la fuga sin parar hasta Francia. Había entrado Carlos seis años antes por el mismo boquete de la frontera, siendo recibido por Zumalacárregui; se retiraba escoltado por algunos números de su guardia, solo, triste, más abatido que desengañado, sin ninguna gloria personal. La corona de la dignidad con que supo sobrellevar su destierro fue la única que poseyó en su vida.

Don Fernando Calpena y don Santiago Ibero, testigos de la última refriega con los valientes cántabros, admiraron el tesón de estos y les colmaron de alabanzas. De regreso al Cuartel general de Elizondo, expresaron los dos amigos su alegría por la terminación feliz de tan dura, enconada campaña, y cada cual dijo lo que le sugería su conocimiento de hombres y cosas.

«Hemos acabado una guerra —declaró Ibero con melancolía—, y yo me felicito de este descanso que pronto disfrutaremos. Un descanso, por corto que resulte, siempre es de agradecer. Pero le diré a mi amigo con franqueza que no creo en la paz... Soy ateo de esta religión que ahora fanatiza a mis compatriotas... No creo, no creo...»

—Yo tampoco. La grande obra de nuestro general es una tregua que debemos alargar todo lo que podamos. Las treguas son necesarias. Así nos prepararemos para dar al problema, en otro día, solución más segura y radical.

—Yo estoy triste... No sé por qué... Lo diré sin rebozo... Me gustaba el delirio, la barbarie, la guerra, en fin.

—Es realmente un estado muy vital, y además interesante y pintoresco.

—Si vivimos, no envejeceremos en la paz.

—Seremos siempre jóvenes, es decir, guerreros.

—El Convenio, el abrazo, no son más que la fórmula del cansancio.

—Del descanso, querrá usted decir.

—Eso. Se nos permite echar una siesta en día caluroso, el día del siglo.

—Durmamos un poquito.

—Y descansemos, que buena falta nos hace.

En la opinión del carlismo, quedó Maroto como el prototipo de la traición y la perfidia. No era justo. A sus defectos, con ser grandes, toca menos responsabilidad que a su destino cruel, y a la disparidad entre su carácter y el personal absolutista, entre sus ideas y la causa que defendió. El brazo eclesiástico, firme apoyo de la facción (descoyuntado en Vergara, recompuesto después), no perdonó a Maroto su cooperación en la obra de la paz, como se verá por este hecho rigurosamente histórico. Recompensado por el Gobierno de Isabel con un alto cargo militar, residió don Rafael algún tiempo en España. Su hija Margarita, joven de acrisoladas virtudes, que no se descuidaba en sus prácticas religiosas, fue a confesar una mañana, una tarde (no importa la hora), en una iglesia que no hace al caso. Cumplió serena y contrita, declarando sus pecados, que no debían de ser graves, y cuando terminaba, le preguntó el sacerdote su nombre. La pobre niña, tímida y pura, ¿qué había de hacer? Se lo dijo... Lo mismo fue oírlo el cura que de un bote se levantó iracundo, y con destempladas voces la despidió, negándose a darle la absolución. Atribulada, llorosa, salió la penitente de la iglesia y no paró hasta su casa. ¿Se pone en duda este hecho? Pues de él puede dar testimonio Doña Margarita Maroto, viuda de Borgoño, anciana respetabilísima, que aún vive. Reside en Valparaíso.

Fin de Vergara
Santander-Madrid, octubre-noviembre de 1899.

Libros a la carta

A la carta es un servicio especializado para

empresas,

librerías,

bibliotecas,

editoriales

y centros de enseñanza;

y permite confeccionar libros que, por su formato y concepción, sirven a los propósitos más específicos de estas instituciones.

Las empresas nos encargan ediciones personalizadas para marketing editorial o para regalos institucionales. Y los interesados solicitan, a título personal, ediciones antiguas, o no disponibles en el mercado; y las acompañan con notas y comentarios críticos.

Las ediciones tienen como apoyo un libro de estilo con todo tipo de referencias sobre los criterios de tratamiento tipográfico aplicados a nuestros libros que puede ser consultado en Linkgua-ediciones.com.

Linkgua edita por encargo diferentes versiones de una misma obra con distintos tratamientos ortotipográficos (actualizaciones de carácter divulgativo de un clásico, o versiones estrictamente fieles a la edición original de referencia).

Este servicio de ediciones a la carta le permitirá, si usted se dedica a la enseñanza, tener una forma de hacer pública su interpretación de un texto y, sobre una versión digitalizada «base», usted podrá introducir interpretaciones del texto fuente. Es un tópico que los profesores denuncien en clase los desmanes de una edición, o vayan comentando errores de interpretación de un texto y esta es una solución útil a esa necesidad del mundo académico.

Asimismo publicamos de manera sistemática, en un mismo catálogo, tesis doctorales y actas de congresos académicos, que son distribuidas a través de nuestra Web.

El servicio de «libros a la carta» funciona de dos formas.

1. Tenemos un fondo de libros digitalizados que usted puede personalizar en tiradas de al menos cinco ejemplares. Estas personalizaciones pueden ser de todo tipo: añadir notas de clase para uso de un grupo de estudiantes,

introducir logos corporativos para uso con fines de marketing empresarial, etc. etc.

2. Buscamos libros descatalogados de otras editoriales y los reeditamos en tiradas cortas a petición de un cliente.

www.ingramcontent.com/pod-product-compliance
Lightning Source LLC
Chambersburg PA
CBHW022045240626
47154CB00007B/2574